裔博良

江南 著

人民文学出版社

[壹]

"商博良?"女人愣了一下,立刻回复了满是媚意春情的笑容,"我们这里来来往往都是客人,风尘女子,恩客薄情,都是叫张公子李公子,有几个告诉我们真名哟?客人,你还真有意思,到楼子里来,不搂姑娘,却问个男人的名字。"

女人往我的身上靠了过来,用丰腴松软的胸脯磨蹭着我的胳膊,拈起桌上的一枚葡萄放在我嘴边。我凝视着她指尖的豆蔻,艳得薄脆,像是随时都会剥落的旧漆皮。

女人已经老了,眼角满是细密的鱼尾纹,一袭透明的绛纱裹着她依然窈窕的身段,不过粉扑得再厚,脸上却不是年轻女子的光泽了。

年轻时候,想必是个绝美的女人吧?不过都是过去的事了。

"你应该听过这个名字的,"我用一种清晰得异样的声音说,"不过对他的样子你应该记得更清楚。他年纪不算很大,总是带着一柄黑鞘的刀,足有五尺长,身边还有一个瓶子,是青玉色的。"

涂着豆蔻的指尖猛地颤了一下,指甲刺破了葡萄皮,汁水染上去,像是一滴红透的血。

"六年前,你在云州见过他的。那个地方,叫紫血峒。"

我清楚地感到女人的身体渐渐地冷了下去,微微地颤抖起来。我看着她的眼睛,隐隐约约有一层灰色泛起在其中,像是传说中云州雨林的瘴气。

我握住她的手,微微用力,将一杯酒递给她:"喝一杯酒,不要怕。

我找你只是为了知道他的一些事,我可以算是他的朋友。一个人走了那么长的路,真不容易啊,故乡的人都很想他……"我沉默了一会儿,笑笑,"不过也许他并不想故乡的人。"

女人捧着那只酒杯,瑟瑟地发抖,我想那是因为恐惧。她的脸在微微地痉挛,胭脂水粉包裹起来的伪装在慢慢剥落,记忆的闸门忽然洞开,其中绝不仅仅是欢愉。

"我知道他不是一般人,"许久,女人声音颤抖着说,"我也想过,总有一天,有人会来找他的,他那样一个人……"

她用手按了按鬓边蝉翼般的乌发:"这些事,说了也没什么的……"

她忽然止住,一言不发地看着我。我点了点头:"我以朋友的身份而来,不会有不相关的人知道这些事,我只是要带着他的故事回到故乡,我是一个写书的人。"

女人将满满一杯酒饮下:"那是十二年前了,云州的雨季……"

[贰]

雨,已经下了半个月,天像是漏了。

高大的乔木在半空中支起墨色的阴云,阴云外更是低压压的天空。雨滴噼里啪啦打在树叶上、附近的小池塘上,乱得让人心烦。偶尔传来啾啾的鸟叫,循声看过去,会有一只全身翠绿的鸟儿展开双翅,悄无声息地掠进林间的黑暗。

天地间唯一的光亮是那堆篝火,马帮的小伙子在篝火边拨弄着他的七弦琴。这样的天气,弦总是湿透的,弹起来嘣嘣作响,倒像是敲着一块中空的朽木。

小伙子弹的是云州的调子,荒凉幽寒,丝丝缕缕的颤音。离得很远,一个年轻人坐在雨篷下,抱着膝盖静静地听,雨篷上的水滴打在他的睫毛上,他微微闭上眼睛,久久也不睁开。

"来一口?"有人在一旁把烟锅递过去给他。

年轻人睁开眼,看见那张焦黄的老脸。他认得那是马帮的帮副祁烈,一个宛州的行商。

年轻人笑着摇摇头:"谢谢。"

"走云荒,不靠这口顶着,没准将来有湿病。"祁烈也不再劝,自己盘腿坐在了年轻人的身边。

祁烈是老马帮了,从宛州到云州,这条道上跑了十多年。传说神帝统天下,划定了九州疆域,不过罕有哪个帝朝可以把官府设到西陆来。西陆云雷二州,在东陆人眼里就是瘴气弥漫毒虫横行的化外之地,除了

3

几个半人半妖的巫民,没人敢踏进这片土地。但是穷山恶水却出奇珍,云州产一种辟毒的珠子,褐黄的不起眼,可是中堂供上一颗,全家都不受蛇虫骚扰,号称"龙胆"。又有一种细绳一般长不足半尺的金色小蛇,和珠宝玉器封在匣子里,几十年都不死,可是若有小贼手上不敷药就打开盒子,就定被蛇咬,活不过半日,号称"金鳞"。龙胆金鳞,在宛州市面上都是价格不菲的异宝,也引得一些不要命的人深入云州,带着宛州的丝绸和铁器去换,一来一回,往往获利百倍也不止。渐渐地,在这条道上行走被称作"走云荒",敢走云荒的马帮不多,祁烈在这条道上,还算有点名气。

祁烈对年轻人有些好奇。他们是半道遭遇的,那时这个年轻人带着一匹黑马,独自在深及膝盖的泥泞中跋涉,马鞍上除了简单的行李,就只有一柄黑鞘的长刀。走云荒那么些年,祁烈还是第一次看见有人不要命地独闯这片森林。出奇的是遇见他们这么大的马帮,年轻人也没有求救的意思,当祁烈喊他的时候,他在远处回头,露出一嘴干净漂亮的牙齿笑了笑,就要继续前进。而祁烈清楚地知道年轻人正走的是条死路,只要他再往下走五里路,泥泞就会陷到他胸口,到时候神仙也救不得他。早年和祁烈走云荒的几个伙计就有人死在那里,祁烈眼睁睁看着人马一起沉下去,最后的结果就是烂成白骨沉在泥潭底下,永世都不得再见阳光。

走云荒的人,有个不成文的规矩是不带生客。能穿过这片森林去巫民镇子的路就是马帮赚钱的黄金道,带上生客,就好比把道路教给别人,以后自己吃饭的本钱就没了。不过那天祁烈犹豫了一下,还是叫住了年轻人,答应带他一程,直到过了这片林子。

说不上原因,大概他是喜欢年轻人的笑容。他笑起来,周围仿佛一亮,有一缕阳光闪过的感觉。

"看你像是有钱人家的公子,跑到这深山野岭里来,不怕受委屈了?"祁烈在年轻人身边坐下,在怀里摸索着火镰火绒。

"我像有钱人家的公子?"年轻人微微一怔,笑了起来。

"有钱人家的公子,我见过的,城府深,不露底,平时最好说话,但是问他有多少钱,就是笑,屁也不放一个,"祁烈擦着火镰,点燃了烟草,又瞅了年轻人一眼,"对!就是你这个德行。"

年轻人依然只是无声地笑。祁烈打量着他的脸,发现他或许已经不那么年轻了。一张脸被阳光晒成淡淡的赤铜色,有些风霜留下的痕迹,只那笑容,还是明净得像个不曾长大的孩子。

"对了,一直想问,怎么这两天我们就没遇见别的马帮,这条路真是荒僻得很。"年轻人说。

"云州,以前叫云荒,就是个蛮荒的地界。鬼看门,死域城,跑这条道,是送命的买卖,不是家里欠着钱,谁来?"祁烈嘬了一口烟袋,让那口带着辣味的烟气在肺里滚了几滚,一个青色的烟圈这才幽幽地喷了出去。连着那么久没有晴过,衣裳始终都带着湿气,肺里也像是积着水,呼吸起来益发沉重,要借这口辛辣的烟气烫一烫才舒服。

"你家里欠了很多钱?"

祁烈嘿嘿一笑,露出两个被烟熏黄的门牙,颇有点猥琐:"嘿嘿,就是好玩一手,输得狠了。要说两年前,我还有几万金铢的家底,现在每月不还上七八十个金铢,就要被告到官府里面去了。英雄末路,英雄末路喽。"

他说的是赌,帝朝的《大律》是禁赌的,但是宛州虽有都护府却不受帝都的节制,大街上公然设有赌坊。有的人一注千金,一夜之间暴富暴贫,是名副其实的"销金窟"。

"七八十个,倒也不算很多……"年轻人忽然煞住了话头,他注意到祁烈的眼睛滴溜溜地转,上下打量着他,尤其是在腰间的皮囊上多停了一会儿。

"我是没那么多钱的,"年轻人急忙笑着摆了摆手,而后岔开了话头,"你刚才说什么'鬼看门,死域城'?"

"早说你是有钱人家的公子了,都别掖着了,我现在是穷,当初也阔过,都是正经的汉子,还能抢你?"祁烈讪讪地笑,又深吸了一口旱烟,静了一会儿,仰头对天喷了出去。

这口烟袅袅地散去,祁烈那张猥琐的笑脸忽然不见了,取而代之的,是微微令人心悸的思索模样:"你猜我今年多少岁?"

年轻人微微犹豫了一下,打量着祁烈那张瘦脸,仿佛有一把薄刀把那些皱纹深深地刻在他脸上。

"五十?"

"过两个月满三十,"祁烈磕了磕烟袋,吐掉嘴里一口发黄的黏痰,"云荒这边的瘴气,折人寿的。走了那么多年,没给毒虫蝎子弄死已经是万幸。你不要小看这片林子,若不是遇上我们,你早就死了,这片林子里面能杀你的玩意儿,不下一千种,若是中蛊,更是生不如死。"

"蛊?"

"是蛊,没听说过吧?"祁烈咧了咧嘴,"巫民的东西。蛊,是怨虫,其实就是虫子,但是是死虫,说不清,不过沾着一点的,就是生不如死。"

年轻人摇摇头:"听不明白。"

"巫民的东西,哪那么好懂?不过我倒是知道一点,最简单的蛊,就是拿一只坛子,把狼蝎、虎斑蜈蚣、青蛇、花衣蜘蛛和火蟾五种东西封进去,取每年阳光最烈的那一日埋在土里。这五种毒物没有食物,只能自己互相残杀,等到第二年启出坛子,就只剩最猛的那一只,剩下的都被它吃了。这最后一个毒物用太阳晒干,磨成粉,再下了咒,就是五毒蛊。下在人身上,那人就逃不出巫民的控制。"

"那不是下毒么?"

"中毒,不过是一死,中了蛊,可就没那么轻松了,"祁烈吧嗒吧嗒抽着烟袋,"蛊是怨虫,在地下埋了一年,咬死剩下的所有毒虫才活下来的东西,毒虫自己也怨。否则你想,就算把其他东西都吃了,它怎么又能活一年?还不是忍着要咬人报仇?其实从地里起出来的时候,剩下那只毒虫已经是半死半活的了,就是那股怨气撑着它。这种虫,磨碎成粉都死不了,吃下去,那些虫粉在人肚子里都是活的,游到浑身的血里。"

"都磨碎了,哪还会活着?"

"不信了是吧?"祁烈瞟了他一眼,"这里可是云州,别的地方不可能的事,这里都可能。你连蛊都不信,尸鬼的事情更没听说过吧?"

"老祁,不要瞎扯,"一个沙哑的声音在远处响起,带着静静的威压,"跑这条道的你也算个老人,嘴上把不住风,就知道吓兄弟们。"

年轻人抬起头,看见篝火那边一条精悍的汉子正把冷冷的目光投过来。那是马帮的大头目彭黎。从那张黝黑的脸上看不出他的年纪,不过彪悍的身材和满手的刀茧却隐隐诉说着他不凡的阅历。彭黎以一根青布带勒在腰间,束住身上的牛皮软甲,腰带上挂了一柄形状诡异的刀。篝火照得他一张脸阴晴不定,刮光了络腮胡子的下巴上泛着一层森森然的青光。

"都是道上的闲话,说说怕什么,敢来云荒的,兄弟们有这个胆子,"祁烈赔着笑点头,而后转去问那边弹琴的小伙子,"是不是,小黑?"

祁烈有些怕彭黎,谁都看得出来。奇怪的是彭黎却是第一次走云荒的,为此他才雇了祁烈这张活地图。彭黎在行商这行里很有名,可是他以前是做什么买卖的,却没几个人说得清楚。

小黑嘿嘿笑笑,没心思掺和进去讨不是。琴声止息,一时间雨声越发地明显,哗哗哗哗的,仿佛永无止境。

"早点睡,明天夜里要到黑泽,还有三十多里路,"彭黎低低地说了一声,上去给篝火添了几块柴,湿润的木柴在火堆里噼里啪啦地爆响,一丛丛火星腾了起来。出门在外这是常识,夜里篝火不熄,虫蛇也就不敢逼近。

祁烈和年轻人共用一顶雨篷,两个人摸摸索索地躺下。祁烈憋了一口烟,这才恋恋不舍地吐了出去。身旁的年轻人静悄悄地,似乎他脑袋一落到枕头上,就睡着了。祁烈益发地喜欢起这个年轻人来,他身上烟味最重,很少有人对此不露半点反感。

"说到底,你到底为什么来云州啊?"祁烈低声问。

年轻人静了一会儿,转过头来,祁烈微微愣了一下,发现他根本不曾睡着,那双眼睛很亮,却不逼人,像是水中的月光。

"听说一直往北,就会到海边,最北的地方是一个叫云号山的陆角,一直伸到海里,天晴的时候往北看会看见殇州的海岸。"

"这个倒是,天涯海角嘛,云号山就是海角了,不过能不能看见殇州我可不知道,那个鬼地方要穿过毒龙沼才能到。什么毒龙沼,有个屁的龙,蛇倒是有无数,除了本地人,没人过得去。你想去那儿?"

年轻人认真地点了点头:"我记得温梦城写过一首诗,说'此心今已寄云峤,来世相约海角头',世人都说,海角就在云号山,我想去看看。"

祁烈一唏:"都是文人瞎扯,那个什么温梦城自己去过云号山么?都是编来骗骗小女人的,没谁真的能到。你去了海角,还要去天涯么?宁州幻城崖,更是要命的地方。"

"宁州幻城崖,"年轻人轻轻地笑,"真的是个很美的地方,你若不是真的去过,不会明白的,即使死前可以看一眼,都可以瞑目了。"

祁烈瞪大眼睛狠狠地打量了他两眼:"你还真的去过?"

"去过,"年轻人的声音渐渐低了下去,"所以我就剩一个愿望,就是去海角看看……"

"还没问你叫什么呢。"

"商博良。"

整个营地在黑夜中沉寂起来。远处的树上,手腕粗的巨蟒静若雕塑般窥伺了片刻,悄无声息地滑走。远处好像是有什么动物跑过灌木丛,惊起睡着的鸟儿,在半空中盘旋不息。

[叁]

"嘿哟嘿,走山蹚海光脚板嘞,遇山踩个山窟窿嘞,遇水就当洗泥脚嘞,撞到天顶不回头嘞!嘿哟嘿!"小黑嘹亮的歌声响彻云霄。

马帮中的每个人都面带喜气。本以为这场大雨要下透整个雨季了,谁知道昨夜入睡时还是浓云满天,今天一早起来就看见万道阳光金线般的从云缝中透下来。

天晴是个好兆头,走得不会太辛苦,更不容易迷路。过了这片林子就到了黑泽,黑泽上唯一的村落是黑水铺,是虎山峒的村子,云荒路上的第一站。宛州的行商喜欢和黑水铺的巫民打交道,因为黑水铺算是深入云荒的必经之路,巫民见外人见得多了,也就开化一些,颇有几个会说东陆官话的人。

这支马帮可谓不小,八十多匹骡马,其中有四十驮是货物,剩下四十驮扛着食水药物和防身的家伙。浩浩荡荡的队伍足长半里,祁烈口里叼着牛骨哨在最前面指路,彭黎骑着一匹健马拖在最后,也叼着一枚牛骨哨。帮主和帮副就靠着牛骨哨尖厉的嘘嘘声彼此联系,收拢整个队伍。在这样的密林中,隔着几步就看不见人,只有一丛一丛的大蕨叶和灌木,哪个方向看起来都是一片绿茫茫的。

祁烈吊儿郎当地斜跨在一匹大公骡上,几个身强力壮的兄弟按着他的指点,拿砍山刀把几处灌木斩开,本来渺无人迹的雨林竟然现出了一条旅人踩出来的小道。祁烈得意洋洋,嘴里哼哼唧唧地唱着不知名的小调,两道稀疏的八字眉都快飞上天去了。

咔嚓一声裂响，小黑砍下了一片巨大的蕨树叶子。叶子上面新鲜的雨水劈头盖脸地洒下来，都淋在商博良的头上。商博良微微笑着没有闪避，抬头看着那阵水雾在半空里留下的一道虹，放开胸怀长长地吸了一口气。

"是个好地方啊，"商博良带着自己的黑马跑到祁烈身边和他并肩而行，"怎么你说起来那么阴森？"

"看人看心莫看皮，这个道理不懂么？"祁烈摇晃着脑袋，"到黑水铺这段，还只是云州的皮，再往里面走才是九死一生的勾当。"

"到这鬼地方还不算九死一生？"开道的伙计中，一个绰号石头的扭头问了一句。

"黑水铺那是歇个脚，真的想搞上好的货色，还是得往林子深里走，"祁烈喷云吐雾，扯开了腮帮子神侃，"我们走云荒的喜欢讲，毒蛇口里夺金珠，越是凶险的地方，越有赚钱的机会。好山好水有女人的地方，早就给人挤满了，就算有赚钱的机会，还轮得到我们？可是那越邪越险，别人不敢去的地方，嘿嘿，就是我们发财的宝地了。"

"那什么地方才算是云荒的深处呢？"商博良好奇地问。

祁烈斜眼瞟了商博良一眼，看见他一双清亮亮的眼睛，仿佛学生求教于师长一样，干净得没有半分瑕疵。

"也罢，遇见我，算是你有这个缘分，就给你说说云荒这里的事儿，将来赚到了大钱，可记得分我一份。"祁烈一噘嘴吐出一个烟圈，等着在前开路的一帮小伙子都凑到他身边来。

祁烈确实好吹牛，不过他嘴里的事情也并非完全捕风捉影。小伙子们喜欢听他说云州的事情，一是有趣，二是有朝一日自己能走云荒了，祁烈说的话没准用得上。

"云荒巫民，一共分四个峒，虎山峒、蛇王峒、黑麻峒、紫血峒。巫民叫峒，跟我们叫部落差不多，北陆的蛮人不是七个部么？巫民管部落就叫峒。黑水铺是虎山峒的，从阴虎山往南，都是虎山峒的势力。大大小小十几个村子镇子,加起来有不到一万人吧。阳虎山和阴虎山之间,就是蛇王峒的地方了,要买金鳞,就要找蛇王峒,那里养蛇的巫民,满屋子都是蛇,我年轻时候不知道这一节,在蛇王峒的一个镇子上过了个夏天,有个巫民的小女人喜欢上了我……"

周围一阵哄笑。

"笑什么?"祁烈一瞪眼,"我年轻那会儿,俊俏是出了名的。你们这帮孙子都给比下去了,现在是不成了。巫民的女人你们没碰过,傻笑个屁,那叫一个媚,水嫩水嫩的,楼子里的姑娘比不上她们。"

"既然这么好,老祁你何不干脆留在那里当了女婿,我们如今走云荒还怕什么,这方圆百里可就是老祁的地盘了,是不是?"一个叫老铁的伙计放声大笑,透着嘲弄的意思。

老铁是当初和祁烈走云荒的老伙计,不顾忌他这个帮副的威严,不过其他小伙计也没几个真的怕祁烈。除了彭黎的手下,马帮里剩下的都是祁烈找来的,就算不是当年一起出生入死的,也是朋友介绍的。小伙子们对于他的底细,知道得一个比一个清楚。

"老铁别吵,"小黑倒是喜欢祁烈的故事,"听老祁说,后来咋样?"

"能咋样,不就睡了么?"祁烈咂巴咂巴嘴,似乎还在怀念那个小巫女身上的香味,"不过蛇王峒那地方真是热,夏天热得人恨不得把皮都扒喽。我就说我要走,那个小女人缠我,说有办法叫我不热。你们猜是个什么办法?"

小伙子们都摇头。云州地方终年不下雪,也不可能建什么冰窖,要想夏天不热,确实千难万难。

"蛇!那小女人不知道从屋里哪个角落,随手就召出条有我腰那么粗的大蛇,说是蛇身上冷,夏天抱着蛇睡,保证凉快。那时候吓得我就想跑,那个女人还说没事,自己赤条条跑上去抱着那条蛇,让蛇缠着她,说是那蛇听话,绝不吃人。"祁烈使劲摇头,似乎还有些后怕的样子,"我更不敢待了,跟着马帮就跑回来了。还好那个小女人倒对我有点意思,不但没下蛊,还送了我十条金鳞,我那点家当,都是那一笔买卖攒下来的。"

说到这里他又欷歔一番:"都十多年了,不知道那小女人现在怎么样,有时候,还怪想她的。"

嘭的一声,惊断了祁烈的怅惘。仅从声音就能分辨出那是一根极劲的弓弦崩响了一下,短促清厉,带着一股切开空气的锐劲。马帮的伙计们都是手底下有些功夫的,甚至有些混过行伍。一伙人想也不想就矮身下去,而祁烈手脚尤其麻利,一个狗啃泥的动作扑下大公骒,结结实实地趴在泥地里,半个人都陷了进去。

只有商博良未动,他身形微微凝滞,手悄无声息地按住了马鞍上的黑刀。那是一枚响箭,带着尖厉的啸声从背后袭来,差着不过两三尺从商博良旁边掠过,击穿了一张巨大的蕨叶,仿佛击中了树干什么的,噗的一声,木木的。巨大的蕨树震动着,蓄在叶子上的水都洒落下来,仿佛又是一场大雨。

听到弦响的瞬间,蕨叶已经被洞穿。射箭的人是此道的好手,箭比声音更快。商博良回过头,看见背后十几丈,一个双目如鹰的马帮伙计从马背上跳了下来,手里提着一张碧沉沉的硬弓。他竟然是站在自己的马背上发箭的,取了至高的一点。

"找死啊!"祁烈猛地跳了起来,"想杀人么?"

那是彭黎手下的一个伙计,名叫苏青。马帮有四十三个人,其中倒有一半是彭黎自己带的伙计,苏青只是其中之一,整日阴沉沉地提着张硬弓,手指不停地拨弄箭囊中的箭翎。彭黎在行商的道上似乎算得一霸,他自己的伙计都是家奴一般,只听他的调遣,祁烈这个帮副在那帮伙计的眼里有若无物。即使宿营的时候,彭黎自己带的伙计也很少和别的伙计杂睡,而是围成一个小小的圈子,把彭黎圈在里面。其他的伙计早就看不惯,觉得彭黎那帮伙计是仗着主子势力,有些狗眼看人的嫌疑。

苏青一张脸冷得像是挂着冰,并未理睬祁烈,缓缓地将另一枚羽箭扣上了弓弦。

"你他妈的!"祁烈火了。

小黑有几分机灵,从苏青的神情中看出了些异样。他挥舞手中的开山刀,斩下了遮挡视线的那片蕨叶。巨大的蕨叶落下,就像半间屋子的屋顶坍塌了一般。

"蛇!"老铁惊呼了一声。

面前的一小片开阔地中,有一株盘根错节的老树,气根盘盘曲曲地垂落到地面,果然像是挂在树上的蛇蜕。

"那是树枝,眼睛擦亮点,别瞎嚷嚷!"祁烈呵斥道。

"那里,那里!"老铁还是惊慌。

伙计们再看过去的时候,才猛地一寒。他们这才看见了蛇,几乎和老树融为一体的蛇。方才他们没觉察出来,只因为没人想到竟是这样大的蛇,把它看作了一条隆起的树脊。祁烈手里的烟袋啪地落在地下。

苏青的那一箭洞穿了蕨叶之后,又穿透了蛇颈,将它狠狠地钉在老树上。那蛇大半条身子都拖在树上,可是光垂下来的一段就超过一个人的长度,黄底黑纹,扁平的三角头上有着一双诡异的金黄色眼睛,一条猩红的芯子软绵绵地从嘴里垂下。距离着一丈多,隐约能闻见那股冰凉的腥气。

"真有这么大的蛇……"老铁战战兢兢的。祁烈说起在蛇王峒看见的大蛇时,伙计们还只是一笑了之,谁知转眼间就看见了真正的大蟒,那巨大的嘴裂,若是完全张开,吞个人都不是难事。

祁烈终究是云荒上的老行商,见的比旁人多。此时看见大蛇已经是被苏青钉死了要害,胆子也壮了起来,上前上上下下打量了一下,嘴里嘀咕:"是个好蛇胆,不过长虫横路……"

他猛地咳出一口痰吐在那蛇的头上:"晦气!"

强烈的腥风扑面而来,祁烈闻着那气味,几乎要晕死过去。他忽然看见巨大的蛇嘴在他面前张开,那条已经僵死的蟒蛇猛地一挣,将苏青入木三寸有余的箭拔了出来,舒展开半条身子,一口咬住了祁烈的脖子!

谁都不曾想到这条蛇竟然还能活转过来。祁烈尚不曾防备,更不必说那些年轻伙计,众人惊叫着一起退后。只剩下祁烈在那棵老树下被蛇叼住了脖子,退不得,也喊不出,拼命中一把攥住了蟒蛇的芯子,不顾一切地扯着。

"闪开!"有人在后面喊了一声。

随着一声清锐的刀鸣,一个人影自人群中疾闪出去。他进得太快,无人看清他是如何挥刀,又如何劈斩的。众人眼里只有一泼鲜红忽然炸开,仿佛是墨绿的林中开了一朵大得惊人的红花,鲜红中还有一道湛然的铁光。

祁烈仰身倒了下去,还带着那个水盆大的蛇头。老树上无头的蛇身狂烈地扭曲着,颈子里的血哗哗地涌了出去,喷得满地都是。直到血几乎都喷尽了,那蛇的半条身子才无力地垂下,断颈中挂着黏黏的血涎,地下的血已经积了小小的一汪。

商博良提着他那柄黑鞘的刀,静静地站在一旁。出鞘的刀并无什么耀眼的寒光,反而有些灰蒙蒙的,可是不知为何,伙计们看着那柄沾着蛇血的刀时,都微微地有些惊惧。那刀的弧线显得妖异,带着一股摄人心魄的森然气度。

小黑和几个伙计一起把祁烈脖子上那个蛇头扳开,狠狠地摔在血污中。商博良一转手擦尽了刀上的血将刀还鞘,走到祁烈身边。

祁烈满脸鲜血,显得狰狞可怖,不过只是狠狠地咳嗽几声,竟然把呼吸给接上了:"阴沟翻船……差那么点儿就死在这儿了……真亏得你那把刀,不枉我救你一遭。"

蟒蛇的牙齿是反钩的,咬人素来不行,一般都是缠死了猎物之后,用反钩牙慢慢把猎物吞到肚子里。祁烈遭那条大蟒临死一击,也不过是脖子靠近肩的地方留下两个深深的血洞,好在没有伤到动脉,并非致命伤。

商博良看了看他的伤势,笑笑:"也不算我救你的……"

他回头看向背后,远远的苏青依旧平持硬弓,而弦上的羽箭已经不见了。众人再看向蛇头的时候,才看清一枚黑翎的箭正扎在金黄的蛇眼上,绝妙的是,那箭一眼扎进一眼穿出,正是穿过了蛇的脑子。事实上商博良出手斩蛇的瞬间,苏青已经了结了那蛇的命。

苏青还是阴着脸,缓步走近,瞥了商博良一眼:"好俊的刀法。"

"出门在外,防身的。"商博良淡淡地说。

苏青又上下打量了他一眼,没有再说话。他心里有些讶异,商博良出手杀蛇的一幕,他看得比谁都清楚。从急退到马边拔刀,到逼近杀蛇,自始至终他仿佛毫不惊讶,得手之后也绝无得意的神情。这份镇静并非他这个年纪该有的,而与其说是镇静,不如说这个年轻人身上有种漠然的冷意,虽然他总是这样淡淡地笑着。

祁烈被小黑搀扶着站起来,小黑在他脖子上撒了去毒止血的药粉,痛得他龇牙咧嘴。

"妈的,给我把这鬼东西拖下来,烤蛇肉,吃蛇胆,狠狠地补一补,看是你吃老子,还是老子吃你!"祁烈上去狠狠地踢了蛇头一脚,嘴里骂骂咧咧。

老铁和几个伙计拔出腰间的铁钩,小心翼翼地逼近那条无头的死蛇。此时它软绵绵地垂在那里,和老树上那些气根一般无二。奇怪的是这条蛇自始至终都只是前半截身子在动,仿佛后面被什么东西压住了一样,此时死了,也并没有从树上滑下来。

老铁狠狠心拿铁钩把蛇身一钩,和几个伙计一起发力,吼一声,藏在树杈后的半截蛇身终于也被他们拉了出来。那条大蛇光看前半截已经大得吓人,后半截大腹便便,更是粗得像水桶一般。整条蛇重不下百斤,落下的时候竟然砸在老铁的身上,压得他趴在泥泞中爬不起来。

"妈的,邪了,难道是条母蛇要生小的?"祁烈瞪着眼睛,"把肚里小蛇也扒出来取胆,叫它断子绝孙!"

"慢!"一声略显嘶哑的呼喝从人群外传来。伙计们自然地让开一条道,彭黎已经从后面赶了上来。

"大当家,"祁烈也急忙收了脏字,"长虫横路,晦气了!"

彭黎没看他,冷冷地盯着地下的蛇尸。噌的一声,彭黎忽然拔出了腰间的刀。伙计们都惊得退了一步,彭黎拔刀时那分声威不比商博良,他一刀在手,周围的人都能感觉到一份透骨的寒气。

彭黎的刀竟然是反刃的,刀尖向着刃口的方向弯曲,与其说是刀,不如说是带刃的长铁钩。他抖手把刀尖指在蛇尸的腹部,缓缓地划了下去。

亲眼看着他划开蛇腹的伙计们都惊叫一声。伙计们就算没走过云荒,也是老到的行商,从来不缺胆子。可是这声惊叫,却缘于一阵压不住的恐惧。几个伙计退了几步,脸色苍白,哇地吐了出来。

蟒蛇巨大的腹部里面不是小蛇,而是一具人的尸体,已经被消化了一半,只能看出一个大概的人形,浑身的皮肤已经被溶掉,森森白骨嵌在模糊的血肉里。无怪那条蛇无法挪动整个身体,它的下腹被这个巨大的食物坠住了。

即使苏青和商博良也微微变了脸色。彭黎用刀在蛇腹中拨弄了一会儿,慢慢抬起刀,刀尖上挂着一枚银饰。那是一枚银质的百足蝎子,上半身是蝎子,下半身是蜈蚣的形状,是巫民的一种图腾。

"它吃的是个巫民。"苏青说。

"终日打鹰,却被鹰啄眼,"祁烈也是惊魂未定的模样,"那帮巫民就是喜欢弄蛇,不知道哪个倒霉的家伙给蛇吃了。"

彭黎沉吟了片刻:"我怎么听说只有蛇王峒的人喜欢弄蛇?"

祁烈微微愣了一下:"是啊,巫民四个峒里,还是蛇王峒的人喜欢弄蛇。"

"这里是阴虎山以南,有这么大的蛇么?"

祁烈呆呆想了好一阵才摇头:"倒是没听说,大蛇就是蛇王峒的地方才有。"

"那怎么会有大蛇来阴虎山以南的地方吃人?"

祁烈眨了眨眼,这回是真的傻了。

"长虫横道,"老铁涩涩地说,"是大凶的兆头……"

一股幽幽的寒气在每个人心头蹿起,虽然觉着有什么事情不对,可是那种飘忽的感觉又说不出来。

"歇一歇用饭,"静了好一会儿,还是彭黎发话了,"别自己吓自己,今天就到黑水铺,住上几日再走,有霉气,也等到霉气过了!"

伙计们把骡马圈在一处,从行李里面取了风干的山鸡肉来烤,本来蟒蛇是顿美餐,不过想着蛇腹中那个化到一半的人形,不吐已经不错了。小黑带着几个胆大的伙计把蛇尸和那具巫民的尸首都挪到远处去了,盖了几片大大的蕨叶上去。

彭黎却像是没有一点食欲,就着一堆火默默烤着他的钩刀,然后拿块棉布慢悠悠地擦着。他手下二十个伙计脸色阴沉地围着,一副不让外人踏足的模样,旁人隐约听见他们低声议论着什么,却听不真切。

好天气带来的好兆头此时都没了,林子里幽幽的似乎有些冷风逼人。

"老祁,真的没事么?长虫横道,真是大凶的兆头,以前殷头儿就是遇上了这一遭,结果一进黑麻峒就再没回来……"老铁在这帮人里胆子最小,仗着早年就和祁烈一起走云荒,有几分面子,于是支支吾吾地说了出来。

"丧气话!"祁烈的脸色也不好,用力咬了一口山鸡肉,发狠一般,"殷头儿那次,是他妈的见了长虫横道的缘故么?想发财就别怕死,那么点胆子,不要让人家看了笑话。"

"到底会出什么事呢?"商博良在旁边问了一句。

祁烈摇摇头:"鬼知道,云州这地方,邪!"

静了好一会儿,他把剩下的半片山鸡肉抛进火里,站了起来:"把家伙都带在身上!准备上路!今天天黑前一定要赶到黑水铺!"

"最后一遭!"祁烈死死盯着阴虎山那边的天空,"老天保佑,活下来就没事了,今后平安到死!"

这句话他说得低,只有离他最近的商博良听得清楚。祁烈说完了,转过眼来幽幽地看了商博良一眼,浑浊的眼睛里寒火一闪。

随着祁烈下令,彭黎的手下也纷纷起身。彭黎这些手下虽然倨傲,却整饬有序,绝非一般零散行商的路子。彭黎下令说由祁烈安排行止,这些手下就遵行不悖。此时整个马帮都动了起来,一时间声势也颇为浩大。人声马声,一片喧闹,似乎把刚才那条蟒蛇带来的阴影压了下去。

商博良默默地站在那里,轻轻按了按腰间的革囊,抬头去看依然明净的天空,青得像是用水洗过的。

"你看,这么凶险的地方,也有这么美的天空……"他低声说着,似乎是喃喃自语。

随后他转身走向了自己的黑马,翻身上马,取下马鞍上的黑鞘长刀插进自己的腰带中。

"黑骊?"商博良有些诧异。他忽然发现自己那匹黑马直竖着双耳,低低地打着响鼻。他骑乘这匹黑马已经有多年,知道它的习性,这是它保持警觉的迹象。他顺着黑马的视线看去,正是林子里被蕨叶盖住的巫民尸体。蕨叶依然静静地覆盖着蛇和人的两具尸首,不过他忽然觉得和刚才看见的有所不同了。

"走了走了,"小黑上来喊他,"祁头儿说了,你救他一命,这路上叫我照顾你,保你没事。"

"哦,"商博良笑了笑,指着芭蕉叶下那堆东西,"刚才有人动过那东西么?"

"谁不怕恶心动那玩意儿?"小黑皱了皱眉头,"就算有也是哪个贪财的偷割了蛇胆去。快走了,乌云快赶上我们了。"

商博良回头看着南方,密不透风的乌云在天空上堆起高高的云山,仿佛随时都会崩裂。风正是向北吹,乌云黑压压地退向他们这边。小黑说得没错,那一阵晴只是暂时的,他们还没逃过雨云。

牛骨哨又一次响起,马帮向着黑水铺的方向进发了。

[肆]

接近黑水铺的时候,乌云终于赶上了马帮。

还不到天黑的时候,隔着几尺远已经看不清人脸,伙计们打起了火把。一路上再没什么事,渐渐地大家也都有些松懈,其实说到底不过是大蟒蛇吃了个巫民,虽说没听说过有大蛇在阴虎山以南活动,不过按祁烈的话说,云荒就是个鬼地方,别的地方不可能的事,这里都会发生。

"转过这道湾就是黑水铺,都把劲儿给我使出来!"祁烈在前面高喊了一声。

马帮已经走出了林子,脚下蹚着一片泥浊。说是湾,却没有河,只有薄薄的一层水混着污泥缓缓地流动,这就是所谓黑泽,一片浆水地,寸草不生。

"蹚着石头走,"祁烈扯着嗓子大吼,"不要陷进去!"

他是走云荒的老人,知道这片静得出奇的浊泥也藏着不可轻视的杀机。黑泽远比看起来要深,越往中心走,越会感觉到一脚踩下都是淤泥,根本踏不到底。其中还有些特别深的孔洞,称为"泥眼",全被污泥遮盖住了。若是不小心踏进去,就是灭顶之灾,人在稀泥中挣扎却无从借力,慢慢就陷死在泥眼中。他还听更老的老人说,有一年云州难得的大旱,黑泽干了一半,有的地方见了底。这才看清其下东一处西一处都是孔洞,仿佛蜂窝一样,常常是一个泥眼中就陷着一具骨架,像是早就挖好的葬坑一般,长年累月,不知道一共吞吃了多少人。

伙计们不敢轻慢,一个个都穿着高筒的牛皮马靴,当先的每踩一脚先探虚实,其后的跟着前面人的脚印走,半步也不敢偏差。

"你认得是这路没错?"彭黎也下马步行,走近了祁烈的身边。

"绝错不了,几年没来了,这点眼力还是有的,"祁烈指着周围那些深及一尺的脚印,都是伙计们踏实了淤泥下的石头后留下的,"下面那些石头本是没有的,都是那帮巫民搬过来扔进去的,方便雨季走路。不要看露在上面的不大,旱季泥浆干了就看出来了,每块都有两人高。看到这些石头,就跟看到黑水铺一样,快了。"

彭黎默默地点头。

"慢着!"祁烈忽然吼了一嗓子。

走在最前面的小黑一怔,煞住了脚步。

祁烈拖着泥腿往前进了几步,脸色有点异样:"他妈的,别走了,有怪事。"

彭黎的目光一寒,也跟了过去:"怎么了?"

"前面这么冒泡的模样,不像是有石头的样子……"祁烈颤巍巍地指着前方的浊泥,脸色泛着难看的灰白色。

走在前面的几个马帮伙计都围了上来,经祁烈一提醒,众人才注意到再往前的浊泥确实有些诡异,不但泥浆更稀,流得更快,而且咕嘟咕嘟冒着气泡,像是一锅煮沸的黏稠面汤。

"有长竹竿么?"商博良回头问。

"有!"彭黎手下一名伙计抄了一根长达两丈的竹竿递了过去。商博良翻腕接住,一竿刺进淤泥中。众人惊讶地看着他手中长竿,那根长竿穿透了污泥,竟然越扎越深,最后只剩几个小小的竹节留在外面。

商博良选了不同的几处连刺数竿,每一次都是直刺到底。

"你说,那些石头都是巫民布下的?"彭黎转向祁烈,低声问道。

"没错,"祁烈拿袖子擦了擦脸,他脸上本来就溅满了泥水,现在擦的却是冷汗,"道是这条道,没错的,可是那些石头……怎么忽然都不见了?"

整个马帮停在泥沼的正中央,所有人都惶惶不安。这些人一直仰仗着祁烈寻路的本事,祁烈也从未出过差错,可是此时他也茫然失措,众人才发现自己早已深陷在黑泽正中,放眼望向四周,都是泥沼,黑漆漆的看不出丝毫分别。

商博良抬眼张望着天空:"看不见星星,不知道方向,不过今夜怕是还会下雨,要是泥沼的水大起来,也许我们就陷死在里面了。"

"先往前走,"彭黎沉着脸,不动声色,"走过黑泽再找黑水铺。"

"不成的,"祁烈摇头,"刚才那些石头,还只是垫脚图方便用,剩下的最后一段是黑泽泥最稀也最深的地方,有那些石头垫脚还有人陷死在里面,这样走,准是死路一条。"

一片死寂。静了许久,彭黎点了点头:"那我们先退回去,找个干点的地方扎营,明天再找路。"

"也只好这样了……"祁烈刚要回头,身子忽然一震,"听,有声音!"

所有人不约而同地屏住了呼吸。袅袅的夜风中,真的有一个细细的声音,似乎有一个女人在很远很远的地方轻声歌唱。头顶上,阴阴的风在回旋,风里的歌声却是空灵醉人的,仿佛带着丝丝缕缕的甜香。如此甜美的歌声在这个浓云满天的夜晚响起,却令人不自觉地惊悸,胸臆间一片刺骨的凉意。

这样的地方,怎么会有人唱歌?

伙计们脸色惊惶地左右顾盼。那歌声一时像是来自左边,一时又像是来自右边,忽前忽后,难以捉摸,像是风中裹着一个飘逸不定的幽魂。

"妖……妖精……"老铁哆嗦着。

山妖水精的传说在云雷二州尤盛,传说西陆深山古潭中蓄积星辰光辉,长年累月不被人兽的精气骚扰,久而久之就会幻生出飘忽无形的精魅。无星无月的夜晚,她们以媚歌召唤旅人,欢合之际就变出狰狞面目,吞食旅人的骨血和脑髓为生。至今宛州青楼里还有一种魅女,都是由一些行踪诡秘的商客从远方带来,以不菲的价格卖入娼馆。这些魅女自小都是绝色,又生有媚骨,对客人百依百顺,淫艳非常,只是对人情世故半通不通,琴棋书画乃至应对上,远不如普通的青楼娼女,所以又有"描红偶人"一称。出卖她们的行商无不说这是外州买来的贫苦人家幼女,可是暗地里却有传说,这些都是邪道的术师借人的身体孕育出来的精魅,空有人的形体,却不具备人的魂魄。

彭黎脸色阴沉,忽然一把将手里的火把插进淤泥中,霍地从腰间抽了刀,反钩刀在火光照耀下凄然一闪。随着他有所动作,他手下二十个伙计也纷纷抄起了家伙,苏青一次将三枚羽箭扣上弓弦,豹子一样矮身半沉在泥沼里。刚才递竹竿给商博良的伙计荣良竟然是枪术的好手,手中提着一柄细杆的长枪,带着倒钩的枪刺半沉进泥中。东陆枪术几大流派,"蛇骨七变"是其中久负盛名的一路,荣良起手势就是蛇形,枪头像是一个随时要暴起噬人的蛇头一般。

彭黎不是老铁那样胆小的人,但是那歌声是确实不虚的。在这种倒霉的天气里遇到怪事,他不怕山妖,却怕潜伏的敌人,此时身在泥潭中,只要四周箭如乱雨,他们这些人没有一个可以活命。所以他首先就是灭火,而后全神戒备。

整支马帮绷紧如苏青的弓弦,只需要微微的一点触发……

"嘿哟嘿,走山蹚海光脚板嘞,遇山踩个山窟窿嘞,遇水就当洗泥脚嘞,撞到天顶不回头嘞!嘿哟嘿!"

黑暗中忽然响起的歌声惊碎了一帮兄弟的肝胆,那歌声嘶哑沙涩,倒像是以刀片刮着铁锈斑斑的锅底,令人头皮一阵一阵地发麻。那是祁烈的声音,祁烈竟然着了魔一般开始放声高歌!

苏青几乎是不由自主地手臂一抬,羽箭直指祁烈的后脑勺。他以弓箭为武器,"风听"之术极为精深,可以借助细微的风声辨别方位,何况此时祁烈异样的歌声震耳欲聋。他那张青弓早已拉满,此时手指一松,就会要了祁烈的命。可是两只手同时自黑暗中伸出,死死攥住了箭杆。苏青头皮一麻,浑身都是冷汗,就想弃弓去拔腰间的短刀。

"是我!"黑暗中两人同时说。

一个声音沙哑,正是彭黎。另一个声音淡然,却是商博良。苏青略略恢复了镇静,低头一看,彭黎的反刃刀和商博良那柄长刀正架成一个十字。商博良那柄晦暗的刀此时却映出一阵蒙蒙的青光,仿佛被薄云遮住的月色。

商博良和彭黎默默对视了一眼。彭黎微微地一笑,脸上那道横过鼻梁的刀疤微微扭曲,对着周围低喝了一声:"都别出声,听老祁的!"

两人倏地分开,商博良走近祁烈身边,而彭黎闪到苏青背后拍了拍他的肩膀:"稳住!还没到最凶险的地方,别先把自己折腾躺下了。"

祁烈依然在高唱。一路上没人听见他唱一句歌,可是此时却一发不可收拾。没人听得懂他所唱的词句,依稀和对岸传来的歌声相仿,带着云州巫民特有的卷舌口音。他嗓子远不如小黑嘹亮宽阔,却更高更锐,仿佛一根根尖针在人脑子里使劲地刮,令人又晕又痛,恨不得吐出来。

"老祁是疯了?"石头战战兢兢地问身边的小黑。

"听老祁的,"小黑也说,"这歌叫《闯山谣》,就是走云荒人唱给巫民听的。巫民喜欢唱这个,深山大泽的,隔着老远说话听不清,唱歌还行。"

"那对面不是妖精?"

小黑咽了口吐沫:"鬼才知道,山妖也唱人歌。"

祁烈终于住了口,破锣一般的嗓音还在周围回荡,对面那个绵绵糯糯的声音又随风而来。这次的歌声似乎轻快了许多,虽然还是听不懂,却不像刚才那般幽深诡秘。歌声远不同于东陆的曲调,间或还杂着银铃般的笑,有时又像是两只云雀在枝头对啼。一时间阴森的气氛散去了一半,对面的歌声中别有一种少女动人的春情,唱得一帮汉子骨酥心软,小黑又悄悄吞了口吐沫,这次却不是害怕了。

"行了!"祁烈扭过头来,点起一支火把,一双眼睛直勾勾地看着苏青。

苏青阴着脸和他对视,方才他几乎要一箭射死祁烈,此时却也没有要道歉的意思。

"你那箭,能射多远?"祁烈竟也没有发作,只是打量着苏青手里的弓。

苏青翻了翻眼睛看他:"两百步,你要射雁左眼,我不伤它右眼。"

"不是问你取准了能射多远,就说往远里射,能射多远?"

苏青愣了一下:"对天射,不逆风的时候,五百步总是有的。"

祁烈点点头:"差不多了,试试!"

他从马背上卸下一根极长极细的麻绳,问苏青取了一支羽箭,将麻绳死死地拴在了箭尾,又从熄灭的火把上取了浸透松脂的麻纱捆绑在箭杆上点燃了,这才将箭递给苏青,指着歌声传来的方向:"就那边,你射,用最大的劲道。"

苏青微微犹豫了一下,舒松了一下手腕,猛地推满青弓,箭直指着祁烈的脑门。众人大惊的时候,苏青一侧身,扬起手臂,顿时转成对空射雁的姿势。羽箭清啸着离弦,立刻没入了黑漆漆的夜空,众人努力仰头望去,只能看见那一点火色划出一道巨大的弧线,投向了黑泽的对面。

"好箭术!"小黑羡慕地说。寻常军队里制式角弓也射不出三百步,而苏青这一箭,坠着一根细绳,依然射到了两百步之外,若是不挂绳子,当真要有五百步了。

箭杆上的麻纱烧不得多久,立刻熄灭了,只剩那根细麻绳还在祁烈手心里。他打着火把,一言不发,那张焦黄滑稽的脸上,也浮起了一丝令人敬畏的神情。片刻,对面又有歌声传来,祁烈脸上这才透出喜色。他手脚麻利地收着麻绳,最后细麻绳收尽,却有一根手腕粗的黑油索拴在麻绳的头上。

"这怎么说?"彭黎沉声问道。

"对面是黑水铺的娘们,"祁烈以袖子擦了擦脸,"她唱的是说今年水太大,下面的岩石被泥水带走了很多,石桥肯定走不得了。要走绳桥,当年我和殷头儿走云荒,也是逢到大水季,也是走的这种绳桥。"

"绳桥?"

祁烈比了比手中的黑油索:"这绳子对面已经拴住了。我们这里找八匹马,套成一组,使劲扯住这根绳子,这就是绳桥。人马都走绳桥过去,人扯着绳子,马鞍环穿在绳子上,才不会溺死在里面。"

彭黎还在沉吟,苏青却冷冷地说道:"若是走到一半,对面的人砍了绳子,我们岂不都得陷死在里面?"

祁烈耸了耸肩膀:"毒蛇口里夺金珠,走云荒本来就是要命的买卖,你没胆子就别起发财的这份心。而且我们对巫民也是运货的客人,人家没事为啥要砍绳子?"

"一帮化外的野人,凭什么就信他们?"

祁烈似乎有点怒了:"我走云荒十多年,还没听说过砍绳桥这种事!"

苏青冷笑:"祁帮头,我们凭什么就信你?"

"你!"祁烈猛地瞪眼,几乎是不由自主伸手要去自己腰间拔刀。

"不必争了!"彭黎忽然伸臂挡在苏青面前,"信不信都好,大家走到这里了,没有回头的道理,绳桥石桥,我们都走!"

"老祁,"彭黎转向祁烈,"这一根绳子的绳桥,走得稳么?"

祁烈咬了咬黄牙,松开了腰间的刀柄:"只要死死把住绳子,没什么难事。这法子只有一个不好。留在这边的八匹马和管马的人最后还是过不去的,非得留在这里,等到我们回来接他。"

"哦?"彭黎淡淡地应了一声。

祁烈高举起火把看着周围一帮兄弟,一双浑黄的眼睛扫来扫去。那是颇令人讨厌的目光,像是商人在市场上打量要买的驴马一般。彭黎手下的人性子高傲,尤其不悦。荣良一皱眉,冷冷地喝道:"看个屁,谁乐意谁就留下来看马,我们兄弟反正没这个兴趣。"

祁烈鼻子里冷冷地哼了一声:"知道彭头儿手下都是好汉,没指着你们留下……"

他转了转眼珠,上下看了看商博良:"兄弟,你看着就是个世家出来的,没事别跟我们这帮粗人跑这趟要命的买卖。看在你救过老哥一命,我们出来分你一份,你留这里看马好了。"

商博良略略有些诧异,很快就恢复了平时淡淡的神情。他轻轻地一笑,摇了摇头:"谢谢祁帮头的好意,我一点不分也没什么,本来就不是出来行商的。想来云州看看。"

"老祁……"老铁在背后小声说。

祁烈却像是没听见,还是看着商博良:"小子,云号山那地方,真不是人去的,就算过了阴虎山,老哥也不能陪你跑到云号山去。就怕你没看见海角,先没了小命,你可想好了。"

商博良愣了一瞬,还是笑,轻轻地吁了一口气:"很早以前,就想好了。"

"老祁……"老铁又说。

"如今这年头,"祁烈鼻子里哼哼,"好像人都不觉得自己的命值钱了。"

"老祁……"

"行了行了,"祁烈不耐烦地打断了老铁,"你这孙子胆子比兔子还小,亏你还是当年和我走云荒的老伙计,人家一个小伙子都不怕,你吓得和什么一样。现在怕了是吧?怕还来走这趟?就为你那个小老婆逼你给她打首饰?早说了,女人关都过不去,不如一口给大蛇吃了!"

老铁哆嗦一下,满脸苍白。他觉得这次出行不顺,想留在黑泽以南等着,可是祁烈那么一说,他又想起那条大蟒,觉得走也是死留也是死,心里不由一阵阵地发寒。

"没事,"商博良笑着拍了拍老铁的肩膀,"我记得马背上有硫黄,你身上带一包硫黄,大蛇就不敢靠近你。况且蛇怕冷也怕热,我看这个天气继续闷湿下去,蛇也会缩在树上不出来活动。你不必太担心。"

老铁看着这个永远不惊不乱的年轻人,使劲点了点头,表示感激。

"那就这么定了!"苏青不耐烦地打断了他们,"再这么磨磨蹭蹭大雨就下来了,那时候更难走!"

祁烈也上去拍了拍老铁:"行了,带伙计们套上八匹马,要是我回来你还有条命,有你一份!分四拨走,十个人十匹马,谁跟我走第一拨?"

"我走吧,"第一个应声的竟然是商博良,他拍了拍自己那匹黑马,"黑骊会游水,走着泥沼,没准比一般的马强些。"

彭黎对着自己手下的兄弟招了招手:"就这样,你们中再出七个人,第一拨算上我、祁帮头和商兄弟。"

"我和祁帮头走第一拨!"苏青忽然站了出来,"彭帮头你不能出事,还得管着剩下的兄弟!"

苏青那双鹰眼带着几分挑衅的神色,死死盯着祁烈手把黑索的背影。祁烈却没有回头,只是对着黑泽那边茫然看不透的黑暗默默地抽着烟斗。那边老铁已经带着几个兄弟将八匹健马套在了一处,一声吆喝,健马宽大的蹄掌踩穿污泥直踏上污泥下的岩石,沉沉地拖在泥沼里的黑索被缓缓地拉了起来,湿漉漉的泥浆打落下去,索子上已经穿了十匹马的马鞍环。

祁烈把了把索子,竟没有再多说,第一个踏进了望不到尽头的泥潭。众人看见他有些佝偻的背影,他肩上缠着自己那匹大健骡的缰绳,越走越远,越陷越深,转眼已经走在齐腰的稀泥中。黑索在八匹健马的拉动下扯得笔直,那匹可怜的骡子有如被吊起在半空中,祁烈艰难地左右摇晃身子,向着前方跋涉。众人面面相觑,即使彭黎手下的兄弟,对祁烈这个老云荒的敬畏也增添了几分。若不是祁烈,他们也许真的已经死了很多次。

商博良笑了笑,手腕一翻,将带鞘的长刀插在背后的腰带上,又学着祁烈的模样,把黑骊的缰绳拴在自己肩上。随着他也踏入了黑泽深处,苏青也领着彭黎手下的七个伙计跟了上去。

　　剩下的伙计打起越来越多的火把,可是火光照不透这片夜色,渐渐地最后一人的背影也被黑暗吞没了,只剩远处搅动泥水的声音,说明这些人还依然活着。

　　"老祁,搞到货了早回头,兄弟在这里等你啊!"老铁忽地大喊,不知为什么,也许是黑泽这边只剩他一个了,也许是夜里的风飕飕地冷,令他心里涌起一阵孤寒。

　　无人回答。

[伍]

祁烈第一个从浊泥里跳了出来,踩上了干地。

"上岸了!上岸了!后面的都他妈的给我加把劲!"他兴奋地回身吆喝。

还在泥泞中跋涉的伙计中爆发了一阵欢呼,他们一手牵马一手攀绳,在浊泥里凫水似的,一个个都只能看见前面兄弟的背,根本不知道还要走多远,几个人已经筋疲力尽,这时候听见祁烈的欢呼,死里逃生似的,手脚里又涌出一股劲儿来。

商博良跟着踏上干地,他下半身都被泥水浸得透湿,走起路来牛皮马靴里咣咣的都是水响。他走到祁烈身边,祁烈顾不得周围也都是湿的,一屁股坐下来倒着靴子里的泥水。

"妈的,这路走死人,过毕钵罗的时候那帮子夷人神官还有鼻子有眼儿地说今后一个月海风向东气候干爽。干?干他妈个鬼!这算干,湿的时候不是房子都要泡在泥里了?"祁烈无休无止地骂。

彭黎也登岸了,先上岸的苏青伸手要拉他一把,被他挥手拨开了。

"后面的跟紧一点!上岸的看看有没有丢什么东西!火把再多拿几个出来,都点上!"彭黎转身喝令。

"彭帮头,祁帮头。"商博良忽然说。

"怎么?"两个人都问。

商博良站在那根粗大的黑索旁,打着一支火把,火光照到了黑索的尽头,那里没有人,黑索被拴在一块怕有上万斤的大石上。彭黎和祁烈都惊得一愣,祁烈跳了起来,彭黎一按钩刀的刀柄。三个人四面环顾,无数雨点反射着火把的光,可除此之外只有黑压压的树和忙碌的马帮伙计,看不见半个外人。

谁给递的绳子?

"别管货了,灭火把,抄家伙防身!"彭黎吼了一嗓子。

他的声音震耳,后面刚踏上地面的几个伙计被吓得傻了,其他人一惊忙不迭地从马鞍子上捞兵器。走云荒的马帮是裤腰上拴着脑袋吃饭的,手底下都有些功夫,这时候忙而不乱,三三两两地聚在一起,背心贴着刀口冲外,也不知要防御些什么,只是紧张地四下张望。所有火把都被倒插进泥水里灭掉了,只剩彭黎自己手里的一根,在人群中孤零零地燃着。

依然没有人,周围只是重重叠叠的蕨叶和灌木,地下蜿蜿蜒蜒流淌着泥水,看不见任何脚印。这里静得没有人的样子。

可祁烈看了一眼那根黑索,脸色难看得像是死人。云荒这边没人说什么仗义援手,何况他们一帮外乡人,要说巫民帮了他们一把却不留名就走了,祁烈是打死也不能信的。在这里,不露头的人不会是朋友,一定藏在暗处操着杀人的家伙。而他们似乎踏进了一个糟糕的陷阱,背后是深不见底的泥沼,前面还没有找到出路。

一大帮伙计面面相觑,保持戒备的时间长了,姿势都有些僵硬。彭黎稍微松了一下握钩刀的手,瞥了一眼商博良。

这个年轻人正按着他腰间的黑鞘长刀,他的拇指卡着刀镡,那把锋锐之极的武器随时可以出鞘。可此时他却是闭着眼睛的,微微仰头,似乎在倾听什么。

"噤声!"彭黎明白过来,低低地喝了一声。

马帮的伙计们全无声息的时候,周围细微的响动就暴露了出来。隐隐有某种动物的呼吸声,细听又像是人的叹息声,再仔细听却像是什么都没有,不过是风吹过泥沼的表面。那声音一时在东,一时在西,像是一个幽魂的脚步在四周的黑暗中悄悄留下脚印。

"中!"苏青的声音忽然惊破了平静,随之而起的是凄厉的箭啸。

三箭方一离弦,苏青已经如矢石般射了出去,同时三指自腰间的箭囊中取箭,虚引青弓低着身形,急速冲向了三箭所射的方位。这个瘦削的汉子大步溅起泥浆发动冲锋的时候,竟然有着豹子般的威势。彭黎和荣良不过稍稍落后半步,瞬间就有六七人追随在苏青身侧,有如雁翅的阵形展开。

彭黎钩刀不曾出手,首先掷出了火把。那团火光在半空中翻滚,拖出一道长长的火线,却照不透沉重的黑暗。还未落地,忽然嚓的一声,火光飞溅,火把分为两截落在泥泞中。刹那间,人们看清了一条修长的黑影,和他手中凶蛮的扁口弯刀。

兵刃交击声、呼喝声、哀号声在黑暗中响成一片,彭黎带着的一帮兄弟已经和黑暗中潜行的敌人冲突上了。此时双方都没有火把照亮,祁烈率领剩下的人护着骡马,纵然有火把也照不出恶战的情形。只有黑暗中金铁交击时偶尔溅出的火花照亮人脸,隐约是彭黎大踏步地上前,大力挥舞着钩刀逼得对手连连后退,只能不断地以手中的扁口弯刀格挡。

此时谁都可以看出彭黎曾有过行伍生涯,那副刻骨的狠劲完全是战场上你死我活的杀法。但也正是这股野兽般彪悍的劲头,让伙计们心里腾起了一股安全的感觉。不是这样的汉子,踏不开云荒的层层迷障。

可是彭黎的心头,却浮起一丝不祥的感觉。对方是人而非妖鬼,本来是个好事。但是黑暗中他攻势如潮,对方节节后退之余却都能尽数封住他的进攻,那些藏在黑暗中的敌人竟仿佛能看清他的动作。他也明白发出几声哀号的都是自己的手下,换而言之,对方并未有人受伤。他全力挥舞钩刀,要先解决眼下这个对手挽回军心。

铁器撕裂空气的声音忽然自脑后传来。彭黎大惊中猛地前扑,他的对手分明在前方,却有攻击从背后而来,而且那人出手的速度和力量,远非面前的这个对手可比。用尽全力的突进使得他闪过几乎必杀的一刀,他低低地吼一声,后颈传来一片火辣辣的痛。

那柄藏在背后的刀再次带起了风声!彭黎这次连突前的机会都没有,他平生还是第一次遇到有人能够回气那么快,第一刀尚未用尽,第二刀已经蓄势待发。前后夹击,他没有生路。彭黎猛地大吼了一声,竟然不顾身后的一刀,全力平挥钩刀横斩出去。

"停手!都停手!扎西勒扎!扎西勒扎!"忽然有人放声大喊。

钩刀几乎是贴着对手的腰肋死死煞住,刀刃入肉两分,一道细细的血线在寒光凛冽的刀锋上显得森然夺目。而彭黎的顶门,也被一柄凶蛮的片刀压着。

"停手!扎西勒扎!停手!扎西勒扎!"呼喊的人全力挥舞着双臂,一直跑进了战团中。

奔来的人高举着火把,照亮了周围的情景。一个持刀的巫民贴身站在彭黎背后,浑身漆画着黑色和深绿的条纹,在胸口汇成一个狰狞的神兽面孔。苏青就在三丈外,引着青弓,弓弦绷紧到了极点。剩下的伙计各有负伤,手持兵器和一两个巫民对峙。巫民约有十人,都是彪悍过人的青年,眼中凶光毕露,没有半分畏惧的模样。

彭黎已经听出了那是祁烈的声音。他停下钩刀的时候,生死只在一线之间,不能不说是种非凡的勇气。此时他一切一拉,就可以从敌人背心钩进去,拉开半边的肋骨,但是背后这名一直藏在黑暗里的漆身巫民似乎是对方的首领,彭黎哪怕手指一动,那柄扁口刀也会将他的脑袋纵劈成两半。双方是站在天平的两端,都不敢妄动,稍许的惊动就会发展成两败俱伤的结果。

"扎西勒扎……扎西勒扎……"

祁烈因为剧烈的奔跑而上气不接下气,却片刻不敢停息地重复着这句话。他双手交叉按着自己的两肩,一步一躬腰,对着那名浑身漆画的巫民缓步走近,神态恭谨,全没有了平时嘴脸。

"扎西勒扎"是巫民所操的竺文,意思是说"朋友"。云州巫民的语言种类很多,有些和东陆官话相似,只是有着很多的土音,有些却全然不同。而这种"竺文",是家族老人祭祖时候所用的,传说只有竺文能通行神鬼诸界,仿佛羽族所崇尚的"神使文"一样,在整个云荒都通行。

浑身漆画的巫民脸上也尽是油彩,白多黑少的瞳子死死地盯着祁烈。长久的死寂,众人心里都在发寒,苏青拉弓的手上隐隐有了汗意。

"你们……是东陆的行商?"出乎预料,那个恶鬼般的巫民却操着一口流利的东陆官话,除了咬字转音间尚不流畅,竟比祁烈的宛州乡间土语还要标准得多。

祁烈微微愣了一下,急忙点头:"行商,行商……我们是宛州行商,带着货物来的,没有恶意。"

巫民一双黑白分明的眼睛盯着他死死地看了两眼,转而去看他背后的骡马,而后谨慎地转过头,并不说话,只是以眼神和同伴交流着什么。

"货物,行商,我们没有恶意。"守在黑骊边的商博良忽然说。

他转身将骡背上的麻包解开,露出了里面金绿两色的织锦绸缎,一锭一锭捆扎起来,束得整整齐齐。商博良缓缓地举起了手,将自己的黑鞘长刀插在马鞍侧面的皮囊中,自骡子背上取下一锭绸缎。他以双手捧起绸缎,缓步上前,一直走到巫民首领面前一步之遥的地方,伸出双臂奉上了那块绸缎,态度极尽谦恭之意。

巫民首领冷冷地看着他的一举一动,并没有什么回应。祁烈忽然觉得嘴唇干涩得很,不由得舔了舔。

刀光忽地一闪!那个巫民右手沉重的片刀还压在彭黎后颈,左手却噌的一声拔出了腰间的短弯刀,平着削向了商博良的双手!彭黎浑身筋肉绷得铁紧,此时全身一振,蓄积的那股力道就要发作。

"别动!"祁烈暴喝。

彭黎的钩刀只是微微颤了一下，被他制住的那个巫民似乎也感到了腰间传来的疼痛，脸部扭曲了一下，也忍着不动分毫。而那柄削向商博良的弯刀却忽地静止，巫民的头儿双眼死死盯着商博良脸上的神情，自始至终，商博良捧着那匹锦缎，恭恭敬敬地半躬着腰，脸上的神情丝毫不变。

弯刀挑开了纹锦，绣金的织物在火光中展开，灿烂夺目，而纹锦中，只有一小片吸湿的丝绵。

巫民的头儿点了点头。彭黎清晰地感觉到头顶如山般的压力忽然减轻了些许，那柄可怕的片刀离开了他头顶一寸。他心念一动，手中的钩刀也随着挪开少许。片刀缓缓地撤去，钩刀慢慢移开，苏青的弓弦慢慢放松，整个场面的气氛微妙地缓和下来。

彭黎深深吸了一口气，压住腰上的痛意，学着祁烈的样子双手交叉按住肩膀，躬腰行礼："扎西勒扎。"

"扎西勒扎。"对面的巫民首领也还以同样的礼节。

所幸并没有折损人手，只是彭黎和几个伙计受了轻伤。彭黎带着苏青等几个兄弟退回骡马边简单包扎了伤口，那边的火把下，祁烈已经操着尚不流畅的竺文和巫民们聊得眉飞色舞。

马帮中只有他一人懂得巫民的竺文，谁也不知道他跟巫民们大声说着些什么，只是远远地看去，巫民们脸上的神情越来越和缓，最后那个巫民的首领爽快地拍着祁烈的肩膀，两人的笑声传来，似乎根本没有刚才那番你死我活的争斗。

彭黎冲着一旁的商博良点了点头："多亏你和老祁，否则这次就在河沟里翻了船。"

商博良微微笑了笑，并未回答。彭黎视线一低，才发现他的手悄悄隐在身侧，而谁也不知道他何时又把那柄黑鞘的长刀插回了腰间。彭黎心里微微动了一下，不由得多看了他几眼。他接近那个巫民的时候示以极大的诚意，可是至此却依然没有放松警惕。那么这个人的镇静就绝非是因为不通世事,而是沧桑磨炼之后令人敬畏的胆略和城府。可是偏偏看他的笑容,清澈得不染邪意。

此时祁烈已经小步跑了回来,脸上略有几分喜气。

"是巫民迎亲,"祁烈微微喘着粗气,以衣袖擦拭着额头上的冷汗,"差点就没命回家了,吓得我。"

"巫民迎亲习惯在夜里么?"彭黎冷冷地不动声色。

"是我疏忽,这几天,是巫民的蛊神节。平时迎亲也都是在白天,不过蛊神节是个怪日子,传说每年雨季最阴的这几天就是蛊神节,没有阳光镇住,蛊神会在外游荡。这几天,尤其是虎山峒养蛊的巫民,都是待在家里辟邪,真有什么不得不出门的事情,也都是趁夜,而且尽量不用火把,免得被蛊神附体。"

"蛊神附体?"

祁烈点了点头,往巫民那边瞟了一眼,也压低了声音:"说是蛊术,其实是拘魂的一种,养蛊的日子都趁太阳最毒的日子,就是借光镇住那些怨魂。雨季没了阳光,怨魂镇不住,就会自己出来游荡,巫民叫蛊神。云州的地方,怪事多,说不得……"

祁烈拿手在自己嘴巴上使劲拍了拍:"嘴说都晦气,这里邪得很,巫民的事情,不问最好。"

彭黎似乎还有些将信将疑,看了看苏青等几个伙计,这才缓慢而沉重地点了点头,微微地吐出一口气。商博良不经意间看了彭黎一眼,看见他熊虎般的后背上,有一道汗水沿着背脊缓缓地流下。

他心里也有一分惊诧。一番接战几度生死,彭黎并非毫无畏惧,可是他竟然能够忍住冷汗,直到放松警惕,汗水才自然地悄悄流出。

"我已经跟他们说了,他们也是送新娘去黑水铺,到时候捎我们一程,到了地方,给点货物意思一下就行了。"祁烈咧嘴笑得起劲,像是为做成了这件事有些得意。

苏青冷冷地哼了一声,冷眼瞟着二十丈外那群巫民的一举一动,手指只在腰间的箭翎上灵活地拨弄着。

彭黎还要问什么,苏青却忽然脸色一变,低声道:"彭帮头,看那边!"

众人一齐转过视线,半数的人低低地"噫"了一声。不知何时,那群巫民之中竟然多了三个女子,其中最高挑的那个披着一袭轻且薄的纱制白衣,脸上覆着同样质料的白纱,远不同于云州巫民文身右袒的常见装束。两名娇小柔媚的巫女似乎是陪嫁的姐妹,高举着青红两色的旗幡,有意无意地遮挡在她身边,众人只能看见她肩上束着的一幅白纱在黑暗中幽幽地起落,白得纯而脆,有如冰雪般。

"这是他们的新娘?"商博良好奇地问。

"想来是吧,"祁烈摇摇头,"这装束倒是真的少见。那两色幡叫血食幡,开路用的,是说过路的鬼神不要害人,到家自然供奉血食。那个漆身的叫作恶头神,故意画得丑恶,是要吓住那些存心不良要害人的恶魂。别的规矩我也不是很清楚,不过看她那身衣服,料子肯定是宛州的货色,一般人家可是买不起。这户结亲的人家该是黑水铺的大户,若是打好交道,或许还能找个带路进蛇王峒的人。"

"带路人那么难找?"彭黎在一边发问。

"难!"祁烈摇头,"说是说都是巫民,也算一家子。可是蛇王峒虎山峒,好比我们东陆的两个国,彼此的往来也不多。你看北陆蛮族,说是说都是蛮人,可是青阳部的人就敢轻易去夔雷部?没准人头都丢了。"

商博良本来还是笑着的,此时笑容却忽地一涩,茫然地转过眼,似乎是有几分失神。

他把视线转回来的时候,祁烈已经跑到一匹健骡边,翻检起所带的锦绣来,翻弄了半天,扯出一匹绿底纹绣金羽的料子,乐得眉开眼笑:"正好遇见巫民迎亲,弄这块绸子去给新娘随个礼,这交情就算定下了。"

彭黎愣了一下,点了点头。上场拼杀一呼百应,祁烈是远不如他,可是说到这些小伎俩,他想破头也未必有祁烈这般花样百出。

"我跟你去。"商博良忽然说。

祁烈斜斜地瞥了他一眼,压低了声音:"老哥就看你小子是个人物,巫民的女人也敢看。"

"走,走!"祁烈没等他答话,上去拍了拍他的肩膀,"老哥带你看个新鲜。"

两人走近巫民围成的那个小圈子,祁烈对巫民的首领和新娘各行了礼,以竺文说了几句什么,张开了手中金绿色的锦缎。巫民最喜欢金绿两色,这匹绸缎祁烈精选出来,就是为了讨巫民的欢心。那个首领涂满油彩的脸上果然透出了喜色,躬下腰双手摊开接了过去。

此时商博良的目光却只是在迎亲的人身上转悠。他对这些荒僻之地的民俗似乎别有一番兴致,上到巫民首领头戴的银发箍,下到陪嫁女子脚腕上亮闪闪的铜铃都看得仔细,本来他和祁烈一样装得神色肃然,此时却不由得在嘴角边带出了一丝笑意。

果然像祁烈所言,云州巫民的少女绝不像东陆女子一样羞涩。两个陪嫁的少女都是罕见的妖娆,肤色有如蜂蜜一般,穿着淡黄色的搭肩筒裙,窈窕娇媚的身段却遮掩不住。她们都是赤足,踩在泥水中,脚腕上束着豌豆般的小铜铃。商博良趁低眼的机会悄悄地看了那铜铃几眼,方一抬眼,就触到了其中一个大眼睛少女的目光。似乎是喜欢这种来自他乡的温雅男子,少女毫不避讳地看了商博良一瞬,竟轻轻踢起赤裸的小腿,让脚腕上的小铃叮叮作响,似乎是要引他看个清楚一般。那条小腿虽然沾了点点泥浆,可是笔直修长,肌肤细嫩得让人心中荡漾,满是豆蔻少女的活力和春情。

祁烈看在眼里,暗中狠狠地揪了商博良一把。商博良痛而不敢言,无奈地扯了扯嘴角,只是几个目光的来去,少女眨着大大的眼睛,透出近乎挑逗的媚意。商博良依旧是笑,自始至终他的笑容竟没有一丝变化。一瞬令人觉得他笑得真纯,一瞬又觉得他的笑只是脸上的一张面具。

少女似乎察觉到自己的眼神并未让这个异域的年轻男子动情,眼中隐隐有了怨怼的神情。那缠着脚铃的赤足在泥水中恨恨地踩了一下,她眼珠一转,恶作剧般地以手指轻轻扯了新娘长长的面纱。

巫民的男子都不曾注意到这个陪嫁少女的动作,仿佛只是一阵风撩起了面纱,将一张令人难以忘怀的面容暴露在凡俗世人的眼目中,只是短短的一瞬。

祁烈一时间觉得有些眩晕,脚下像是踩在云中。

他出入青楼,但不是贪花好色的人。他也说不清为何看见这张脸的时候竟有一种要跪下去膜拜的冲动,靠着咬了咬舌尖那股痛意,才回过神来。新娘子察觉了身边少女的动作,近乎透明的手微微一把女伴的手臂,将面纱轻轻扯了回去。祁烈再看过去的时候,已经看不见对方的容颜。他心不在焉地听着巫民首领的闲话,努力回想那容颜的样子,可是脑子里空空如也,怎么也想不清楚。似乎确实是张绝美的脸,可是宛州青楼里,绝美的女人数不胜数,这样看来,面前这个新娘又并无什么过人的地方。

对视的瞬间,只是一种感觉,像是隔着一层云雾,再一次看见了很多年前童蒙时候令人毕生难以忘怀的那次惊艳,渺渺茫茫看不真切,只有心头涌起的什么,久久也不退去。

他想要告退,转眼看了看身边的商博良,忽然有些诧异。商博良那双总是很清澈,不染一点尘埃的眼睛忽然变得空蒙起来,空得有如荒漠大海,辽阔悠远。他眼睛一眨不眨地盯着新娘雪白的面纱,身体似是微微地颤抖。

那名捣乱的巫民少女似乎是觉得挽回了颜面,带着点媚意和狡黠,冲着商博良眨着大大的眼睛。可是此时,商博良的眼中分明已经看不到她。

祁烈暗地里狠狠地掐了商博良一把,他这才猛地惊醒,还未来得及说话，又被祁烈拉扯回去了。祁烈害怕巫民发怒，一边急急地扯着商博良，一边偷偷回头看着身后的动静。不知为何，他忽然觉得新娘身边另一个妖媚的少女眼神有些阴恻恻的，带着一点幸灾乐祸的恶意。

马帮整理完货物，巫民已经在原地跳起了舞蹈。伙计们好奇地汇聚在一起，看着那个首领挥舞蛮刀，在泥沼中起舞。剩下的巫民在周围点燃了几十支火把，对着首领空挥蛮刀，做出劈砍的姿势。

"不上路，这是干什么？"彭黎低声问道。

"祭祀路神的舞，巫民的规矩，"祁烈小声说，"云州这地方，神多，用蛊的有蛊神，用毒的有毒神，驱蛇的有蛇神，上路自然也有路神。尤其是现在蛊神节，四方都是怨魂横行，所以巫民一定要借路神的神力压住蛊神，否则他们是不敢上路的。"

此时巫民妖异的舞蹈已经将近尾声，最后首领猛一号叫，十几支火把一起腾起熊熊火焰。不知巫民用了什么办法，竟将普通的火把变得如同火炬一般耀眼，许久才重新黯淡下去。

巫民们一起跪倒在泥浆中，对着周围不知何处的神明叩首。只有那两名陪嫁的少女陪着新娘，盈盈立在远处寂静的一角。新娘微微垂着头，白衣轻扬，像是完全不属于这个蛮荒诡异的世界。

此时祁烈才忽然想起，新娘的面相竟不是巫民女子的模样，更像是东陆的少女。

"小心，蛊神！"一个巫民走了过来，操着干涩的官话，"跟着我们，黑水铺，很近。"

"扎西勒扎。"彭黎只会这一句竺文，也就以此回礼。

整个马帮都扎束好了，只等待着上路。祁烈凑到商博良身边，看了看他的眼色，刚要说话，商博良却先开口了："祁帮头，刚才那些巫民有十四个人，现在怎么只有十二个了？"

祁烈微微愣了一下，摇摇头："巫民跟外人接触，小心得很，只怕是先派人回黑水铺报信，然后再带我们上路。人家的地盘，不问这些最好,巫民真要杀我们,再防备也是没用的。"

"他们不会捣鬼么?"商博良此时已经回复了冷静,全然不见刚才面对新娘时候那种失神的样子。

"真死了就罢了,人命哪那么值钱?"祁烈自嘲般笑着。

说话间,巫民们已经高举起青红二色的血食幡,悄无声息地上路了。整个队伍熄灭了火把,只剩下漆身的巫民首领居前挥舞着弯刀做驱邪的舞蹈,他头顶的银箍上一点微弱的松明亮着。火把纷纷熄灭的时候,那个白衣的巫民少女正自商博良身边经过,她窈窕的身形依旧半隐在血食幡中。

有意无意地,她微微侧过头,似乎是隔着面纱轻轻地凝望了商博良一眼。

祁烈牵着自己的大健骡赶了上来,看见商博良正静静地站在那里,遥望着远处黑暗中渐行渐远的一袭冰纱,默默地没有一丝表情。

"走了走了,看这势头,雨不知什么时候就下来了。"祁烈招呼他,随手将一张油布蒙在火把上灭了火。

火光忽灭的瞬间,祁烈看了他一眼。商博良的侧脸有如一尊远古时代的男子头像,经过许许多多年,族人都已经化为尘土,只有他留在荒无人烟的土地上,眺望着天地尽头,忍受着风沙一丝一丝的剥蚀。

祁烈忽然觉得这个年轻人像是老了很多。

[陆]

　　当远处的黑暗中依稀出现星星灯火的时候,整个马帮都沸腾了。

　　巫民们果然是雨林和泥沼的主人,只凭首领头顶银箍上小小的一点松明,他们就从一望无际的黑泽中找出了道路。先前马帮的伙计们对这些赤膊漆身的巫民还抱着几分怀疑,此时却连苏青这样阴沉的汉子,脸上也露出浅浅的笑意。接连在雨林中穿梭了几日,是需要找一个有屋顶的地方烘烘衣服,好好地洗洗身上的泥垢了。

　　"老祁,黑水铺那里,有馆子和姑娘么?"石头鬼头鬼脑地钻到祁烈身边,压低了声音问道。

　　祁烈挥起手上的鞭子柄在他脑门上不轻不重地敲打了一下:"什么馆子和姑娘?就你这个熊样还记得馆子?问姑娘是正经吧?"

　　石头挠着脑袋嘿嘿地笑,也不在乎被看穿了心事。他是第一次走云荒,从未见过这样媚人的少女,一路上他都抢着走在前面,目光追着陪嫁少女盈盈一握的脚腕,被脚铃细碎清澈的响动挠得心猿意马。祁烈走在旁边,一双三角眼看似没什么精神,却看得比谁都清楚,不过没有说出来罢了。

　　祁烈干笑了两声:"这个看你的运气。若是被姑娘看上了,一个子儿不要,还有的倒贴,若是你没有那个命,就等着挨棒子吧。"

　　"不愿就不愿了,还打?"石头吐了吐舌头。

　　"没见识了不是?巫民这边,哪有倚栏卖笑这种勾当?巫民娶亲,有钱有势的人家才像这般迎娶,此外要么是抢亲,要么是走亲,都不费彩礼的。你看这家迎亲那么些精壮汉子护送,就是女人生得俏,怕半道给抢去了。这边有个好看的女人,一辈子有个七八个丈夫不算多,都是被抢来抢去。前一个丈夫刚死,没准就和杀夫的仇人睡在一起了。"

"那走亲怎么说?"

"走亲就是一般人家。女人长到十五六岁,到了动春心的年纪,就会有小伙子们去她家门外唱歌,这也有个名字,叫'歌佬会'。谁唱得女人动心了,就会从屋里抛根银簪出来,拿到银簪的就算是她丈夫了。夜里悄悄进去,好事就成了,她家里人也不管。不过这丈夫是一时的,女孩长到二十三四,还要再配别的人家。总之十五六到真正出阁前这段,她看上谁,谁就算她的男人。"

"那挨棒子是怎么说?"

"也有看上人家姑娘,又觉得自己长得不成,就找相好的兄弟去唱歌。到时候拿来簪子,就换了人,自己趁夜摸上去,三更半夜的女人也看不清他相貌,没准就成了好事。不过第二天早晨起来,还不得乱棍打出啊?"

石头抓着脑袋苦想了好一阵子,忽然道:"那可有打伤打死的?"

祁烈摇摇头:"这在云州不是什么大事,一般就是打一打,意思一下,倒没听说真的出人命的。"

石头忽然兴高采烈起来,一把揽住旁边商博良的肩膀:"那好说。商兄弟帮我去唱歌,成了好事我请大家喝酒。最多是屁股受苦,我忍了!"

伙计们愣了一下,一齐哄笑起来,拍打着彼此的肩膀,互相作弄之余,也有些欣欣然的期待。

商博良也笑。笑着笑着,他移开目光看向远处黑蒙蒙的半空,对面两山夹峙之间,隐隐的灯火竟然是亮在半空中的,昏黄的透着一丝暖意。放眼看去,黑水铺就像一座小小城市的图画,贴在纯黑的天幕上,遥遥的难以触及,偏有一种虚幻的美。

他习惯地轻轻抚摸着自己腰间的皮囊,轻轻地呼出一口气。

直到走到黑水铺的近前,初次走云荒的伙计们才明白了为何这座村子的灯火竟然是亮在高处的。此时他们已经离开了那片一望无际的泥沼,可是附近无处不是混着泥浆的湿地,于是巫民借助几片相邻的高地,把整个黑水铺建在其上。又利用竹木在高地之间架起了走道。房屋也都是竹木拼凑起来的,并不使用砖石,屋顶上压着厚厚的茅草。藤树和厚厚的青苔把斑驳的绿色罩在整个村庄上,云州湿润,被砍伐的树枝有的竟然还能生出气根和枝叶。

"真像座挂在半空的鸟笼,"商博良仰头看着,轻声赞叹,"活的鸟笼。"

祁烈愣了一下,不由得点头,他走云荒那么多年,竟不曾想到这样的比喻。可是商博良这么一说,他又觉得分外的贴切。

人走竹梯,马走滑道,足足半个时辰的努力,才把偌大一支马帮从下面的泥沼移到了树木搭建的高台上。上下仿佛是两层天地,站在晃悠悠的竹木走道上,伙计们虽然有些心惊胆战,不过离开湿泥骤然视野开阔,终究是一件令人喜悦的事情。

黑水铺不是个大村落,大概百余户人家,屋子搭建在各处高地上,最远的遥遥隔着将近一里。此时黑云压顶,村子冷清得有些吓人,方才在远处看见的火光,只是各家各户在自己屋门口插的火把,屋子里面,却尽是漆黑的。

彭黎抬头看着自己头顶的门楼。以五色漆画的木门楼看似有些单薄俗艳,不过那些纹路却带着森森的鬼意。不知是什么习俗,巫民好用大块大块的赤红和靛青,看上去触目惊心,仿佛毒虫身上的花纹一般。仔细看去,整个门楼还是一个巨大的兽口,每个进村的人竟是要被它吞下去一样。

火把噼里啪啦地烧着,再有就是伙计们的议论,沾满泥水的马靴踏在竹篱笆上的响声。

"怎么那么静?"彭黎皱了皱眉。

"蛊神!"他背后忽然传来低低的声音。

彭黎猛地一惊,手指在刀柄上一弹,这声音分明是那个巫民的首领。而彭黎根本不曾察觉此人何时到了他身后。

彭黎转身,见那个首领一双微微凸起的眼睛正定定地望着他,压低了声音像是怕被什么人听见:"蛊神节,没事不要出门。蛊神上身,神也救不了你们。"

祁烈急忙扯了彭黎一把,对着那首领行礼:"多谢,多谢。"

带路的巫民中,几个过来帮着伙计们牵马到附近的草棚下面拴好,巫民的首领比了个手势,示意马帮的人和他一起走。一行二十多个人随着他走过颤巍巍的步桥,到了黑水铺最大的一栋大屋门前。

门是虚掩的,里面的几人都是先前带路的巫民男子,正在收拾货物,新娘和陪嫁的女孩已经不见了踪影。周围星星点点的几支火把,照不亮这栋叠叠院落的木头大屋。商博良惊讶地瞪大了眼睛,似是不敢相信可以仅用树木建成如此庞大的建筑,相比村庄中其他的房舍,这间黑森森的大屋无疑是宫殿了,仰头的时候,中央主屋的屋顶仿佛是接着天空一般。

巫民似乎是极为忌惮火光,也不点灯,只是举着火把就招呼马帮的人进了大屋。脚下踩着吱吱呀呀作响的地板,众人都好奇地左顾右盼,却看不清周围的陈设,只觉得跟着那个巫民走进去,屋舍四通八达,竟然有如深深的迷宫一般。

"祁帮头,这地方怎么那么邪?"小黑低声道,"我刚才看见那排案上白森森的几个,像是骷髅一样。"

"别乱说!"祁烈压低了声音,却是恶狠狠的,"早说这个地方邪,跟自己没关的事情别啰唆!那是巫民祭祖的屋子,小心保不住你那颗头!"

小黑没敢再吱声,悄悄缩回头去了。一队人静悄悄地随着那个巫民的首领走了一小会儿,才来到一间宽敞的大屋中。巫民首领放下门口的草帘,才轻手轻脚地点上了墙上的几盏松明。

整个屋子顿时亮了起来,众人心里都是一轻。

"这间是我的屋子,你们就暂住在这里,不收钱,也不收货物。明天我和家主说,现在是蛊神节,一般人家不开门待客,你们不要乱跑。蛊神再有三天就要归位了,到时候我找人送你们进蛇王峒。"首领对彭黎行礼,转身就要退出去。

"扎西勒扎。"彭黎回礼。

祁烈却上去挡了那个首领一步。他和首领似乎已经熟悉,也不再那么拘谨,赖着一张脸:"雨季这天气,太湿,能不能把火坑点燃,我们烤烤衣服,睡个舒服觉?"

首领微微犹豫了一下,这才点了点头,转身和祁烈一起回到屋子中间。人们这才发现屋子中间还有一个砖砌的炉灶,表层有些残灰,周围堆着些木枝。

祁烈堆上了柴火,首领摸了摸身边,忽然摇头:"没有火镰,还是不要点了,蛊神会朝着有光的地方来。"

祁烈赔着笑:"伙计们身上实在太湿……"

首领无奈,只得点头:"那你们自己点吧,但是不要把火带出屋子。"

"多谢多谢。"祁烈点头哈腰地送他出了门。

"妈妈的一个番子,火也不让点,泡在水缸里啊?"祁烈一转身,就骂骂咧咧地变了脸。

"点火!"

伙计们长舒一口气,虽不至于欢叫起来,不过整个屋子里面都是一片喜色。石头从包裹里摸了火镰和火绒出来,蹲到火坑边上去点火。在雨林里面跋涉了那么些日子,人像是泡在水里,好不容易住下,一定要好好烘烤衣服睡个安稳觉的。其他的伙计也懒得抢占那张不大的床铺,直接躺在地上四仰八叉地舒展了身子,有闲聊的,有咒骂的,也有抱怨的,满屋子七嘴八舌,倒像是在宛州的下等客栈里。

"祁帮头,过来说话如何?"彭黎的声音从火坑边传来。

祁烈看了过去,铺了茅草的地下展开一张皮纸,彭黎正端详着那张地图。

"这里距离蛇王峒也不是太远。找到合适的道路,不过三天的路程,"祁烈过去坐下,自己装了一袋烟,"不过现在是蛊神节,巫民大概是不愿出门的。"

"去蛇王峒的路,你走过么?"

"走过是走过,不过是快六年前的事情,如今,真的未必能记住了。"

"妈的,什么破柴,湿的!"石头在那边愤愤地吆喝。

"小声点,"彭黎皱眉喝了一声,"在说正事。"

"长虫横道,不是好兆头,彭帮头,一定要等晦气过了再上路啊!"一个叫老磨的闻言凑了过来,有些惊慌的模样。路上所遇的那条吞人大蟒留下的阴影似乎还未散去。老磨和老铁一样,都是走云荒的老人,最重凶吉的兆头。

彭黎挥了挥手:"别说了。路上遇蛇不吉利,这个见鬼的蛊神节也不是什么好兆头,赶快离开这里。"

老磨讪讪地退开了,祁烈一扭头,看见了窗边默默而立的商博良。

他身材并不高大,可是提着那柄黑刀默立在窗前时,却别有一种威势,隐隐地压了过来。距离马帮的汉子们不过几步之遥,却像远远地立在天边,和背后那个欢闹喧嚣的人群完全隔绝开来。

"怎么?看上那个妮子了?"祁烈悄无声息地溜达到他身后。

商博良回头看了他一眼,似乎也并不诧异,只是笑笑,不置可否地摇了摇头。

"你老弟是运气不好,都是嫁掉的女人,就没得玩了。若是早一步,凭你的模样,一亲芳泽还不是小事一桩?巫民的女人,不在乎这个,不过就是不能用心,一用心,就是自己找死。"祁烈有一句没一句地闲扯。

"哦?"商博良似乎有了些兴趣。

"我是运气好,否则那个蛇王峒的小女人没准儿已经送我进了鬼门关。我当年有个小伙计,生得那才是俊俏。我这样的,就配给他擦鞋,"祁烈干笑两声,"这个我可有自知之明。那时候实在找不到带路的巫民,我们走一站倒要住上半个月,一来二去地熟了,看上他的女人也多了起来。结果他在阴虎山那边的鹰石峪真的喜欢上了一个,两人干柴烈火的,缠绵得分不开,就留在那里了。后来过了一年,我再过鹰石峪的时候,那小子喜新厌旧,跟另外一个女人缠在了一起。原来那个小女人还哭着死缠他,可是那小子只顾着和新的小娘们寻欢作乐,硬是不肯回头。"

祁烈有几分恻然的神情:"其实巫民也一样是人。那小子搂了新的小女人在屋里做那事,原来的那个就在外面的雨地里哭。其实一点声音都没有,她就是站在那里不动,一站一天,可是谁都觉得她是在哭……"

"结果呢?"

"死了,"祁烈叹了口气,"后来有一天,那小子忽然就找不见人了,整整半个月,直到尸臭的味道从一个地窖里传出来,惊动了我们马帮的殷头儿。大家打破门冲进去,才看见那小子只剩半个尸身了,一只半尺长的青尾蝎子趴在那里吃他腐烂的尸体。没见过的时候打死我都不敢相信,一只小蝎子,吃人能吃那么快。后来原先跟他纠缠的那个小女人也给找到了,她在自己心口上插了把刀,全身的血都流干了。巫民把那把刀拔出来的时候,我看见刀尖上也扎着只青尾蝎子。"

"心口里的青尾蝎子?"

"是蛊。巫民的小女人早把蛊下在那小子身上了。那蛊是她自己的血炼得的,叫'两心绵'。"

"两心绵?"

"是同生共死的蛊。拿一公一母两只蝎子,封在篾笼子里,相好的两个人,各自抽出血来喂养。等到两只虫子有了种,再分开来。一只关在透光的篾笼里面,放在太阳下面曝晒,一只放在不透光的篾笼里面,就搁在旁边。见光的那只不到一天就会被生生地晒死,然后不透光的那只也会死掉。这两只虫子磨成粉喝下去,两个人都中了蛊。虫子这东西也有情的,后死的那只看着先死的死在自己面前,就有怨气,它恨啊!这怨气在人心里能活很久,那虫粉在里面也会再生出一条新的尸虫来,不过是半死不活的。但其中一条死了,另外那条就能活过来,从人心里咬个窟窿钻出去,把人吃了。这中蛊的两个人,就算是同生共死了。"

"那个巫女……自己杀了心里的虫子?"

"是啊,"祁烈吧嗒吧嗒抽着烟袋,"想来也是凄惨得很,杀了自己心里的虫子,连着把自己也杀了,只为了报复。那女人,自己心里也有怨气,和蛊虫是一样的。"

"是么?"商博良低声说。

他忽然间有些失神,不自主地拉动嘴角,似乎是想对祁烈笑笑,不过一种罕见的疲惫很快压过了笑意。那笑容半僵在脸上,而后缓缓地散去了。

"我只是忽然想起以前一个朋友,"静了许久,商博良轻声道,"长得有几分像她。"

"旧情人?"

"是。"商博良笑笑,倒是没有否认,眉宇间略有一丝萧瑟的神情。

顿了顿,他又说:"以前很对不起她。现在其实很怕想起她,可是偏偏忘不掉。小时候我父亲说人一生,对得一时,错得一世,总是不明白,现在才知道,大错铸成,真是一世也难忘的。"

祁烈收起嬉皮笑脸的模样,上去拍了拍他的肩膀:"看兄弟你,就知道是个懂风流的种子,知道恋旧。我们兄弟这些粗人,是玩过了就算,以前的女人,别说一世不忘,想起来长什么样子都难。不过男人丈夫,有几个女人是平常事,对得起对不起说起来就婆婆妈妈了,你若是还记着人家,回去送笔款子过去是正经。"

商博良扭过头来看着他,眼神中满是诧异。许久,他才莞尔一笑,摇了摇头:"她已经死了……"

"点着喽点着喽!"那边石头为点着了火坑欢呼了起来。一帮伙计急急忙忙脱得只剩犊鼻裤,把湿衣服围拢到了火边。精赤的身子聚在一起,仿佛一群大猴子一般,一张张忘了忧虑的脸。

祁烈嘿嘿笑笑,商博良也笑。笑完,他轻轻呼出一口气,默默地看着窗外。漆黑的云天里电光一闪,照亮了远处蛇行的山脊,不闻雷声,大雨悄无声息地落了下来。

"我说老弟,"祁烈窸窸窣窣地翻了个身,凑过来跟商博良搭腔,"你说去过宁州幻城崖,真的假的?"

夜已经深了,伙计们奔忙一天,很快就横七竖八地睡满了周围的地面。祁烈和商博良并肩睡在靠近火坑的地方,周围此起彼伏的都是鼾声。

商博良也没有睡着,枕着自己的长刀仰望大屋的屋顶,似乎在想着什么。此时他无声地笑笑:"是真的,我亲眼看见了幻城,远远地在绝壁上,好像你登上去,就可以走进那座城。可是一时阳光升起,又什么也没有。每年,只有那一天那一时,好像是云雾开了个口子,让你可以看见那座城市。"

"真的有城市?"

"不知道,远看真的像是一座城。羽人说是天上城,不过也许是幻觉,也许只是石山看起来像是城的模样,"商博良轻轻吁了口气,"不过若是真的城,多好。"

"妈的!什么破柴!恁湿!"小黑破口骂了一句。

他还未睡,在火坑边就着余热想把衣服烘干。

祁烈坐了起来,看见小黑手忙脚乱地拿着一根竹筒对着火坑吹气,想把奄奄一息的火苗再吹起来。

"声音小点,"祁烈拿片衣裳围在腰上,"怎么了?"

"这火坑太湿,点的时候费了我半天劲,没烧一会儿又要灭,真他妈的。"小黑骂骂咧咧的。

"你小子添柴了么?"

"添了,不过这里的都是湿柴,像是有些日子没换的样子。"

"什么?"商博良也坐了起来。

他上前几步走到火坑边,仔仔细细看了一圈,忽地皱了皱眉。那个火坑里积灰很厚,他忽然伸手将修长的两指直插进尚未冷却的火灰里。

"灰坑里面是湿的,整个都湿透了,所以火一闷起来就要灭。"商博良慢慢地站了起来,眼睛眨也不眨看着自己沾了湿灰的手。

"这群巫民,到了他们家也不知道出来个待客的。算了算了,早点睡,明天早起再说。"祁烈似乎很有倦意。

但是商博良却像是没有听见,他默然而立,神色越来越凝重。

"祁帮头,你不觉得有一些奇怪的事情么?"

商博良的声音依旧平静,可是其中那股沁人心脾的寒意令祁烈忍不住汗毛倒竖。商博良的眼神渐渐开始变化,凛然的有股冷意。

"现在是雨季,既然巫民靠火坑来祛湿气,可是为何我们进屋的时候火坑不但没有点燃,而且引燃柴火费了半天的功夫?那是因为木柴是湿的,常用的火坑,坑里的木柴怎么会是湿的?余灰一直湿到最底下,这样的火坑,倒像是有人把水整个浇进去的模样。"

此时彭黎和苏青几个警觉的人也坐了起来,苏青一步上前十指插进热灰里再提出,对着彭黎点了点头。

"既然是湿润的地方,就该经常换新柴,这个屋子干净,像是有人住的样子。可是火坑却被人用水浇了,而且柴似乎也有几天没有换过。"商博良低声道。

"更奇怪的是自始至终,我们根本没有见过其他巫民!刚才祁帮头说没人招待,我才忽然想起,我们在黑泽上见到的是那十四个人,到了黑水铺还是那十四个人。就算现在是蛊神节,巫民都在家里不出门,可是难道我们那么大队人马进这间大屋,屋里就没有别的主人出来看一眼么?"

"也……也许。"祁烈眨巴着眼睛,也许不出个所以然来。

一种恐惧已经从心底悄无声息地滋生蔓延起来,即使苏青这种冷厉的人也觉得背脊上一阵阵生寒。所有的伙计都醒了过来,屋子里面静得吓人。人们的目光都投向了沉吟不语的彭黎。

"是有点怪异,"许久,彭黎才沉沉地点头,"出门在外,不能没有防人之心。"

"彭帮头说得是,"祁烈也点头,"这帮子巫民,递绳子让我们过黑沼,可是又不出来见客,藏在暗处,不像是什么好意,没准儿啊,本来是图我们的货色,准备过来几刀杀了,抢了东西走路,没想到我们人多,商兄弟警觉,彭头儿身手又好,要不,没准儿这里我们都到不了!"

"不是迎亲的人么?还真下得了黑手?"小黑哆嗦了一下。

"你懂个屁!"祁烈低声骂了几句,"这里是云荒,不是南淮,不讲究那个。女人娶到家里,不就是搞那事儿生孩子传宗接代么?没人说娶亲就不能动刀杀人!砍了你的头,带了你的货去丈夫家里,没准儿家业一下子就大了,还有钱多养几个娃儿!"

"苏青,石头,还有你们几个,老祁带着,步子放轻点儿,去外面堂屋里看看,"彭黎压低了声音,"商兄弟谨慎细致,也过去帮帮忙。荣良再带五个伙计去门口看看骡马和货物怎么样了,我带剩下的人候在这里等你们的消息!"

众人互相看了一眼:"是!"

雨打在屋顶上沙沙作响,除此就只有伙计们的呼吸声此起彼伏。祁烈带着几个伙计走在黑暗里。

这种寂静令人惊惧。他们不敢走进巫民的屋子里查看,周围看去也并未有什么可疑之处,但是偏偏有一种感觉始终萦绕在他们心头——他们是这里唯一的活人。

不由自主地,伙计们把手里的家伙握得越来越紧。

"谁!"祁烈低喝了一声。

"我!"苏青带着两个伙计潜步过来。

"我们打开一间屋子看了,"苏青的脸色苍白,"没有人!"

这话他是对着商博良说的,所有人中,只有商博良的神色尚能不变。

"回去,先找到彭帮头,"商博良低声道,"所有人都聚在一起,不要走散了。肯定有什么不对劲的事情!"

"哦!"黑暗中似乎是石头喊了一声。

"怎么?"商博良一惊,猛地举高了火把。

"没事,撞到柜子上。"石头揉了揉肩膀。

"里面有火!"不知是谁低声说了一句。

石头撞上的是一个古色古香的巨大木柜,漆画着复杂诡异的花纹。这座色泽古旧的木柜开始并未引人注意,可是石头不小心撞上,却令柜门洞开一线,里面透出了火光。

苏青的手背青筋暴露,退后两步扯开了青弓,一众伙计兵器在手,环绕成半圆的圈子。商博良微微犹豫了一下,握着黑刀的手缓缓地探了出去,他刀柄一击,柜门吱呀一声洞开。

"死人!"石头惊恐地低吼了一声,手里的长匕首一振,身子却退后。

"没事!"商博良在后面一把按住他的背,"不是人骨,是个银鹿头。"

柜子里面飘着幽幽的绿火,两根细蜡的光色怪异。那是一个鹿头骨,被齐颈砍下供在一只雪白的瓷盘中,乍一看像是人的颅骨,在火把的照耀下一层雪白的银光,耀花了伙计们的眼睛,只有眼洞是漆黑的两团。

"见鬼,巫民供这东西干什么?云荒这里怎么有鹿?"苏青惊悸未定。

"倒像是纯银的,值不少钱的东西。"石头伸手在银鹿头的面颊上敲了敲,里面空空作响。

行商的人,这点贪心始终都不灭,此时不知是否身在死境,石头依然凑上前去,双手捧着那个银鹿头仔仔细细地端详,满脸痴迷的模样。

"未必是纯银,"商博良低声说,"那么逼真的东西,倒像是真的鹿头骨上鎏了一层银。先不要管它为好,这屋子四处透着邪气,不要乱动里面的东西。"

他这么说的时候忽然觉得有些异样。一群人围在木柜前,忽然都静了下来。祁烈总是提醒众人不要乱碰巫民家里的东西,竟也没有出声。所有视线都汇集在那颗鎏银的鹿头骨上,带着痴痴的神情。

商博良周围一扫,眼角的余光落在那枚鹿头骨上。忽然有一种极可怕的预感自心底生起,可是他已经挪不开眼睛。不知道为什么,他就是想多看那枚鹿头骨一眼,头骨上两个空洞的眼眶仿佛把他的目光都吸了进去,融在深不见底的黑暗中。

这本是一个狰狞丑恶的图腾,可是他越看越是不由自主地浮起笑容。渐渐地,那颗鹿头在他眼中越来越像一张人的面孔,没有眼珠的眼眶中透出了柔和的眼神,鎏银的面颊上微微流露出笑容。他竟然看见鹿头慢慢张开嘴笑了,像是笑,又像是要吃了他……

颈后传来微微的凉意,那是屋梁上一颗水珠正巧打落在他的后颈。商博良忽然从梦魇中回复了意识,一股彻寒顿时取代了身上洋洋的暖意。

"不要看那个东西!"商博良大喝着双臂一振,将祁烈和一干伙计都挥倒在地。

"哎哟!"倒地的疼痛让祁烈也清醒起来。

他脑袋里面还有些混混沌沌,却已经手脚并用爬了出去,多年走云荒的经验让他意识到有什么不对,嘴里大喊着:"闪开,闪开,别看那个东西!"

他的哑嗓子此时像是一把锉刀磨着诸人的耳骨,惊得所有伙计都忙不迭地闪避出几步。一阵阴阴的风正从门外吹进,伙计们聚在一起,看着木柜边还剩下一个人,在那两点绿火的照耀下,脸上的笑容越发的欢愉,越发的诡异。

那是石头。商博良本也将他推倒在地,可是鹿头还握在他掌心,他爬起之后像是完全听不见旁边的动静,只是小心翼翼地捧着鹿头,双眼眨也不眨地凝视着那对黑洞洞的眼眶。离得远了,伙计们才看清楚鹿头还是鹿头,哪里有半分笑的模样?相反,却有两行殷殷的红色慢慢从漆黑的眼眶中溢了出来,仿佛极稠的两行血泪,沿着银亮的面颊缓缓滑落。

众人都被这森然可怖的一幕震慑住了,静悄悄的没有一个人出声。

"不要碰!石头!不要碰那血,甩掉那东西!那是……是……是血煞蛊!"祁烈忽然放声狂吼,他像是想起了什么,惊恐得声音已经变了调子。

但是已经迟了,伙计们眼睁睁地看着石头像是捧着女人娇艳如花的脸蛋般,爱怜地擦了擦那两行血泪。血沾在手上,他一抖,鹿头骨落在了地上。石头怔怔地站在那里,看着自己沾上血的手,众人似乎有一阵错觉,石头的手上忽然开出了一朵鲜红亮丽的花!

等人们明白过来,大屋里已经响彻了石头凄厉的哀号。那不是一朵花,那是石头的手在瞬间彻底炸开了。所有血肉化成浆状溅射出去,只剩下森森的手骨!这还不是结束,石头的手腕上咕嘟嘟冒着血泡,血仿佛是沸腾的,沿着手臂一直腐蚀上去,纤长的血丝纵横飞溅。

众人亲眼看着他的臂骨一截一截暴露出来,像是虚空中有一个看不见的魔鬼,一口一口地咬去了他的血肉,转眼他的左臂只剩下一条森森的白骨。

和石头相好的两个伙计想要冲上去救他,还没有近身,已经被激溅的血浆沾上了身体。那血仿佛炽热的铁水一样,一碰到衣服就立刻烫开一个口子,碰到皮肤就直渗进去,只在表面留下一个红褐色的血斑。

两个伙计微微怔了一下,而后如石头那样凄厉地狂号起来。血浆所沾到的皮肤忽然炸了开来,伤口像是被魔药腐蚀般不断扩大,转眼就看见了白骨。

彭黎一个箭步踏进这间大屋,所见的竟是地狱一般的景象。柜子里的两根绿色细蜡仿佛火炬般燃烧,三具人的躯体在火光中疯狂地挣扎狂舞,他们身上射出的血丝直溅到一丈开外,身上已经没有半块完好的皮肤。

"这是……?!"彭黎不敢相信自己的眼睛。

没有人回答他。再没有人能发出声音,祁烈、苏青乃至商博良都竭尽全力靠在远离柜子的板壁上,眼睁睁地看着三个人被血沫吞噬掉。像是有一只看不见的鬼手死死地掐住了他们的喉咙,令他们喊也喊不出声。

当哀号声终于停止的时候,柜子边只剩下三具血肉模糊的骨骸。骨骸犹自站在那里,以常人不敢想象的动作扭曲着,让人清楚地看见最后一刻的苦楚。他们全身的血肉大部分已经溶化掉了,只剩下三具褐红色的骨架,上面还挂着衣服的碎片。

彭黎眼角痉挛一般跳了跳,老磨双膝一软,跪在了地上。眼前的一切仿佛是发生在地狱中,空气中飘浮着恶臭的血腥气息,可是众人连吐都吐不出来,只觉得身体完全失去了知觉,像是在酷寒的冰雪中。

静了一瞬,咔嚓一声,骨骸翻在地下,摔成了碎片。骨片上沾着的血慢慢汇集起来,聚成小小的一汪,仿佛画匠打翻的一碟颜料,红得惊心动魄。那血犹然在咕嘟嘟冒着气泡,像是一个活物般,在地板上慢慢地改变形状。

"火！拿火烧，拿火烧掉它！"祁烈嘶哑地大喊。

商博良抢过一个伙计手上的火把，对着那汪血投了出去。火焰逼近的时候，血像是有灵性一样退了半尺。火星一落上去，那血仿佛油一样猛地腾起了烈焰，一面燃烧着，一面渗透进火把里，将白生生的桦树棒染成凄厉的鲜红色。不过是一支小小的火把，最后腾起了一人高的熊熊烈焰，火苗在风里扭曲起来，像是傍晚遭遇巫民时候所见的那场狂舞，和看不见的神鬼交相呼应。

最后火焰熄灭，整支火把碎成灰白色的粉末，木制的地板竟然只是微微焦了一小片。银鹿头里面传来咯咯的几声，啪地彻底崩裂，化作了一堆白色的灰。

寂静，连呼吸都听不见，只有雨声。商博良和彭黎对视一眼，两个人这才艰难地喘过一口气，呼吸声异常沉重。

"到底什么是血煞蛊？"商博良紧紧按着祁烈的肩膀，要帮他安静下来。

祁烈死死地靠在壁板上，两眼透出可怕的死灰色。

"老祁！"彭黎猛地一声大吼。

祁烈身子猛地一颤，这才恢复了神志。

"血……血煞蛊是大……大蛊。我……我只听说过，"祁烈艰难地吞了一口口水，声音极其虚弱，"养蛊的人家，也怕仇家陷害。所以家里都有陷阱，最凶的就是血煞蛊。那蛊是从全家老少每个人的血里炼出来，然后下在家里最值钱的东西上，仇家若是害了自己全家，势必要搜刮值钱的东西，这时只要碰到血煞蛊所下的那件财宝，就只有死路一条。全家的怨魂都会汇在血煞里面，中蛊的人眨眼就被血煞给吞掉，只要碰到一滴那血，谁也救不回来！"

"那血泪就是血煞蛊？"

祁烈点了点头。

"所以说，若是血煞蛊流了血泪，那么这家的人就都死了？"彭黎握刀的手也在微微发抖。

"是,传说血煞蛊至少要一家所有人都取血才能炼成。也只有在所有被取血的人都死了,这蛊才会发作。若是还有血脉剩下,就还能报仇,用不上血煞蛊这种极恶的东西。"

"看来我们路上遇见的那些人不是这间屋子的主人了?"彭黎颤抖的手竟然慢慢稳住了,青筋暴露地握着反钩刀的刀柄。

商博良缓缓地站了起来,看着外面空幽幽下雨的院子:"如果我没有猜错,黑水铺大概一个活人也不剩下了。"

[柒]

门边的彭黎回头和商博良对视一眼,微微点了点头。

院子中忽然传来一声激烈的马嘶,伴随着第一声嘶鸣,所有的马狂嘶起来。苏青大步冲出门去,看见驮马和骡子们像是一齐发疯了,它们疯狂地人立起来,扯着自己的缰绳。那些缰绳拴在牢固的木桩上,依然经不住它们发疯起来的大力,几根桩子被从地里拔了出来,自由了的骡马拖着木桩往外奔跑,撞在其他骡马的身上。它们践踏着堆在一处的货物,箱子裂开了,露出色泽鲜亮的绸缎来。

苏青有些急了,张弓箭指一匹乱窜的健骡。

彭黎上前一步,推偏了他手里的弓:"留着你的箭,骡马还有用得着的地方。畜生比人敏锐,它们这么吼,周围怕是有什么怪事。"

"怪事?"商博良苦笑一声。

他们迄今遇到的一切,只怕再不能用"怪事"二字来形容了,整个马帮也只有他和彭黎两个人尚能保持表面上的镇静,其余人都在怀疑自己所处的是否鬼域。方才血煞蛊的妖异把巨大的恐惧埋进每个人心里,这里的每一寸泥土都让人觉着像是渗着血,不祥。

"商兄弟,老祁,我们出去看看。"彭黎说,"剩下的兄弟留下,看着货,骡马……"

他没想好该怎么收拢这些发疯的骡马。骡马群却忽地安静了下来,伙计们看过去,发现已经跑到门口的几匹骡马忽地煞住了,这些畜生竖着耳朵,沉重地打着响鼻,一步一步往后退。院子里挣扎的骡马们也都平息下来,它们一点不敢出声,耳朵直竖起来,耳背后的血管跳个不停。

"我去!"商博良低声说。

彭黎和祁烈对了个眼色,各持武器跟在商博良背后。他们三人呈一个品字形,缓慢地向着黑水铺的门口推进。苏青猴子一样翻上屋顶,半张着弓,死死盯着这三人的背后。

三个人已经越过了在门口止步的几匹骡马,眼前是一片漆黑,他们即将从那个绘满图腾的木门楼下经过,彭黎手里的火把照不到前面多远。

雨水哗哗地落个不停。

商博良回身,看了彭黎和祁烈各一眼,又去看那些惊恐万状的骡马。他愣了一下,忽然发现那些骡马的视线都朝向上方。他猛地回头仰看木门楼上的横梁,巨大的黑影在同一刻盘旋着向下扑击。

黑影缠在横梁上,它的身体太沉重了,一动起来,整根横梁坍塌,腐朽的木块飞落。祁烈看清了,嘶哑着怪叫了一声。

那是蛇,就像他们在林子里遇见的那条大蛇一样,几个人长,张开的巨口仿佛水盆大小,向着商博良的头顶罩了下去。商博良已经来不及躲闪,也不能迎击,他的刀很快,但是刀太长。他随着大蛇的降落而趴倒,在蛇牙即将触到他头顶的时候,他得了一个进手的机会,双手握刀,以刀柄狠狠地撞击在蛇的下颌。

蛇痛得仰起,巨大的蛇身盘过来缠在商博良腰上。祁烈惊得跳起来,他知道大蛇一身筋肉的力气,蟒蛇是倒钩牙,咬人不行,仗着的就是缠人的本事,人腰粗的大蛇,绞碎一根木头轻而易举。人说贪心不足蛇吞象,象是吞不得的,可是不到一岁的水牛被大蛇一绞,一身的骨头也都断掉。

苏青已经张满了弓,可是蛇缠在商博良身上,他的箭也不敢放出去。彭黎还能镇静,挥着钩刀扑上去,对着蛇头砍过去。

"没用的!"祁烈心里叫。他知道这种云荒的大蟒,就是砍死了,也一时不会死绝,缠着人的身子会不断抽紧,砍掉它的头也救不回商博良来。

"用我的刀！砍断它的身子！"商博良大喊。

大蛇从肩到脚,几乎把商博良缠满了,只有一只筋骨外露的手探出来,握着那柄黑鞘长刀。商博良松了手,刀落在地下。彭黎一愣,翻身一滚拾起了商博良的刀,高举过顶从上而下一记纵劈。他一刀砍下去浑身打了个冷战,他能够清楚地感觉到那刀切开了蛇的鳞片,而后是肌肉,再把脊骨一刀两段。刀一顺地斩切下去,血从蛇身的断口里喷出来直溅到他脸上,整条蛇在这一刀里被斩作七八段。商博良身上本来已经蓄满力气要顶住大蛇绞他,这时候忽然没有了束缚。他双臂猛地张开,把断裂的蛇身振开,浑身都是血污。

一颗巨大的蛇头连着半截蛇身在泥泞里跳动,苏青再不放过这个机会,三箭一齐离弦,两箭命中,把偌大一颗蛇头射了对穿。

"商兄弟？没事儿吧？"祁烈凑上来,一脚先把地下一截扭动的蛇身踢开。那么一截也有二三十斤重,他踢上去,脚在坚硬黏腻的蛇鳞上滑开了。

"妈的！个鬼畜生！一窝子都出来了！"祁烈恶狠狠地骂,要借这咒骂消去心里的恐惧。

彭黎把刀递还给商博良,眼睛盯着锋利的刀刃:"真好刀,没有它切不动,那畜生一身鳞片就算不是铁的,也差不多了。"

"多谢彭帮头,差点就死在这里。"商博良微微喘息,摸了摸腰间的袋子,觉得里面的东西安好无事,略松了一口气。

"可是,还没结束。"他低声说,手指眼前那片看不透的黑暗,"听。"

三个人都屏住了呼吸,这时候他们听见了黑暗里传来的唦唦声,这声音微弱,却越来越明显,听起来令人头皮发麻。商博良忽然想起彭黎刚才的话来,那条大蛇身上的鳞片像是铁的,那么此刻就有千万片这样的铁鳞就在他们前方和脚下的黑暗里互相摩擦着。

他们已经不再怀疑,这不会是幻觉,整个世界已经被这可怕的咝咝声填满了。

"长虫横路,果然不是好兆头,"祁烈低低地喘息着,"也许不该杀林子里那条蛇,那蛇是这些蛇的老娘么？一家子出来给老娘报仇了？"

他呵呵地干笑几声,握紧兵器,吞了口口水。

彭黎面无表情,脱手令火把落了下去。他站在镇子的边沿,身边是竹篱笆的栏杆,下面就是沼泽。火把落下几丈,插进淤泥里,熄灭了。火把照亮的瞬间已经足够祁烈和商博良看清下面的一切,他们站在竹木撑起的镇子里,而他们的脚下是无数条蛇纠缠在一起,世上大概没有人能想到那么多蛇聚在一起的样子,也许是几万条,也许是几十万条,有的粗如手臂,有的细如小指,这些蛇的身体交错,像是打结的绳子,它们已经覆盖了整片沼泽,放眼望去的每个角落,即便只是一小片泥浆,也有蛇正从泥浆里吐着气泡缓缓地钻出来。

泥浆地活了过来,无处不是可怕的生机。

这些小蛇里,数百条黄黑相间的巨蟒正拖着沉重的身体,高昂着三角形的脑袋,它们缓慢地游动,压过小蛇们的身体,正向着进镇的滑道游去。

"我现在大概知道黑水铺的人都到哪里去了。"商博良看着那些巨蟒隆起的庞大腹部,挥刀振去了刀上的血污。

所有的伙计人手一张硬弓,对准竹篱笆铺成的滑道。小黑和老磨这种胆小的,腿肚子直哆嗦,弓都捏不稳了。彭黎的手下还能稳得住,有几个脸色铁青,有几个脸色血红,紧咬着牙关发狠。

咝咝声还在缓慢地接近,谁也不知道这些蛇什么时候会忽然发起进攻。

祁烈这时候反而安静下来,拉着弓弦跃跃欲试。

"老祁,你现在看起来倒是很胆大。"商博良微微笑着,谁也不能理解这个刚从蛇嘴里逃生,浑身都是血腥味的人怎么还能笑得出来。

"妈的,反正死了也不用还债了。"祁烈舔着牙齿,"真正亏本的是彭头儿,在宛州做那么大生意,非要来云荒跑这单送死的买卖,一路上的钱都归他出,还跟我一样得把命搭上。"

祁烈嘿嘿笑了起来,用肩膀顶了彭黎一下:"彭头儿,你若死在这里,家里多少个如花似玉的小娇娘要哭死了吧?"

彭黎一直阴着脸,这时候冷冷地瞥了祁烈一眼:"她们男人还没死,犯不着急着哭。荣良,带几个兄弟把家底儿拿出来,别藏着了!活不过这关,那些东西也换不成现钱。二十一、三十五、六十九号箱子,底下都有个'火'字,扛过来!"

荣良应一声,带着几个伙计去了,一会儿飞奔回来,扛着三个箱子。伙计们冲着彭黎亮了亮箱子底,确实都有个红漆写的"火"字。荣良也不再客气,上去用枪尖在每个箱子的锁上别了一下,把三枚铁锁都撬开。箱子打开,里面整整齐齐地码着弩弓,乌沉沉的,搭配的弩箭也是一样的乌黑,比一般的箭矢短了三分之一,只有半截木杆,半截箭镞是纯铁打造的,对着光,黑色的表面上隐约有亮银色的冰裂花纹。

"生冰铁的箭,"商博良识货,赞叹了一声,"还有这弩,好质地,除了河洛,怕是只有大燮工造府才能做出这东西吧?"

"彭头儿,这可是行伍里的兵器,偷贩那可是……"小黑说,最后把"死罪"二字吞了回去。

大燮工造府的兵器,设计严谨,工艺绝佳,不是市面上能买来的货色可比,仅供天驱军团的精锐使用。贩卖这东西按《大律》是死罪,以往几个不要命的商家在工造府花钱贿赂,弄出几十上百件来卖,利润惊人,可没几日都被校尉缉拿,当众吊死在城门口。

"难怪你彭头儿有钱。"祁烈抄了一把,啧啧赞叹,"这年头,做生意,撑死胆大的,饿死胆小的!"

"一人一张,五十支箭!"彭黎低吼一声,"哪个孙子想检举老子的,等你有命活着回去再说!"

几十张弩弓指向黑暗里,彭黎一手提着钩刀,一手持着火把。这个私贩军武的汉子这时候脸色铁青,两颊肌肉绷得铁紧,想必是咬死了牙关。他站得最靠前,大蛇如果扑上来,先死的是他,可他站得比钉子钉在那里还牢,不动一分一毫。

这时候彭黎不再是行商了,他像是个指挥千军万马的将军,上了阵,便不再想着死活。

"彭头儿!近了!要到跟前了!"小黑怯了,他已经可以隐约看见黑暗里有闪光,他想那是蛇鳞。

彭黎不说话。

"彭头儿?彭头儿?"老磨的声音也颤了,黑暗里卷来的那股风里带着令人作呕的腥臭。

彭黎还是不说话,连带着他手下那些兄弟,他们端弩的姿势整齐划一,每个人都紧绷着脸,眯着眼睛。

"小黑老磨!"祁烈呵斥,"别他妈的丢我们老兄弟的人,看看彭头儿的兄弟什么样子!"

小黑老磨只能闭嘴了,祁烈舔了舔牙齿,露出一个狰狞的笑来。

"杀!"彭黎忽地低吼。

随着他的命令,几十支弩箭射入黑暗里,那些弩弓的力量极强,射出去的箭路笔直,没有丝毫弯曲。那片平静的黑暗忽地被搅动了,像是一锅漆黑的水被烧沸那样,隐隐约约有什么东西在里面翻腾,咝咝的声音尖锐刺耳起来,伴着重物扑打竹篱笆的声音。滑道震动,像是随时要塌了。

"命中!"苏青低声说。

"不要停!继续射,几支箭杀不死那些畜生!"彭黎大吼。

伙计们立刻接着扳弦装箭,那些弩的弦极硬,彭黎的手下动作极为熟练流畅,毫无滞涩地连续发射,祁烈找来的一帮行商却不成,小黑连着试了几次,急切间都扣不上弦。他知道这是生死关头,咬牙用力,忽地低呼了一声。商博良看了过去,小黑两指流血,被弩弦割得极深。

"废物!"祁烈在一旁咒骂,"使蛮力管屁用,拿衣服角儿垫着一点。"

商博良再看祁烈,后者正龇牙咧嘴地上弦,一副玩命的劲头。而这个时候彭黎正在背后看着他,目光阴沉。这个年轻人沉默稳定地一再上弦发射,动作简洁,有如一架用于发射弩弓的机器。

黑暗里传来了巨响,似乎是滑道的护栏被撞断了,而后下面泥沼里传来落地的沉重声响。

"一条!"苏青低声说。

"你能听见自己的箭命中的声音?"商博良说着,却并不看他,毫无间隙地持续发射。

"简单!"苏青的回答骄傲而冷漠。

"继续发射!"彭黎喝令,"这样的射速,这些畜生攻不上来!"

那边忽然传来了一个伙计的惊呼声。彭黎吃了一惊,那个伙计是他的手下,他再熟悉不过,不是那种轻易会惊叫出来的人。他一个箭步蹿过去,看见那伙计的脸色血红,已经丢了弩弓,正拼命地从自己大腿上扯着什么。

那是一条翠绿色的细蛇,一双豆红色的眼睛,死死咬在那个伙计的大腿上,任伙计怎么扯,它也不松口。商博良也看见了这边的动静,他反应极快,长刀又出鞘放在身边,于是放下弩弓提刀扑过去,凌空便是一挥。刀刃准确地在蛇颈上切过,把蛇斩作两段,可是一颗翠绿色的三角形蛇头却依然咬在伙计的大腿上。

那个伙计眼珠发白,渐渐地站不稳了,脸朝天空,不停地哆嗦,口水止不住地流下来。

"有毒!"祁烈惊呼。

他抢一步上前,摸出随身的小匕首,把蛇嘴撬开,这时候彭黎和商博良才看见那一对足有一寸长的弯钩毒牙。祁烈撕开伙计的裤子,大腿上两个鲜红的血孔,血止不住地流出来。

"碧火练!"祁烈咒骂,"完了,没救了!"

如他所说,那个被咬的伙计已经呼吸急迫,他的心跳像是剧烈的鼓点。没等祁烈割开他的伤口散毒,他的呼吸又迅速地微弱下去,即使冲到行李那边拿蛇药也已经来不及。

"蛇!蛇!上来了!"那边小黑大声地惊叫。

无数条蛇正从竹篦笆下缓缓游了上来,有的灰褐色毫不起眼,也有的鲜红碧绿,像是在染料缸里浸泡过。他们脚下踩的也是竹篦笆,巫民们用这个在高架起来的黑水铺上铺成地面,此刻竹篦笆的缺口里也不断地有蛇游上来,它们互相纠缠在一起,背上的鳞片和发白的肚皮磨蹭着,越集越多,地下很快就堆满了半尺厚的一层。几条手腕粗的蛇把头高高扬了起来,示威般扭动。

"妈的,作死的畜生!从柱子游上来了!不咬死我们还真的没完了!"祁烈脸色铁青。

伙计们里不断传来惊呼,不少人没有防备,已经被蛇咬中了。

"站起来!都站起来!"彭黎大喊。

马帮伙计们穿的都是高筒的牛皮靴子,站起来,便不怕蛇咬到脚腕。

"小黑去拿雄黄!箱子里有雄黄!"彭黎大喊。

小黑恨不得能有个机会往院子那边跑去,扔了弩弓蹿了起来。这时候一条男人手臂粗的蛇从蛇群中昂然抬头,直起的半条身子像是把角弓似的弯曲,动作凝固了一瞬,而后那颗不大的蛇头忽地一弹。

那条蛇距离小黑足有一丈之远,谁也没有注意,只有祁烈。祁烈看见它抬头就变了脸色,两个胳膊一晃把一个来月没洗过的外衣抖了下来,抢上去一步向着蛇抛了出去。就在他抛出衣服的同时,蛇嘴里喷出一道银亮的线,笔直的,追着小黑的后背而去。

祁烈的衣服从中间截断了那根银线，那是一道液体，被衣服吸了进去，可是还有半道喷在了小黑背上。小黑茫然地还不知道发生了什么，伸手去摸自己的背后。

"脱掉衣服！脱掉！"祁烈拼了老命大吼。

小黑意识到发生了什么，心急火燎地把外衣抖了下来。可是他已经感觉到不对了，背上发湿的那块开始发硬发木，那里的肌肉像是忽地僵死了，任他怎么动弹都没有知觉，背上一小块麻木的地方迅速地扩大。小黑慌了，用手去抓那里。

"你他妈的别抓！别抓！"祁烈急得喊。可他不敢过去，蛇群正游过来。

已经晚了，小黑的手在那块皮肤上不轻不重地一挠，留下一道抓痕，皮下的血迅速渗透出来，抓痕变得鲜红。小黑觉得自己心跳快得不得了，身上滚热，那股热从皮下往五脏六腑里渗，一直烧进去。他踉踉跄跄地往前走，觉得心口压着块巨石，天地都在旋转，他想伸手向祁烈求助，可是满眼是无数火把在照，无数的人影在晃，他已经找不到祁烈了。

"王蛇！它喷毒的！"祁烈低吼了一声，扑过去一把抓住商博良的手臂，不让他接近小黑。

"王蛇？"商博良心头一凛。

"就是刚才那东西，它头上有个毒囊，里面藏着一包毒液，能喷一丈来远，连着可以喷两次。巫民有个说法，你若是能杀了它搞到它的毒液，被别的蛇咬了，喝一点那毒液，别太多，也许可以救你一命。它的毒跟别的蛇毒不一样，可以以毒攻毒。"祁烈看着小黑在那里双手挥舞，原地打转，解释得很细心。他从旁边一个伙计手里抢过一张弩弓来。

商博良感觉到了祁烈话里透出的信息："那被王蛇的毒喷上呢？"

"会很难受，难受得恨不得人杀了你。巫民说，你若是中了王蛇的毒，就趁着还能动，找棵树爬上去，像个男人那样死了。"祁烈看了商博良一眼,两颗黄眼珠很深,透着说不出的悲戚。

他举起弩弓对着小黑扣动扳机。弩箭准确地贯穿了小黑的心脏,小黑捂着心口,慢慢跪下,向前扑倒。蛇群已经从他身后游了上来,从他的尸体上游过。

"兄弟啊,来云荒发财看命的,你没这命。"祁烈低声说。

他扔了弩弓,拉着商博良往后急退。彭黎和苏青点燃了火把往蛇群里戳,这些爬虫很是畏惧火焰,扭动着不敢靠近。所有伙计都退了下来,几个被蛇咬了的就留在了那里,这当口人救自己已经来不及,再腾不出手去救别人。没有了密密麻麻的弩箭,那边滑道上咝咝的声音越发近了。

"老祁,怎么办?"彭黎问。

"退吧,回院子里,不就是长虫么?这些东西没脑子的,不知道追人来咬,回屋里躲着再说。大不了等天亮,长虫的血是冷的,怕冷也怕热,热起来,就没精神了,得回泥地里躲着。"祁烈抹了一把脸上的雨水。

苏青和祁烈领着头,彭黎和商博良在后面押着,马帮伙计们朝着那间大屋退却。彭黎已经把这路上认识的陌生人看作了左右手,既然曾经一起在蛇群里闯生路,也就没什么可再猜疑的。临走前商博良回头看着滑道那边,三条大蟒一起缓缓地游了上来,在它们硕大的体型对比之下,刚才的王蛇根本算不得什么。六只蛇眼从黑暗里出现,看似木然却又闪着邪戾的光。小蛇们似乎也畏惧这些大蟒,自然而然地游开,让开了通路。

"不是亲眼看见,谁也不敢相信世上还有这样地狱般的景象。"商博良轻轻抚摸着腰间的皮袋子,"不要害怕。"

彭黎一步踏进院子,却撞在苏青背上。伙计们居然都缩在院子的门口,彭黎刚要呵斥,抬头看见院子正中央的树上一条大蟒缠着,粗壮的半条身子垂下来,黄色的蛇眼正无声地盯着他们。他心里一寒,上黑水铺要么走那条滑道,要么走竹梯,大蟒不是小蛇,不可能从柱子上游上来。他再往周围看去,觉得浑身的血直冲头顶,而后冻成了冰碴子似的。那些紧闭的房门现在打开了,几乎每一扇门里都有大蟒游出来,无一不是拖着沉重的大腹,里面鼓鼓囊囊的,似乎有什么东西要把身子也撑破。

祁烈面无人色,摸索着腰间,摸到了烟袋,似乎想抽上一口来镇定一下。可是他发觉自己没法点火,于是又把烟袋重新别回腰里。

"怎么这里也有?"彭黎也不知道自己是在问谁。

"怕是一直都有,只是我们没发觉,难怪那个巫民叫我们别开门,开门就看见了。这些长虫吃了人就得睡,它们一直在屋里睡着,现在给惊醒了。"祁烈哆嗦着,用力咳嗽。

"后面的也逼近了。"商博良低声说。这个年轻人现在也不笑了,声音森冷,手里长刀上沾着蛇血,泛着冷洌的光。

伙计们无声地移动脚步,慢慢围聚在一起,武器冲外。要到了战场上,这已经是穷途末路了,此时敌军环绕,若是两方还不到你死我活的境地,往往便会有个敌军的头目站出来劝降。可是周围都是大蟒,它们不会劝降,只会吞人。这么想着,商博良竟然又微微地笑了出来,可在这个时候,他有意无意的笑容也显得诡异无比了。

祁烈咽了一口口水:"彭帮头,拿你的钱,为你卖命,老祁我是没招了,怎么样,你说一句话好了。"

彭黎握着钩刀,紧抿着嘴唇。

"彭帮头不说话,我说吧,没说的,拼了吧?"祁烈又说,他看着商博良。

"拼了吧。"商博良点点头。

伙计们也点头,老磨胆子小,缩在人堆里,两腿哆嗦着,裤裆里一股热烘烘的臊味。祁烈看得怒了,一脚踢在他屁股上:"早他妈的说你是个有心没胆的,就该在家里抱窝守着老婆,死在床上好了!你他妈的不就想要个小的么?不就想从窑子里弄个年轻婊子出来么?你有种敢想就别怕死啊！云荒这里，毒蛇口里夺金珠，来一次，死半条命，早跟你说过，不懂是不是？现在懂了吧？现在尿裤子？晚了！挺起腰板来，别他妈的给我丢人！"

老磨听了他的呵斥，终于挂不住，强撑着一把把腰里的刀拔了出来，狠狠地抹了一把脸，把吓出来的老泪都给抹了。

"嘿嘿，对喽，这才像个走云荒的样子。"祁烈笑着，笑容狰狞。

他狠狠地往手心里吐口唾沫，磨蹭双手，重新握住了刀："彭帮头，我说，你家里那些如花似玉的小娇娘，怕是还得哭啊！"

他高跳起来，向着院子树上垂下的那条大蛇投出了刀。大蛇的动作和它硕大的身体毫不相称，极其敏捷，身子一偏闪过了，大张着血口去咬扑近的祁烈。

"我说我的荣兄弟，你那长枪可要上嘿！"祁烈嘶哑地唱了起来。他也很敏捷，趴地闪了过去，跟着翻滚。

"上！"彭黎忽地断喝。

荣良箭一样射出，手里长枪擦着地面，猛地撩起，恰好对上蛇头。大蛇头一偏闪开了枪刺，可这时候出乎每个人的意料，祁烈疯子般地扑在了蛇身上，五指紧抠进那些坚硬鳞片里去，一手拔了腰间的短刀，不顾一切地往蛇头上扎。这几乎是送命的打法，蛇的动作远比人快，即使是商博良那种快如雷霆的劈刀法，也要一次运足力气猛地突进才能和大蛇相抗。

"我说我的荣兄弟，你那长枪不要停嘿！"祁烈接着高声唱歌。

大蛇一边翻卷身子去缠祁烈，一边仰起蛇头，对着祁烈的头咬下。

祁烈拼命似的打法给了荣良极好的机会，长枪跟着突过，从大蛇的口里刺入。荣良一得手，全身力气都爆了出去，玩命地推动长枪往蛇身里刺去，那柄细杆长枪七尺长，一直刺入六尺，最后枪刺才突破蛇鳞透了出来。那蛇在剧痛中暴跳，粗重的尾巴打得地面嘭嘭作响，可喉咙到身子里是一杆七尺长枪，不能弯曲，荣良那杆枪轻，枪柄却是用的最好的枣木,要想折断绝不容易。大蛇也拧不断它,上半截身子僵硬笔直,看起来又是可笑又是可怖。

商博良跟上一步,一刀斩下,把蛇身分断。荣良杀得性起,也不顾两截蛇身都还在挣扎,上去一脚踩了蛇头,把血淋淋的枪从蛇身里拔了出来,举枪吼了一声。

"我说我那荣兄弟,你的长枪宰死龙嘿!"祁烈跳起来高唱,猛地挥手,"都往树下这边来,这个地方好认,死了游魂好找尸。"

伙计们又是惊惧又是振奋,明知道这次是凶多吉少了,可祁烈那股凶悍像是能把人心底里的狠劲给逼出来。连老磨也敏捷起来,四十多人围着大树,一个个眼睛充血,倒像是狼群被蛇群围困了。

"早知道老祁你这个身手,份儿钱就该给你加倍!"彭黎咬着牙,冷冷地看着那些逼近的大蛇。

"嗨,算什么。"祁烈讪笑,"不要命而已,走云荒,别把自己当人看。人命这里没蛇值钱,杀一条够本,杀两条赚一条!"

蛇群被惊动了,这些爬虫似乎和人一样有着同伴被杀而生的仇恨,七八条巨蟒从四面八方游了过来,蛇嘴里的獠牙都看得清清楚楚。苏青翻身上树,从背后弓囊里取出青弓,轮指拨弦似的发箭,荣良提着枪,直指一条巨蟒的头,剩下的伙计们要么是发射弩箭,丢了弩箭的也不管了,挥舞着家伙挡在前面。行商都是帮图利的人,可是现在没利可图也没路可逃,他们便忽地都变回了一帮普通男人,拼命是每个男人都会的。

大蟒也不是全无畏惧,这些人不要命,大蟒反而戒备起来,高昂着头,咝咝地吐着蛇芯,弩箭射中它们的身体,有些根本就被那浑圆的身体和坚硬的鳞片滑开,刺进去的却往往不深,也无法命中要害。倒是苏青的箭极其准确,每一箭要么射蛇眼要么射蛇嘴,都是要害所在,罕有走空的。大蟒们疼痛起来,发狂地用尾巴拍打地面,几个不小心突前的伙计被咬住,大蟒身子随着就缠上。商博良和彭黎要的就是这个间隙,

71

一旦大蟒往一个伙计身上缠,两个人就挥舞兵器突前,狠狠地斩在蛇身上。这是仿照在镇子门口杀那条大蟒的法子,异常有效,奇博良刀利,一旦动刀,蛇身立刻被斩断,彭黎的钩刀上却有锋利的反钩,钩进蛇鳞里用力一拉,就把蛇开膛破肚。可一般伙计毕竟比不得商博良的力量,只要被大蟒一缠,就是半死不活了。商博良和彭黎看准了连着杀伤了七八条,折损的人也已经有了十几个,更多的大蟒还在往这边游来。

"长虫!我叫你狂!都说长虫横路兆头不好,老子杀你个断子绝孙看看兆头哪里不好了!"祁烈短刀猛扎下去,把一个蛇头扎了个对穿。那是一条被商博良斩断的大蟒,蛇头还在发狂要咬人。

彭黎眼看着一条大蟒咬住了一个伙计的肩头,又往他身上缠去。他刚刚回过一口气,猛地提刀突进,挥刀以刀背重重地敲打在那蛇的蛇头上,刀身反弹,钩刃便朝着蛇身鳞片里扎下去。

"头儿!"荣良在后面大吼了一声。

彭黎还没回过神来,一道黑影劈着风扫来,仿佛铁鞭击打在他的胸口,要把灵魂都敲出鞘外,一时间胸口痛得像是要裂开,呼吸不能。他身子往后跌去,商博良奔过去双手接住,荣良已经擦着他肩膀闪过去,长枪跟那条击中彭黎胸口的蛇尾对上。那是两条大蟒,一条紧接着另一条之后,在黑暗中分不清楚,彭黎击中了第一条,却被第二条的蛇尾横扫过来。

荣良的长枪刺中蛇身困难,跟蛇尾一格,退了半步,再次扑上去,枪尖往大蟒翻过来的肚皮上扎去。彭黎靠在商博良身上喘了一口气,撕开胸前的衣服,把一张锃亮的护心镜扯了下来。谁也没有想到他一路跋涉,还贴身带着这样沉重的玩意儿,可没有这东西他已经死了,护心镜的表面已经迸碎,破碎的镜片扎破了他强壮的胸肌。彭黎低吼一声,扑在地上拾起钩刀,再次猛扑出去。

他是要救荣良。荣良刺向蛇腹的一枪落空了,他的枪刺到,大蟒忽地翻身,把满是鳞片的背对着枪刺。坚硬的鳞片上带着冷湿的黏液,荣良的枪刺完全不着力,只是在鳞片上留下一道痕迹便滑了出去。荣良要退,可是失却了平衡,已经来不及,大蟒翻卷上来缠住他的身子,他双臂也被裹住,枪也用不开了。彭黎冲到,另一条大蟒却放开了自己缠着的伙计,高昂起头来摆出威胁的姿势。彭黎微微一顿,缠住荣良的大蟒已经带着这个百来斤重的小伙子往蛇群里退,它几乎是这里最大的一条,怕有数百斤之重。

彭黎红着眼,可是没有办法。他眼睁睁地看着荣良的长枪落地,那条大蟒把这个人缠着立住,蛇头高昂起来,仿佛要对敌人示威一般。它顿住了一刻,而后整条身子猛地抽紧,荣良嘴里喷出一口鲜血,他叫都叫不出来,露在外面的胸膛忽地鼓起,仿佛五脏六腑都要炸出来。那条大蟒巨大的力量在一瞬间绞断了他全身的骨骼,挤压他全身的脏器,把荣良的整个身体化作了一团皮囊包裹的污血。

"我说我那荣兄弟嘿,你是枪好命却薄嘿。"祁烈也看到了这一幕,却没有任何办法,只是喃喃地说。

彭黎踉踉跄跄地退了两步,整个人像是傻了。所有伙计也被这血腥的一幕惊呆了,他们脑袋里的热血退了,再看自己的周围,一半的兄弟已经倒下。而院子里的大蟒已经有上百条了,人们所据守的大树一圈,是一个蛇海里的孤岛。那些蛇眼泛着凶戾的金黄色,正无声地注视着他们,如同注视一群死人。

所有人都退了回来,大蟒也通人性似的退了回去。那条缠住荣良的大蟒缓缓地解开身体,而后咬住了荣良的头,它开始缓缓地吞噬荣良的身体,水桶粗的蛇身慢慢被撑开,伙计们可以清楚地看见荣良怎么被那条可怕的蛇身包裹起来。没有人说话,所有人此时感觉到了这是自己的末路,最后的结果,每个人势必和荣良一样。

站在树杈上的苏青从箭囊里取了一支箭,搭上弓弦,张满了弓。他缓缓地对着大蟒瞄准,手一松,箭闪而去,把那条正在吞噬的大蟒两眼射了一个对穿。

那条大蟒挣扎着翻腾,可是它沉重的腹部里分明有一具人的尸骨,却又在贪婪地吞噬荣良,这让它没能翻出多大的动静,很快肚皮朝天地死去了。

蛇群并不着急,缓慢地游了过来,缩小了包围圈。苏青从树上跳了下来,拔了腰刀出来。

"我没箭了。"苏青淡淡地说。

没人说话,伙计们都在看着那条吞了半个荣良的大蟒。老磨抓着自己的头发,呜呜地哭了起来,祁烈腿一软,坐在地上。

他再次抽出了烟袋,无意义地问了一句:"谁身上带着火?"

"那是……!"苏青惊呼起来。

他几乎是彭黎手下那帮人里最冷静的一个,即便在亲眼看着石头他们炸成血沫的时候也不曾透出这样的惊恐来。剩下的人没有叫,却是因为他们已经发不出声音。那条翻着肚皮的大蟒忽然动了,却不是蛇身,而是肚皮。它肚皮的一处鼓了起来,而后忽地裂开,一只血肉模糊的手握着匕首,从大蟒的肚子里探了出来!

整群大蟒都骚动起来,那些大腹便便的大蟒痛苦地翻滚起来,而后它们的肚子都裂开了,无一例外的是被一只握着匕首的手从蛇腹内部划开了肚子。而没有吞人的大蟒却是因为惊恐,不再围绕着马帮伙计们,而是紧紧地缩在院子的一个角落里,蛇身纠缠,蛇头高昂起来示威和自卫。

大雨泼洒在院子里,绝无可能发生的事情正在一步步发生。那些刺破大蟒腹部的手缓缓地在大蟒肚子上划开巨大的裂口,而后露出来的是手臂,再然后是肩膀和上身,最后那些被大蟒吞噬的人重新钻了出来。一个个佝偻着背,站在死去的大蟒旁边。他们还穿着衣服,湿漉漉的,可以清楚地看见是巫民的服饰,而他们的身上血肉模糊,脸上完全没有表情。那是因为他们已经没有脸了,嘴唇、耳朵、鼻子、眼皮,身上最柔软的部分已经被大蟒胃里的酸液融化,脸上剩下的只是一些漆黑的孔洞。他们的身上也是一样，皮肤已经没有了，暴露在外面的是赤裸的肌肉。

他们无论怎么看都已经是死人了，可是他们真的又从蟒腹里钻了出来。

"天……天哪！"老磨的声音听起来也不像是活人能发出的。

"闭嘴！"祁烈低声喝止他，"别出声，跟刚才比起来，我们的境地也没变得更糟。"

那些人默默地站在一起，站在刚被他们杀死的蛇尸中间，提着武器，微微地转动着头。他们已经没有了眼睛，似乎还要从风里听出嗅出些什么。可是马帮的兄弟们看见他们脸上那两个没了眼珠子的漆黑眼眶对上自己，心里一阵阵地麻木。此时人已经忘记了恐惧，只觉得魂魄已经被抽离了身体。

而那些大蛇似乎感觉到了巨大的危险，它们在院子的角落里竭力竖起上身，大张着嘴，无声地吐出漆黑的蛇芯。这是蟒蛇最具进攻力的姿态，它们竖起的半条身子高达一人半，以这个高度扑击下去，必然是雷霆电闪，它们粗壮的身子可以被用来作为一条可怕的长鞭。

蛇腥味里飘过一丝淡淡的臊臭味道，祁烈回头往老磨裤裆里看了一眼，看见那里又是一片湿乎乎热腾腾的，往下滴水。

"尿真多，还一泡接一泡的……"祁烈低声嘟哝。

"别出声，别撒尿！"彭黎低声吼，"这些东西怕是还有鼻子耳朵！"

他的声音未落，那些死人忽然动了。他们像是一群被激怒的野兽那样冲向了蛇群，蛇群立刻发动了反击，重达上百斤的身子仿佛柱子倾倒那样向着死人们砸落，巨蟒们吐着腥气，以反钩的蛇牙去咬那些死人的头。

可是这会让活人吓得晕倒的攻击面对死人却几乎没有效果，这些人远比活人还更加敏捷，而更可怕的是，他们已经不再怕死。他们有人

75

扑了出去,有人张开双臂,无不是紧紧地抱住了巨蟒的身体,转而以手中的匕首狠狠地刺戳蛇身。那些匕首在东陆人眼里算不得上品的武器,更无法和商博良的长刀相比,可是在死人们的手里,轻易地刺穿了铁铸般的鳞片深入蛇身,每次拔出来都带着一道血泉。而巨蟒们的反击也异常强劲,它们粗大的身体一圈圈缠住死人的身体,用力抽绞。即使是一头被缠住的牦牛,也无法在这样可怕的力量下支撑多久。死人也一样,他们的骨骼如同活人一样脆,马帮汉子们再次听见了荣良身上曾传来的可怕的骨骼碎裂声。可是死人们却没有因此发出任何声音,也许是他们的声带已经被巨蟒胃里的酸液融化了,他们只是发疯般继续挥舞匕首在巨蟒身上刺戳,有的人匕首被打落了,竟以手指死死抠进蛇鳞里,以残缺的手用力地扒拉。

马帮汉子们呆呆地看着这场殊死决斗,无论人蛇都不准备给对方一丁点活下去的机会,蛇在痛苦中狂舞身体拍打地面,却不肯松开敌人,而死人们则把全身每一寸用作了武器,他们的手指抠着蛇鳞,不断出血和折断,可是即便剩下一根能用的手指,即便胸骨都已经碎裂,他们依旧发狠用力,不肯有片刻停止,直到巨蟒彻底把他们绞成一团血污。

也不知是蛇疯了,死人疯了,还是这天下的一切都疯了。

一条又一条的蛇瘫软在血泊里,一个又一个的人瘫软在蛇尸旁边,谁也不知道这场搏杀已经持续了多久,最后人蛇的尸体堆积起来,地下的蛇血已经有没过鞋底的厚度,黏稠冰冷,缓慢地流淌着渗进土地深处。

最后一个死人已经失去了匕首,他双臂死死地扣着一条蛇的脖子,以手硬生生地从蛇下颌的柔软处抓了进去。蛇疯狂地做着最后的挣扎,可是这不足以把死人从它身上甩掉,死人用力一扯,把蛇的食道和气管一起从下颌里扯了出来。

老磨喉咙里咯咯作响,似乎是要吐出来,可他只是嘴角流下一道酸水。他吐不出什么的,他早已把胃里的一点东西都吐干净了。

蛇身沉重地砸在地上,翻身露出肚皮。这条巨蟒最为幸运,全身上下只有一处大伤,只有下颌处那个恐怖的洞在汩汩流血。杀死它的人从它身上缓缓爬了起来。

那个死人佝偻着背,缓缓地扭头,像是在寻找剩下的敌人。马帮汉子们的心都像是要跳出胸口似的,巨蟒已经被杀尽了,下一个死的是不是他们?

死人终于确定了他们的位置,他拖着脚步缓缓地向他们走来。

"他……他找到我们了!"一个马帮伙计说,声音像是垂死的鸟叫。

"别出声!"彭黎的钩刀锁住了他的脖子。

"没用的……"祁烈的声音也在发抖,"我明白了,这些死人找敌人的办法跟蛇一样的。他们看不见听不见,可他们能感觉到地下的震动。"

"我们没人动。"彭黎低声说。

"可是……"祁烈眼睛里尽是绝望,"我们还有心跳!"

他这么说,每个人忽然都感觉到了自己的心跳。那擂鼓般的心跳正从双脚缓缓传入地面,暴露了他们的位置。

最后一个死人还在逼近。他走得很慢,行走的时候清楚地看出他的腿骨已经折断了,这个死人竟是在用折断的腿骨支撑着身体行走。他走着走着摔倒了,却没有停止,双臂抠着地面向着马帮汉子们爬来,半身浸在血泊里。

没有人想到要去对付这个敌人,所有人都呆呆地看着他逼近。他们也不知道自己能否解决掉这个令人毛骨悚然的东西,这个东西的力量和敏捷马帮汉子们都看见了,还有他的血腥疯狂。一个人断然不可能以那种方式杀死一条巨蟒,即便野兽也没有那样的凶暴。

商博良忽地大步上前。

他并未突进,而是大步走到了那个爬行的死人前。死人双手猛地撑地，竟然以双臂的力量跃了起来，向着商博良的胸口撞去。商博良几乎同时后退一步，飞起一脚踢在死人的胸口。

死人还未来得及在地下翻身的时候，商博良跟上一脚踩在他的背后，长刀准确地从背心刺入，扎穿了死人的心脏。在众人的目光里，死人挣扎了几下，双手狠狠地抓进泥土里，停止了动作。

商博良收回脚，还刀归鞘，背后一片已经被冷汗湿透。

[捌]

天亮了,雨也停了,可是云没有散,天还是阴沉沉的。

马帮伙计们围聚在那棵老树下,一个个呆若木鸡。祁烈蹲在角落里抽烟,彭黎提着钩刀蹲在另一边。苏青从蛇身上拔了他的箭,一支支收回箭囊里,商博良用一块软皮子缓缓地擦拭着他的刀,其他的伙计拉扯着湿透的衣服御寒,互相也不说话,偶尔有人转动眼睛看看周围,触到的都是呆滞的眼神。

浓烈腥臭气味弥漫在这个院子里,满地的血污被雨水冲散了,蛇的尸体和人的尸体混在一起。死里逃生之后每个人的心里都没有轻松起来,像是被一团血污糊住了心眼儿,让人透不过气来。大蛇们死了,外面的蛇群也悄无声息地散去了,一个伙计大着胆子出去探了一眼,发现整个蛇群正从泥沼中穿行着,向着北面去了。他咬牙从滑道下去探了探下面,除了蛇群留下的弯弯曲曲的痕迹,竟然一条蛇也没有剩下,昨夜整个沼泽变成蛇穴的一幕就像只是个梦魇似的。

"人没死呢!一个个比鬼脸还难看!"彭黎吼了一声,站起来,"还想活命的都来说说,下一步,该怎么办?"

伙计们互相看了几眼,又都垂下头去,周围死寂寂的,只有祁烈嘬着烟袋叭嗒叭嗒作响。

"首先得弄明白这是怎么一回事吧?"商博良低声说,"如果我猜得不错,有人,可能就是蛇王峒的人,驱蛇吃了黑水铺的人。我们半路上遇见的,正是蛇王峒的人,他们当时没有带蛇,也不如我们人多势众,所以就用了一道缓兵之计,自称是黑水铺的人,把我们带回这片不剩活人的村子。夜里出去召集了蛇群,要把我们杀死在这里。"

彭黎沉沉地点头:"那些蛇肚子里爬出来的僵尸又是怎么一回事?"

"是尸鬼,"祁烈的嗓子嘶哑,"我听过这回事,巫民有法子让死了的人还能站起来。"

"尸鬼?真有这东西?"苏青问。

"我也没见过,云荒这地方,说法多。我有个兄弟,也是走云荒的,可是走的跟我们不是一条道,他说他跟他们头儿一次迷路,不小心去了一个没到过的镇子。镇子里没几家住户,那里的巫民倒是慷慨,招待他们吃住,都不必花钱,那些巫民只问他们外面的情况,像是也不太跟外面的巫民来往。那一次他们也是赶上大雨,就在那里一连住了一个月。主人虽然客气,却不准他们晚上出门,说那里不安全,晚上出门怕有危险。"

祁烈说着,脸上露出令人心悸的神情来:"那个兄弟也是有点贪色,看主人家几个女儿都长得水灵,想晚上去碰碰运气。晚上就瞒着头儿溜出来往主人家女儿的屋子摸过去。那天赶上月光很好,他还没摸到主人家的屋子边,忽然看见主人一家子带着一队人从屋子里出来。他有些吃惊,说是白天看整个镇子里也没那么多人,居然都是躲在主人家里。可他又觉着有点不对,就悄悄跟在后面盯梢。看着主人带着这些人来到旁边的一块坡田上,这些人就纷纷下地种烟草,主人一家子不动手,只在旁边抽着烟看。他心说种田为什么非得晚上,觉得更是不对,就悄悄从坡田另一边摸过去偷看。这一看他给吓得个半死,那些种田的没一个活人,都是僵尸!"

苏青头皮一阵发麻。

"那些僵尸就这么种田,不知劳累似的,主人一家子就跟大爷似的在旁边歇着。我那个兄弟听见主人和几个女儿说,种田的人手最近有点不够了,前些天几个尸鬼倒下去站不起来了,大概是没用了。主人家的婆娘说那就把那几个东陆人也变了尸鬼,反正也养了他们那么久,这样还能用到明年。我那个兄弟吓得尿了裤子,回去跟他们头儿说,头儿还不信,可是跟他去那边坡田一看,也相信了。那片坡田大得没边,就凭小镇子上那些人,累死也种不过来,可是那烟草种得井井有条。他们一伙马帮的人趁着夜深就悄悄溜了出来,不要命地往南逃,捡了命回来。"

伙计们都倒抽一口冷气,这些话若是祁烈以前说,不过当个轶闻听听,走云荒的汉子,没几个会因为这个睡不好。可是昨天夜里过去,祁烈说的便不再是轶闻,在这片林子里,任何轶闻现在都可能忽然变成真的。

"虽说是传闻,也未必不可能,"商博良点了点头,"所谓尸鬼,大概和僵尸差不多,没有意识,身体还能活动。越州那边的土俗,守灵的时候,尸体要用麻绳缚住,怕新死不久的人诈尸。虽然亲眼见过的人不多,但是诈尸未必是妄说。强壮的人遭遇什么事情,骤然死了,肌体中活力还在。遇到特别的天相,比如雷电,尸体就可能被激活。不过无论尸鬼僵尸,都还是人身,若是心脏不动,没有血流,身体就没有力量。所以只要刺穿他们的心脏,一定可以制服。"

"商兄弟是博学的人,当时看着那东西扑过来,我们几个真是手软了。"彭黎低声赞道,"可这些尸鬼为什么在蟒蛇肚子里?"

"那些僵尸就是蛊神……"祁烈低声说,"我想不太明白是怎么回事,不过我琢磨着,黑水铺那些人是自己让蛊神附体,变成尸鬼的。"

"自己让蛊神附体?"商博良也吃了一惊。

"我也是听说,虎山峒的巫民有这个蛊术法子,叫人头蛊!"祁烈深深吸了一口烟,"这人头蛊种在自己身上的,人不死,一点用都没有,人一死,却不一样,就变成了尸鬼。这个蛊跟血煞蛊一样,是大蛊,极恶极毒的,巫民跟我们一样,也忌讳人死了不安,所以等闲不用这蛊。这蛊以前有人用过,是为了报仇,说有个巫民镇子的头儿,为了抢人家的女人,下手把旁边镇子上一家小户的儿子给毒死了。这大户擅用的是毒术,怎么毒死的,查不出来,这里也不像我们老家,就是查明了,苦主也没处喊冤。这家的老爹怀恨,可是小家小户,儿子死了,媳妇给抢了,就剩他一个了,没办法报仇。他就扬言要杀了那个大户。大户也畏惧这种亡命之徒,出入都带着几十个家人保着自己。果然有一天,大户出门的时候,那家的老爹揣着刀扑出去要杀大户,可是他一个老头,没什么身手,当时就被大户的儿子一刀戳死在门前。大户心里松了一口气,想着最后一个能报仇的也死了。他也不让人把老头的尸体扔了,就放在自己门前示众。在巫民里这是常见的事情,要让人知道自己家有人有势力,吓唬其他想来寻仇的人。可是这大户不知道这老头是个蛊术高手,在自己身上下了人头蛊,老头心里恨死这个大户,变成尸鬼也记得找他报仇。夜里这老头就从大户门前爬起来,摸进去把大户砍成了一堆肉酱,他儿媳妇正陪着大户睡,老头也不认得了,一起砍成了肉酱。"

商博良沉思了一会儿:"那么是不是这样的:黑水铺的巫民跟蛇王峒的人结了仇,知道这些人要驱蛇来杀自己。他们人少,没法抵抗,也逃不掉,就在自己身上种下了人头蛊。这样即便蛇王峒的蛇吞了他们,少不得还要回到自己主人的身边,这时候他们变作尸鬼从蛇腹里钻出来,杀了蛇王峒的蛇,也杀了驱蛇的人,便为自己报了仇。"

祁烈点点头:"倒确实是巫民做事的狠劲!"

"那现在我们怎么办?沿着原路回去?"彭黎脸上没有一点表情,"可苏青去探过了,昨夜的雨太大,黑泽那边已经完全不能走了,现在那里成了一条泥浆河。老祁,还有别的路么?"

祁烈摇摇头,用焦黄的指甲抓着头皮:"没路了,黑泽那条路,虽然险一点,但是在几条路里还是最好走的。而且下这么大雨,一时也停不下,没有巫民带路,从这里再往里面去,一定迷路。到死都转不出来。"

"可我们在这里还不是等死?那些蛇没准还会回来!"老磨站了起来,哆嗦着,"有路要走,没路找路出来也得走!"

"笑话!"祁烈颓然坐下,"这片林子里,找得出路来的都能赚到几十上百倍的钱,这些年来想在这里找口饭吃的前后怕没有千把号人?几个找出新路来了?还不是都埋在黑泽那些眼儿里了。"

"但是老磨说得也不错,这里不能久留,"商博良说,"如果是蛇王峒和虎山峒结怨,只怕报仇来报仇去,还没个完。我们能抽身,最好赶快抽身。"

"倒是有个法子,但是也是半条死路半条活路,看我们的运道。走不走,彭帮头说了算……"祁烈吞吞吐吐地,"我们去找蛊母。"

"蛊母?"彭黎问,"谁是蛊母?"

祁烈舔了舔嘴唇:"这里巫民有四峒,虎山峒、黑麻峒、蛇王峒、紫血峒;还有三母,蛊母、毒母和蛇母。巫民这些邪乎的东西,女人弄得比男人精,弄蛊的拜蛊母,是蛊术的头儿,弄蛇的拜蛇母,弄毒的拜毒母。不过也是听说,没什么外人见过这三母。三母各掌一个峒,就是几个大户也得把三母当神似的供着。蛊母自然就是虎山峒的一个神了。"

"那紫血峒没有头目?"商博良问。

"没有,紫血峒是个传说,从没人知道紫血峒在哪里。这片林子一般人走上半年也走不到头,不过这些年来的人也算不少,前前后后到过几十个镇子,有的是虎山峒的,有的是黑麻峒的,有的是蛇王峒的,可没人说自己到过紫血峒的镇子。紫血峒这地名儿,巫民也是不敢说的,说那里神着呢,又说只有三母能去,是祭祀巫民老祖宗的地方,那地方跟你去过的宁州幻城崖比起来还要神,巫民偶尔说一嘴,就像是不在地下而在天上。当然也没有什么人能管着了。"

"蛊母能帮我们么?"彭黎问。

"有点苗头,至少可以去问问。我和虎山峒的人熟,若是能找到蛊母,找个人带我们出这里还是有点把握。而且现在要杀我们的怕是蛇王峒的人,蛇王峒的人和虎山峒的人结仇,蛊母对我们该是看作扎西勒扎的才是。"祁烈喷出一口烟,在地下磕了磕烟袋,"怎么着,彭头儿你说吧。"

"老祁你犯傻了啊？什么虎山峒蛇王峒,要斗是他们巫民自己的事情,跟我们屁关系没有。你还真要去找那个什么蛊母？那蛇王峒的那些巫民还不非要我们死在这里不可？"老磨跳起来大声喊。

"你他妈的才傻了呢！"祁烈跟他对吼,"你是走云荒的老人,我们给卷进来了！你以为现在逃蛇王峒的人就会放过你？我们杀了蛇王峒那么些大蛇,蛇是那帮巫民的命根子,你还指望他们能给你留活路？"

"不……不是我们杀的……"老磨嘴里说着,心里已经颓了,无力地坐倒,双手胡乱地抓着自己的头发。

"不是我们杀的也该我们死了,谁会相信说黑水铺的人用人头蛊杀了那些蛇？"

伙计们互相看着,谁也拿不出主意来,最后都把目光转去看彭黎。彭黎谁也不看,一双眼睛沉郁地看着远处,嘴角紧绷。

"为什么不找毒母和蛇母？"商博良问,"找到蛇母跟她解释说这事情跟我们无关,也许会有用？"

"兄弟这是你不懂巫民,巫民还听你解释？挥手弄出条蛇来就要吞你了。"祁烈摇摇头,"而且三母里,毒母和蛇母都找不着,据说就是住在那个什么紫血峒里,只有蛊母不在。"

"你怎么知道蛊母不在紫血峒？"

祁烈的脸色白了白:"我认识她……"

他不愿再说下去了,往旁边挪了挪,背对着所有人,一个劲地只是抽烟。伙计们的目光都看着彭黎,盼着彭黎能说出什么听起来让人放心的话来。院子里一片死寂,久久没人说话。

"听祁头儿的。"彭黎终于站了起来,在靴子底上抹去了钩刀上的血污。

中午,云层薄了一些,阳光从云背后透了出来,可是又下起了雨。细碎的雨丝在阳光里折射瑰丽的光,像是无数的光毫从天空里落下,看着这样温润的雨,谁也不能把它和院子里堆积如小山的尸体联系在一起。

这片林子的美丽和可怖都一样令人迷茫。

骡马们奇迹般地没有损失,这些牲口天生害怕蛇虫,感觉到蛇群逼近的时候自己便躲到了镇子偏西北的角落里,那里没有蛇。祁烈找到这些牲口的时候喜上眉梢,如果没了牲口,东陆人在这片林子里跋涉是很难走出多远的。

伙计们把牲口都赶到滑道下,把箱子和柳筐沿着滑道推下来,重新往牲口背上装,商博良便也跟着搭手帮忙。他做这些事情也有模有样,不比老资历的马帮汉子们差。

"不错啊,是把好手。"祁烈过来拍拍他的肩膀,点着一锅烟,半是偷懒半是搭茬儿。

"一路游历,什么没做过?"商博良擦了把汗,"老祁,真有把握找到蛊母?其实我们也可以找个地方躲躲,等这阵子雨下过去,我们沿着黑泽那条路退回去,回毕钵罗那边歇歇,再找机会。"

祁烈看着天上的云,摇摇头:"这雨一时半会儿不会停,在这片林子里,我们这样下去可活不下来,这不是山里,没处躲的。而且你不懂巫民那些事,要是真跟你猜的那样,两个峒斗起来,这报复,不死不休。我怕我们看到的,不过是个开头。我不跟那些伙计说,是怕他们吓得路都不敢走了。"

"你真的认识蛊母?"商博良从旁边牵过黑骊,这匹良马鞍辔还整齐,马鞍袋子里斜插着那柄森严古雅的长刀。

祁烈出了一会儿神,点点头:"认识,还真认识有些年头了。你记得我说的那个跟巫民小女人勾搭的那个伙计么?"

"那个给蝎子吃了的?"

"是他,他先头好上的和后来好上的,是一对巫民姐妹。姐姐妹妹都是制蛊的高手,原本该当蛊母的是姐姐,后来姐姐和我那个伙计都死

85

了,妹妹就成了蛊母。说起来是小女人,其实年纪也和我一边大,现在不知道是什么样子了。求她帮忙,也许有点门道。"

"如果有个老交情,倒是可图。"商博良翻身上马。

祁烈龇着黄牙一唏:"想什么呢?交情?什么交情?我一个伙计跟她在床上搞那事就算交情?顺带还害死了她姐姐。巫民的女人,跟我们不一样的,人家一辈子,男人多着呢,到了最后,扳着手指没准儿都数不过来,还有谁记着谁?"

他又是出神,默默地看着自己脚下,缓缓吐出一口烟来。

"我说商兄弟,"祁烈也不抬头,低声说,"还跟我们走?这是九死一生的路……自个儿找生路去吧!"

"可我去哪里?在这里我人生地不熟,而且也卷了进来。我杀的蛇,只怕不比彭头儿少。要能逃,大家不都逃了?"商博良淡淡地说。

"不一样的,你要是自己想逃,我指点你附近还有几个镇子可去。你单身一个人,虽然有点风险,可是你好身手,长相说话也讨巧,拿点绸缎当见面礼,没准巫民还会收留你一阵子,谁也想不到你跟这马帮有关,蛇王峒的人报复,也轮不到你头上。"祁烈看着他,"而且哥哥我也为你冤,本想带你一程送你个人情,结果把你牵扯到这个事情里来,你是想去云号山,跟我们这帮子走云荒的卖命汉子没有什么关系。"

"老祁,别这么说,大家差点就一起死在这里,还能说没关系?"商博良避开了他的目光。

祁烈点点头,低头抽烟。烟雾腾了起来,罩着他。

他忽地抬头:"兄弟啊,你跟老哥哥说实话,你是不是惦记着那个巫民的女人?"

商博良吃了一惊:"老祁你怎么说起这个?"

"别以为我们一帮粗人就没心眼儿,看你看她那眼神儿,我也猜个八九不离十。我现在一把年纪,论起女人好不好只算一夜几个金铢,可年轻时候也是个傻小子,我遇上那个巫民小女人的时候……真以为就这么待在这林子里,过一辈子也不算吃苦……想起来怪可笑的。"祁烈讪讪地自嘲了一句,换了话题,"说起来也真不知道那个女人是干什么的,要说迎亲,刚刚闹出那么大的事情来,也不该赶在这个当口迎亲。要说是赶蛇来吞人的,可看着也不像。长得单薄了点儿,不过冷冰冰的倒也有点味道。"

"其实跟巫民的女人没有关系,只是看见她,觉得那张脸那么熟悉,所以想到以前的事。"商博良沉默了一刻,"以前的很多事,有时候以为都想不起来了,可是看见她的时候,忽然都记起来了,还是那么清楚。"

"过去的女人啊!"祁烈干笑几声。

商博良牵动嘴角,似乎是要笑,却没能笑出来。两个人互相瞟了一眼,沉默得尴尬起来。

"兄弟啊,这个世上,其实万事都好说,最怕的,便是人心里不平,惦记着什么东西,得到了,失去了;惦记着什么人,在身边不在身边,死了的活着的。"祁烈跨上大公骡,大声叹了口气,"不过你若说真的什么也不在乎,那人活着又有什么劲儿,不如死了算了。"

祁烈在骡子背上歪头晃脑的,远去了。商博良看着他的背影,忽然觉得有些奇怪,仔细一想,才明白那话本不该从祁烈的嘴里说出来。

所有骡马都已经整束好了,一匹接一匹地出发。彭黎留在最后,举着一支火把,站在滑道尽头。这个彪悍强横的宛州行商此刻分外沉默,双眼无神地瞪着前方,看着一匹一匹骡马出发。

"彭头儿?看什么呢?"商博良走到他身边。他看得出彭黎有心事。

"想要记着这个地方,知道荣良死在哪里。"彭黎低声说,"这个地方不祥,还是烧了吧,一切都烧掉。"

他向着滑道上方掷出了火把,那里已经浇了酒窖里搬出来的酒,都是巫民的土酿,干辣性烈,东陆人喝不惯,却是最好引火。火焰立刻腾起两人高,迅速地蔓延,这个以竹木支撑、构建在沼泽上方的镇子整个开始燃烧了。熊熊大火,扑面而来的热浪烫得人脸像是要熔化。

商博良和彭黎比肩看着那火焰,火焰里的那个院子里堆着死去伙计们的尸体,还有那些从蛇腹里爬出来的尸鬼以及死去的巨蟒。这些生前的死敌如今被一把火一同化成了灰烬。这也是处理尸体最好的办法,这周围都是沼泽,缓慢地流动,找不到一块合适的葬土,即使埋下去,尸骨也会被流动的泥浆缓慢地带去别处,再回来的时候也不复有纪念的地方。

"荣良真是彭头儿的好帮手,是为了救彭头儿啊。"商博良翻身上马。

"他是我弟弟,他姓彭,彭荣良。"彭黎也翻身上马。

马帮顶着蒙蒙的太阳雨,向着密林的深处继续进发。黑泽对面,老铁站在树上眺望着面前一条流淌的泥浆河,欲哭无泪,恨自己昨夜胆小怕事,被兄弟们留在了这个荒无人烟的地方。

[玖]

老磨在队伍最前面挥舞着砍山刀,刀下一片一片巨大的蕨叶被从中劈开,低矮的灌木和爬藤中被犁出一条路来。开路是老磨的绝活,祁烈就是为了这个才把这个老兄弟重新找了回来,彭黎的钩刀杀人再利,要在云荒的林子里赚钱活命,却不是靠杀人的身手,而是找路。

马帮的后面乌云又追了上来,中午才下过一场大雨,伙计们浑身还是湿透的,眼看下一场雨就要来了。商博良拉着黑骊在队伍的最后面压阵,回头看了一眼身后的云层,知道他们已经难以在雨下下来之前找到避雨的地方。

这几天的雨太大了,原有的道路全都变成了泥水地,祁烈只能凭着感觉找路。而且林子越来越密,已经不像在黑泽以南,那边的林子多半都是高大的蕨树,而这里不但有大蕨,还有带刺的灌木和浑身血红色的爬藤,这些杂草下半截都被泥水泡着,可是钻出来的枝条要么碧绿,要么鲜红,颜色艳丽动人,很多带着有毒的刺。即使靠着老磨一把锋利的砍山刀,他们每天能推进的路程也不过是十里路。而且很难确定在林子里是不是走了直道,他们很少能看见阳光,难以确定方向。

离开黑水铺已经是第五天了,一路上他们再没见过一个人。

彭黎和祁烈带着自己的牲口靠近商博良,他们三个现在俨然都是这马帮的头目了。彭黎找商博良讨论,他也不推辞。他不熟悉云州,可确实是极有经验的旅人,说话不多,却往往能够一言中的,彭黎很赏识他的冷静。

"再走两三里就必须歇了,火把已经不太够,夜路不好走。"彭黎说。

"连着五天都没有找到别的巫民镇子,也看不见人,看起来倒不像是三峒之间有冲突的样子。"商博良说。

"难说,"祁烈摇头,"五天都看不见人,才是最糟的事情,这些巫民都干吗去了？你能说他们不是去驯蛇炼蛊磨刀了？"

"老祁,我们这么往前,到底是要去哪里？"彭黎问,"这巫民的镇子,就这么稀稀落落,几天看不见一个？"

祁烈的目光在老磨砍下来的蕨叶上逡巡:"我们避开了别的镇子,鬼知道那里现在住着什么人,没准儿我们刚踩进人家的镇子里,又看见几十条大蛇游过来。我们要去的地方,只能是鬼神头。"

"鬼神头？"商博良问。这还是祁烈第一次说到这个名字。

"就是蛊母所在的镇子。可我没有去过。"祁烈说,"我是听以前的一个伙计说的,后来他去别的马帮了,可还是走云荒。他说有一次不小心摸进了蛊母所在的镇子,叫作鬼神头,说是这一带最大的镇子。又说里面的巫民说蛊母和毒母蛇母有仇,不愿和她们一起住在紫血峒,所以自己出来,带着一帮追随她的人建了新的镇子,因为蛊术是鬼神之力,这些巫民又有蛊母这样的大人物撑腰,就把镇子起名为鬼神头。"

"如果是大镇子,该不会轻易错过。"彭黎说。

"看我们有没有这个命,"祁烈摇头,"这个鬼神头,至今也只有我那个伙计说去过。去别的巫民镇子,还有路标,巫民自己会摆石头阵指路。不过这鬼神头,是什么路标都没有的。说是蛊母怕毒母和蛇母找上门来打搅她修习蛊术,所以只有她最亲信的一帮虎山峒巫民能够进入,每个能进去的人都是凭着脑子好找路,里面的人也很少出来,更不准任何人偷画鬼神头的地图。这镇子里住了三母之一,在巫民心里就神圣起来,位置是不能暴露给外人的。"

"没有路标,老祁你也没去过？"商博良不禁有些担心。

"是,不过只要是人走过的路,总会留下一些痕迹,好比路上有脚印,我们追着脚印走就好了。"祁烈眯着眼睛,懒洋洋地说。

彭黎看了看自己脚下,皱着眉:"雨太大,人踩出来的路早都看不见了,哪里有脚印?"

"不是那种脚印,彭头儿你想,巫民要从这里去鬼神头,他们会怎么走?"

"逢山开路遇水搭桥,知道地方,走就是了。"

"不,他们跟我们一样,得持一把砍山刀把路砍开。"祁烈指着一旁的蕨叶,"砍蕨就是他们不小心留下来的路标!"

彭黎看着那些老磨新砍下来的蕨叶,迷惑不解,又顺着祁烈的手指看向头顶的大蕨树。他的目光忽地锐利起来,凝视片刻,微微点头。

"那里被人砍过。"彭黎说。

商博良也看清了,大蕨离地一人半高的地方,一根粗壮的叶柄上却没有蕨叶,末端枯萎发黑了,隐隐约约却可以看得出那断口一半是平整的,就像是被刀砍过。不用心却根本看不出来,这里自然脱落的大蕨叶子无处不是。

祁烈用烟杆比了一个往下劈的动作:"蕨树长得极快,那个地方几个月前还只有人那么高,一定是挡路的。我想,那巫民势必跟老磨一样拿一把砍山刀开路,在蕨树枝子上一刀砍开个缺口,再把叶子扳下去弄断。我们顺着这些少了叶子的大蕨走。"

商博良深吸一口气,赞叹:"这样的路标,不是老云荒怎么认得出来?"

"可怎么就知道这是去鬼神头的路?不是去别的巫民镇子的?"彭黎不放心。

"不会,如果是去别的镇子,巫民肯定会留下更可靠的路标。而且,"祁烈神情里透出不安来,"昨天夜里忍着没敢说,我们怕是已经迷路两天了。"

"迷路?"彭黎大惊。

"没错,这片林子我觉得是我从来没走过的。我是靠着偶尔出来的太阳来找方向,我那个有命从鬼神头回来的伙计只说这路是一直向东向北,沿着阴虎山的山脚转。可是我一路摸过来,越来越认不出路来,以前我到的地方,从没有这么多这样古怪的爬藤,要是我猜得没错,这里是饮毒障。"

"饮毒障?"商博良问。

"其实是片林子,据说林子里满地都生红色的藤子,叫蛇骨藤,我猜就是这种藤子。巫民都说这种藤子的刺有毒,所以有的蛇没毒,就来这片林子里,把身子缠在蛇骨藤上,让刺都扎进自己身体里,这样只要几个月,那蛇就会慢慢转作鲜红,蛇骨藤的毒也都流进它的血里。这些蛇虽然没有真正的毒牙,可是满身是毒,别的东西也就不敢吃它。是蛇取毒的地方,所以就叫饮毒障。这里本该是最难走的路,没有任何镇子,即使巫民走路也要远离这地方,可为什么居然有人砍蕨开路?"祁烈转头看着彭黎和商博良两个,"只能说是我们碰巧已经撞中了,这里就是鬼神头,蛊母筑的新镇子,她藏在这里,谁也不方便找她寻仇。"

"那这里不是蛇窝了?"苏青凑了过来,脸色难看。

"说是这么说,巫民也说这里是蛇窝,可是我们一路上也没看见多少蛇。而且你仔细想想,满地爬藤,长虫在这里也不好活,长虫是个缠树的东西。蛇骨藤多半只是传说,巫民的话也不得全信。你还真的信把身子缠在这藤上就能全身带毒?"祁烈歪了歪嘴。

大雨毫无征兆地落了下来,豆大的雨点打在人身上都痛,打在蕨叶上则可以把嫩叶子打穿。说话的几个人一仰头,看见密密麻麻的雨点扑面而来,天空里已经漆黑一片,隐隐有云层滚动,像是水池里洗入了浓墨,漆黑的墨迹随着水流飞腾变化。

"妈的!又下起来了。"苏青恨恨地说。

这里几乎不可能有避雨的地方,唯一能避雨的只有那些巨扇似的大蕨叶子。

"人要送死,鬼催上路啊。"祁烈望着天空里,喃喃地说。

"彭帮头,"他低头回来看着彭黎,"别舍不得火把了,点起火来连夜赶路吧,一口气找到鬼神头。"

"真能一口气找到?"彭黎问。

"我能感觉到,能闻见那个味道。我们近了!很近了!"祁烈狠狠地抽动鼻子。

商博良看着他,觉得祁烈那双黄少白多的眼睛里透出了一股贪婪而急切的光,又像是野兽面对着可口却危险的猎物,即将扑上之前的毅然决然。可是他们谁也不知道有什么在鬼神头等着他们,他们现在也不愿意想,至少鬼神头那里是个镇子,有避雨、烤火的地方,继续在这个雨林里走下去,人们怕都要疯了。

"点火!"彭黎下令。

祁烈用烟杆在大公骡屁股上用力一戳,骡子嘶叫着往前跑,祁烈高举了火把,在蕨树上寻找那些几个月前被砍掉叶片留下的痕迹。伙计们拿油布披在头上,拖着脚步跟他赶路。牲口的叫声让人悲伤恓惶,仿佛脚下就是末路。

"嘿哟嘿,走山蹚海光脚板嘞,遇山踩个山窟窿嘞,遇水就当洗泥脚嘞,撞到天顶不回头嘞!嘿哟嘿!"祁烈嘶哑地大唱着歌,"老磨你那砍刀玩命地下嘿,找到活路让彭头儿出钱,给你去找最软最滑的小娘子嘿。"

也不知道是被逼无奈还是最软最滑的小娘子这个空洞的许诺在起作用,老磨也跟着发狠地挥刀。队伍前进的速度居然胜过了无雨的时候,伙计们感觉到一点点火星般的希望,随时会被这冷雨浇灭,可是谁都不肯放弃。

"老祁这个走法,今夜要真的还找不到鬼神头,我们怕是全要累死在这里了。"商博良看着彭黎。

"随他,跟着他走!"彭黎死死盯着祁烈的背影,在泥水里拔着脚前行,"走路的人,会感觉到什么时候快到头了,要把最后一点力气也使出来。就像打仗的人,能感觉到再加一把劲敌人就垮了,这时候领兵的便要自己带人上去拼命!没理由,就是感觉。"

"感觉错了就算了?"

"那就是命不好。"彭黎低声说。

天已经变得墨黑一片,那不是因为雨云,而是已经入夜。可是雨还没有停,雨流狂泻而下,风咆哮着从蕨叶中穿过,令这些东陆人也怀疑是不是世上真的有雨神,而雨神正暴怒地肆虐,在云层之上把数千万钧雨水砸向地面。骡马们也畏惧起来,却又不敢停下,人和牲口都是搏命一样往前赶。

"绳子!用绳子把牲口连在一起!"商博良拉紧身上披的油布,对着苏青咆哮。

"先得把前队停下来!队越拉越长了!"苏青也对着他咆哮。

两个人都不想这么说话,可天地间都被暴风骤雨的声音充斥,即使贴在耳边说话,也必须咆哮才能让对方明白。

他们已经忘记了在这场雨里跋涉了多久。为首的几个人还能死撑,剩下的人只是埋头往前挪动脚步,他们没有力气说话了,人整个就是泡在水里,全身酸痛不堪,腿肚子发疯似的抖。可是没有人抱怨,没人敢停下,现在往前挪一步就多一分活命的机会,现在停下,没有同伴能救自己,因为同伴们也都是强弩之末。人的潜力在生死关头终于显露出来,马帮汉子们的小腿已经被蛇骨藤的刺挂花了,尖刺里轻微的毒也渗入了他们皮肤里,雨水泡着,血不断往下流,混进脚下的泥水里。可他们不愿意穿上可以保护小腿的牛皮长靴,蛇骨藤并没有多大的毒性,伤口的痛楚还能让人清醒,而如果穿上沉重的长靴,他们根本无法在这个泥泞的地面上走出多远。

苏青说得对,队伍已经拉长到接近一里了。大雨瓢泼,几十匹牲口,隔得远的甚至看不见前面人的背影,这么走下去,迟早失散。如果不是彭黎含着牛角哨坚持走在最后,把掉队的重新都押着往前赶,这队伍只怕还得拉得更长。

"他妈的!前面祁头儿走疯了!"苏青大喊着骂,"商兄弟你往前赶,让祁头儿慢点,等等后面的兄弟,我往后面找彭头儿,让后面的兄弟跟上去。先停一下,点一点人头。"

"好!"商博良大声地答应。

他和黑骊还能撑,这一人一马在马帮里已经变作了不可思议的存在,即使在暴风雨中,商博良的黑马也不惊恐。它变得异常警觉,马眼里闪烁着凶猛的光,沉重地打着响鼻注视周围。商博良一加快,它立刻跟上。他们越过了二十多匹骡马,终于追上了前面开路的老磨和祁烈。

"我砍你他妈的个饮毒障,我砍你他妈的个蛇骨藤,我叫你他妈的生来命不好,今天遇见老子,把你根也挖出来!"祁烈满嘴都是恶毒的咒骂,和老磨一样挥舞着一柄砍山刀往前突进。他开路的本事居然不在老磨之下,只是那种玩命的劲头令人惊恐,商博良愣了一下没敢立刻靠上去,只觉得这个老行商真是疯病发了。

而老磨到了最后关头还是没有祁烈那样的凶狠。他已经油尽灯枯,满嘴都是白沫,可还木然地挥舞砍山刀拼命往下砍去,一边拖着脚步前行一边悲哭,整个人像是傻了。

"老祁!老祁!"商博良知道不能等了,这两个人随时都会倒下去,他冲上去从后面把祁烈连着两臂死死抱住。

"放开!老子正砍得欢,你拉老子干什么?"祁烈回头一口口水吐向商博良。

商博良也不闪,口水吐在他衣领上,腥黄色,透着一股难闻的气味。这是体力将近耗尽的征兆,外面是瓢泼大雨,身体里却开始脱水,口水便也干涩黏稠起来。

"老祁!这样下去,你和老磨谁也挺不到鬼神头。"商博良顾不得擦去口水,"慢一点,喘口气,后面的兄弟已经跟不上了。"

"不能喘!"祁烈居然露出了一个难看的笑容,"喘口气,我们就死了。我跟你说过的,走云荒,毒蛇口里夺金珠。不能犹豫,钱是拿命换的。"

他指着自己的小腿,那里的伤口被水泡得发白,边缘已经开始溃烂:"别以为蛇骨藤不毒,这东西的毒性只是起得慢,发作起来,浑身瘫软。但它的毒有个好处,发作起来一点不痛,舒服得像是躺在云里,慢慢睡着了就死了。"

他狠狠地一抓商博良的衣襟:"可我还不想死!"

商博良松开他。他转过身,继续挥舞着砍山刀大步往前。他们说话的工夫老磨已经又在蛇骨藤和灌木里犁出了五尺长的路,商博良看见老磨木然的脸上挂着泪水,一股冷气从心里生出来,冻得心里发痛。

恐惧从他心底里幽幽地生起来,他看着眼前的一切,觉得这些马帮汉子忽地都变作了陌生人。他们为了什么来到这里?为了什么拼上了命赚钱?又为了什么在觉得自己将死的时候还在挥舞砍山刀奋力前行?商博良忽然发现他把这些人也看得太简单了,这些村俗的汉子心里,也都各藏着一个鬼神,这鬼神和蛊的力量一样,会叫他们做出不可思议的事情来。

祁烈和老磨挥舞砍山刀的劲头,岂不正像那些扑向巨蟒的尸鬼。

商博良站在冷雨中,缓慢而用力地,打了一个寒战。

一个马帮汉子从商博良身边走过,满脸都是雨水,木然地带着笑。商博良眼角的余光瞟到了他脸上那种古怪的笑,忽地一愣,上去用力拍了拍他的肩膀。只是这么一拍,那个汉子顺势就向前扑倒,他脸朝下趴在泥泞里,再也不做爬起来的努力。商博良上去拉起他,把他翻过来,看见那张满是泥水的脸上带着惬意的笑,就像是劳累了一天的人躺在最舒服的大床上,而他的呼吸越来越微弱。

蛇骨藤的毒性终于开始发作。那汉子临死之前感觉到的,想必就是祁烈所说睡在云里的快活。

商博良知道自己已经不能做什么。他把汉子的尸体往一旁推了推，牵过汉子手里的牲口，跟上了祁烈和老磨。一个又一个的马帮汉子从那个死去的同伴身边经过，每个人都低头赶路，没有人扭头多看一眼。

"老祁我们要死了。老祁我们要死了。"老磨木然地哭。

他已经跟不上祁烈的步伐了，祁烈冲在最前面，砍山刀发狠地斩向灌木群，不唱歌了，而是狂笑。

"老祁我们要死了……"老磨觉得最后一丝力量也在从他身体里缓缓离去，他甚至连哭的力气都没有了，慢慢地坐在泥水里。

"没死呢！没死呢！"祁烈忽地回头咆哮起来，脸上满是疯子般的狂喜，"他妈的这不是路么？他妈的这不就是路么？你们脚下就是踩着脚板心也痛的石头路啊！"

他使劲踩着脚下的泥水，水花四溅。

后面的汉子们忽而都惊醒，不知道什么时候，他们脚下不再是软绵绵的泥水地，泥水之下又硬又平整，分明是石头。商博良急忙蹲下，以手插入泥水里，他平静如止水的心里也跳起一阵喜悦。确实是石路，而且不是天然的，整齐的石缝说明那是人工修砌的，只是年代久远，石缝里也长出了灌木和爬藤，加上泥水横流，直没到腿肚，把路面给遮蔽了。

整个马帮沸腾起来。前面的几个伙计一手从腰间拔刀，一手拔出刀鞘，高举刀和刀鞘在空中交击。这在战场上是"大胜"的信号，而在这里，能活下去便是真正的"大胜"。后面的伙计也都听见了前面的欢呼伴着叮当作响的敲击声，没有人疑惑，人们都知道前面的人找到了什么，他们也一样以刀敲击刀鞘。这声音一个接一个传出去，在瓢泼大雨中足足传了一里，骡马们都预感到了死里逃生的喜悦，欢快地叫了起来。

队伍最后的彭黎和苏青也听见了远处雨幕中传来的喧闹和欢腾。只有这两个人没有什么表示,只是沉默地对看了一眼。

"真的找到这里了。"苏青低声说。

"出发前就说过,这件事九死一生,我们便要做十个人里唯一活下来的那个!"彭黎遥望前方。

"是!"苏青猛一低头。

马帮踏着泥水飞奔起来,祁烈和老磨两柄砍山刀如同剪子似的在灌木丛中拓开仅够一人一马经过的通道。他们越是往前走,脚下的泥浆就越薄,古老的石头路面渐渐显露出来,草木也越来越稀疏。最后人们已经踏着一条被雨水洗得发亮的黝黑石道,大步向前狂奔。

雨还在下,周围不再有大蕨和蛇骨藤的影子,浓厚的雾气遮蔽了周围的一切。人们只知道这是林子深处的一块巨大空地,石道一直通向浓雾的中央。

"灯!灯!"祁烈大喊起来。

雾气深处忽然出现了一点火光,隐隐约约,晃晃悠悠。它的光色在雾气中是温暖的橘黄,尽管那么微弱,却让人像是飞蛾般恨不得扑过去。

祁烈双手搭在肩上,高呼着:"扎西勒扎!扎西勒扎!"

他往前飞跑而去,老磨愣了一下,也抛下砍山刀向前飞奔。所有的马帮伙计像是着了魔似的,丢下骡马的缰绳,争先恐后地向着那点火光跑去。商博良想要喝止,已经来不及了,他别无选择,从黑骊背上抽下长刀插在腰带中,按刀紧紧跟随在后。他一双温和如水的眼睛忽然变得犀利如电,紧紧盯着雾气尽头摇晃的那点火光。

持火的人静静地站在石道中央。

他手提着一盏灯,灯周围罩着琉璃的薄片来抵挡风雨。那是一个巫民,健硕英武,他披着一件黑色的长斗篷,赤裸的胸膛上绘着五彩的图腾,头顶的银箍周围插满山鸡的羽毛。可没有人能看得见他的脸,他上半张脸笼罩在一只骷髅的面具下,骷髅表面鎏银,泛着凄冷的光。

所有伙计看见那鎏银面具,都惊得停下了脚步,没有人会忘记那可怖的银鹿头。祁烈也呆在那里,手按刀柄,急促地呼吸着,死死盯着那个沉默的巫民。最后彭黎也赶了上来,马帮几十条汉子和一个提灯的巫民对峙,曾和蛇群死战的汉子们却没有一个敢扑上去,巫民也不畏惧他面前几十个提着刀虎视眈眈的末路凶兽,丝毫也不挪动。

彭黎、祁烈、商博良三人并肩站在了巫民对面。

巫民露出的下半张脸上忽地露出了一丝友好的笑容来,他躬下身子,用最正宗的东陆官话说:"扎西勒扎,欢迎我们远道而来的朋友。"

这似乎是一个年轻男子,可他的笑容竟然如此的迷人,即便头上的头骨面具也不能抹去他的妩媚。这份不曾被期望的友好令伙计们的恐惧退去了一丝。

"扎西勒扎。"彭黎上前,"我们是……"

"不必说,"巫民温和地打断了他,"我已经知道你们是谁。你们是谁也不重要。你们能活着来到这里,那是蛊神保佑着你们,否则没有外乡人能走过饮毒障,那是蛊神为供奉他的人所设的保护。他允许你们来到这里,你们便是尊贵的客人。"

他转过身,比了一个手势,示意马帮跟着他。

整个马帮小心翼翼地跟着这个不明来历的巫民走向雾气的更深处。他们脚下的石道越来越开阔,再往前走路边开始出现石刻的古老图腾,足有两人的高度,长着狗的脸,却有着粗壮的身子和鹰一样的双翼,目光炯炯地直视前方。

"这是什么?"彭黎低声问。

"狮子,巫民说是守卫死魂的神。"祁烈粗喘着往前挪动脚步。

"狮子?"商博良呆了一下。

"这里跟外面不通信息,没见过狮子,却传说狮子是野兽中最威猛的东西,长的就是这个模样,还说是太古时候神人传下来图案。大概是用狗和老鹰还有别的野兽凑出来的东西。"

"有人！有人！"一个伙计压着声音喊。

路边出现了更多的灯火，夹道排作两排。道路两边像是一支隆重的欢迎队伍，却听不见任何声音，每个提灯迎候的巫民都戴着鎏银的头骨面具，露出微笑，服饰华丽。他们中有老有少，有男有女，每人都手握一把米粒撒在石道上。马帮就踩着那些晶莹的米粒惊叹着走过。

"这是巫民欢迎贵客的礼节。"苏青低声说。

"嗯。我也曾听说。"商博良说。

"可他们为什么要欢迎我们？"苏青的声音里透着寒意。

石道前面终于出现了一座竹楼，竹楼下站着窈窕的少女。她们的肌肤像是小麦和蜂蜜的颜色，皮肤柔细，身体娇软，即便戴着可怖的面具，马帮汉子们也忍不住一阵躁动。少女蹲下身用银碗里的水仔细擦拭马帮汉子们的小腿，擦去泥垢和血污。被蛇骨藤尖刺划伤的地方，疼痛迅速退却，泛起了一丝丝清凉来。那银碗里的无疑是解毒的药水，看着那些身形妩媚的巫女们蹲在自己脚下擦着自己一双毛糙的粗腿，汉子们无不觉得飘上了云端。

擦到老磨的时候，老磨两眼一翻，失去了知觉。苏青过去一把揽住他，试了试他的呼吸。

"没事，累得晕过去了，若是再撑一阵子，必定是死在路上了。"他说。

汉子们被请上竹楼。上面地方开阔，早已敷设了织锦的坐垫。巫民不能生产织锦，才要从东陆行商手里购买，这东西在巫民地方，本来是仅有大户人家主人才能享用的。马帮的汉子们自己贩织锦，可舍得自己坐在织锦上的也不多，看着这么奢华的款待，战战兢兢地不敢坐上去。

引路的那个巫民笑了，轻轻挥手，竹楼下奔上来的巫民少女们立刻搀扶着汉子们坐在垫子上。屋子中央生起了温暖的火盆，巫女们给汉子们解下身上湿透的外衣,立刻又有人送上烘得暖暖的衣服来。

轮到商博良的时候,这个年轻人笑了笑,也顺从地脱下上衣。他露出的胸膛结实宽阔,却有狰狞的刀疤横胸而过,当初受伤的时候他的胸肌想必是几乎被割断了。

"像是战场上受的伤啊。"彭黎坐在他身边,漫不经心地说。

"以前也曾从过军。"商博良淡淡地说。

他转向身边的祁烈,祁烈正默默地看着竹楼外的雨。雨中,一座颇有规模的城镇若隐若现,高矮不一的竹楼架离地面,上面铺着厚而密的竹叶遮雨,下面离开地面的潮湿。这在巫民的镇子里是最好的房子了,竹楼的窗口几乎都亮着灯,从他们的位置看去,美丽而迷蒙。

"这么险恶的林子里,也有这样的镇子,安静得让人把什么忧愁都忘了啊。"商博良低声赞叹,轻轻抚摸腰间那个从不离身的皮袋子。

"我终于活着踩到这块地皮了。"祁烈喃喃地说,出神地看着外面。

商博良诧异地看着他,祁烈的话里没有死里逃生的狂喜,却有一丝淡而悠远的欣慰,如同行过数千里路,回到了故乡,看见自小熟悉的流水时,轻轻地叹口气。

"商兄弟,我撑不住了。"祁烈的脸色微微变了,不住地哆嗦,"你们自己当心吧。"

他软软地倒在坐垫上。商博良拉起他,试了试他的呼吸,才发现他和老磨一样,是力尽晕了过去。这个老云荒最后开路的时候,远比老磨更加拼命,商博良此时触到他的身体,才感觉到他全身肌肉都虬结如铁块。这是用力过度全身痉挛的征兆,商博良急忙用手掌边缘为他敲击全身,怕他从此就瘫痪了,祁烈带的伙计们也懂得这个道理,聚过来七手八脚地帮着按摩。

伙计们和巫民少女一起把祁烈抬了出去,商博良默默地站着,忽然想到雨里高歌着开路的身影。真是执着,其实这个人早该在半路就倒下的,他远比老磨更累,可他一直坚持到登上这个竹楼,深深看了一眼雨中的鬼神头。

其实祁烈不是为了求生啊,他想,祁烈是真的想看一眼传说中的鬼神头。

引路的巫民拍了拍手,周围的巫女和他一起把头骨面具摘了下来。引路的人是个英俊的年轻男子,巫民少女也大多妩媚。他们摘去那个面具之后,马帮汉子们心里又松懈了许多。

无论怎么看,他们终于是来到了一个友好的地方。

"这面具是我们祖先的头骨制成,希望没有因此惊吓了诸位。因为蛊神节即将结束,恶灵最猖狂的也是这时,祖先的灵魂会保佑我们不受恶灵的侵扰。只有回到家中,我们才会取下。"巫民男子说话温和中正,彬彬有礼。只听他说话,绝不会想到他是个巫民,而觉得是东陆大家族的少年。而他的神态恭敬却威严,像是古老神殿里走出的国王般,令人不敢对他有任何轻视。

"不知道您如何得知我们的身份的?"彭黎问。

"蛇王峒的人杀死了我们在黑水铺的同胞,我们虽然愤怒,却因为那里都是蛇王峒的大蛇,不敢去讨回血债。可是我们安插在蛇王峒的人说有一队东陆的行商为我们的同胞报了仇,杀死了蛇王峒许多大蛇。当你们接近这里的时候,我们已经发觉,派人悄悄查看,如果是敌人,是躲不过我们的吹箭的。而我们发现来的竟是为我们报了血仇的朋友,这是蛊神也不忍心伤害你们的,所以指引了你们道路。"

彭黎和商博良对视了一眼,两个人都意识到他们的猜测是正确的,蛇王峒和虎山峒,蛇和蛊,两者之间正在轮流上演惨烈的复仇。

"也多亏你们选择了来鬼神头避难,蛇王峒的人据说正在四处搜寻你们。如果被盯上了,你们很难发觉,而后他们会在深夜带着大蛇包围你们的营地,那时候你们就太危险了。"男子又说。

伙计们都打了几个寒战,回想自己在林子里跋涉的时候,只觉得无时无刻没有一双眼睛在林子深处悄悄窥伺着自己。

"到了这里,便安全了,贵客们不必再担心。饮毒障是蛊神设下的屏障,鬼神头是他留给我们的家园,在这里我们不必担心蛇王峒。何况蛊母会保护我们所有人,蛇王峒的人终会为他们的暴行后悔的。"男人安慰,"我们很快就会派人送你们去毕钵罗,从这里去毕钵罗的路,仍有一条是通畅的。"

伙计们惊喜起来,想着能回到毕钵罗去,便可从帕帕尔河和锡甫河坐船,一路出海,直达衡玉。他们刚到毕钵罗的时候,讨厌那西陆的城市,潮湿土俗,不如东陆大城来得舒服,可是现在想来,比起这片林子,毕钵罗就是天堂了。

"不知……可能在这里交易?"一个走云荒的老伙计犹豫着问,"我们带了上好的织锦。"

他不知是不是该说出来,彭黎在一旁,似乎完全没有想提交易的事情。这些汉子刚刚逃出生天,却忍不住又犯了商人贪利的心,想着这样回去,命虽然捡了回来,亏本却也是要命的。他们这些小商客搭彭黎的队,自己也借了钱捎了点货,不换成东西带回宛州大城镇里去卖,这次的鬼门关就白闯了,还要被人追债。

"我知道你们想要交易的是龙胆和金鳞,这两样却是蛇王峒才有的东西,这里没有。"男子微微一笑,"不过我们这里虽然是出产很少的树林,可未必只有龙胆和金鳞两样东西值钱。"

他拍了拍手,似乎早有准备,纱衣赤脚的少女从竹楼下上来,捧着银制的盒子。男子打开盒子,把里面的东西给伙计们看。所有人都面面相觑,那是些僵死的小虫,每只不过两只蚂蚁大,身体泛着蓝金色的微光。

"看着不起眼的东西,可有特别的用处。这是缠丝蛊的蛊虫。"

听着男子这么说,伙计们都惊得想要站起来。他们见识过蛊的可怕,而几百上千条蛊虫现在就在他们面前的盒子里。

巫民男子和少女一同笑了起来,那些十六七岁的巫民少女笑得尤其妩媚,笑起来目光婉转,往马帮汉子们这边瞟来,春水一样的瞳子无声无息地勾人魂魄。

"蛊虫确有极其可怕的,大蛊我们自己也害怕,可蛊也有种种的好处。"男子说,"缠丝蛊只有一个用处,就是若是把它捣碎,混在酒里给女人喝下去,女人就会情难自禁,身边若有男子,便觉得那男子是天上地下最好的男人,恨不能搂在怀里怕人抢了去。若是男人想和她做什么,她更觉得是天神赐福,求都求不来,更何况拒绝?"

男子说着,取了一只蛊虫,用手指捻碎,撒进少女端上来的银杯里。杯子里已经有酒,那些虫粉沾了酒就化了进去,蓝金色的粉末一溶,却没有一丝颜色留下,还是一杯清澈的米酒。

伙计们已经有些心动,却还有一个老商客犹豫着问:"这倒也不算太过稀罕,不就是春药了么?"

巫民男子笑着摆摆手:"春药会有味道,缠丝蛊却没有,春药喝下去只是动了情欲,第二天女人醒悟过来,也猜得出是怎么回事。缠丝蛊却不一样,喝下去,那女人只觉得这男人好,心甘情愿许身给他,却不是为了情欲。第二天缠丝蛊就退,女人不再那么糊涂,可是前一晚觉得男人如何如何的好,这份情思总埋在心里,不但不怨,还会想着念着。这怎么是春药能做到的呢?"

男子举起杯中的酒,以眼神示意旁边一个明媚娇小的巫民少女。巫民少女妩媚地一笑,轻轻闭上眼睛,仰头张嘴,粉红色的舌头伸出一点,像是要去舔挂在银杯边沿的一滴酒。

"我只要把这杯酒喂进这美丽女人的嘴里,她再睁开眼,看到诸位中的哪一位,便觉得那人就是天下最好的男人,恨不得一辈子缩在你怀里。就算我是她的哥哥,不愿看见这事,也拦不得她,没准那位就被她急着拉到自己的屋子里去了。"男子环顾周围。

那个巫民少女美得令人心颤,仰头饮酒的动作又妩媚得令汉子们心里像是揣了个兔子,玩命地跳。所有人的目光都盯在她细软的舌尖上,只觉得身上无比的燥热,恨不得男子立刻把酒倒进那张花瓣似的唇里,又恨不得他立刻拉了自己去少女面前,试试那酒有没有效用。

男子的手却凝滞在空中。片刻,他呵呵一笑,把满满一杯子酒自己饮下。

"身为这里的主人,总不愿看着妹妹追着诸位贵客去了东陆。"他谦和地躬身,似乎是对没能达成汉子们的心愿表示歉意,"这缠丝蛊还有一个好处就是,换成男人喝,就像普通的酒一样,绝无任何害处。"

马帮汉子们咽着口水,彼此尴尬地笑笑,知道刚才自己猴急的样子都落在同伴的眼里。可是心底里对于那神异的缠丝蛊已经不再怀疑。

少女又捧上两只盒子。这次男子不再打开,只是比了一个手势说:"这里面的东西,看着和缠丝蛊差不多,可是一样是续命蛊,一样是不眠蛊。用法都是一样,效用不同。有老人衰弱欲死,给他服下续命蛊,可以续他半日的命,无论是多重的病,就算心跳刚刚停下,服下也仍然有效。虽然只能用一次,不过半日的时间,足够最后和亲人说几句话了。不眠蛊服下则可以让人连着五六日不需睡眠,依然可以精力充沛,翻山越岭都不是难事。在我们这里,要去很远的地方,往往便会随身带着不眠蛊,碰上路不好或者有危险,就吞下不眠蛊连夜赶路。五六日可以走十几天的路,只是之后会连续大睡两三日。不过应急是再好不过的东西。"

他把三只盒子都往前推去:"不知道这些东西,贵客们会不会有兴趣?"

商客们都是笑逐颜开,有几个笑得脸都抽筋了。这些神异的蛊虫,在他们眼里已经是一堆堆高到屋顶的金铢,这三样东西任一样卖给东陆的豪商,就算价格再高,还不被一抢而空?

"那么为了感谢贵客们为我们报了血仇,这些东西就赠给诸位贵客。诸位贵客的东西我们不敢收,还可以带回家乡去。"巫民男子一摆手,慷慨得令人自觉矮了一头。少女们捧着盒子送到了彭黎的座前,周围几个伙计把脑袋探得和鸭脖子似的,凑上去想要看个真切。

彭黎低头看着这份珍贵之极的大礼,良久没有说话。他不说话,屋子里的气氛便冷了下来,伙计们也不敢喧哗,所有目光都集中在彭黎的身上。

"真是贵重的礼物,那我们就惶恐地收下了。"彭黎终于点了点头。

伙计们长舒了一口气。

"我听说蛊母在鬼神头,想要拜见一下,不知是否可以?"彭黎忽地抬头,直视那个巫民男子的眼睛。

巫民男子避开了他的目光,笑着摇头:"这些礼物,其实都是蛊母准备赠给诸位的。可是蛊母说过了,她不会见外人。"

"我们不是外人,我们有一位兄弟,以前认识蛊母!"彭黎恳切地说。

巫民男子还是摇头而笑:"蛊母说过,离开的人,便不能再回来。诸位离开了鬼神头,便再也不要回转。"

[拾]

祁烈睁开了眼睛,商博良也在同时睁开眼睛。

祁烈躺在织锦铺成的铺子上,商博良挂刀盘膝,坐在一边,刚才在闭目冥想。

"你这是长门休息的法子。"祁烈嘟哝了一句,"商兄弟你倒是什么都会一点。"

"走千里路吃百家饭,当然也就学得很杂。"商博良笑,"你醒过来就好,兄弟们很是担心你,都说亏得祁帮头,否则这次死在林子里了。"

"扯屁!"祁烈骂一句,"他们担心我?趁我醒不过来都爬到巫民女人的被窝里去了吧?"

"倒是不敢,彭帮头下了令,在鬼神头不规矩的,一律扔下不带。"

"我这是睡了几天?"

"只有半天,刚刚天明,我们觉得你这一累怕是要躺上两天,没想到你睡了一晚上立刻就醒了。老磨在那边还昏迷着。"

祁烈挣扎着要坐起来,脸上痛得抽搐了一下,重新躺了回去。

"妈的,这把老骨头怎么像是给野兽一根一根啃过似的痛?"他骂骂咧咧的。

"劳累太过,身上的筋肉不僵死就算不错了,祁帮头你这把命拼得也是够吓人的。我们都诧异你怎么撑下来的。"商博良说。

祁烈长叹了口气:"走云荒,毒蛇口里夺金珠啊,宁可是自己累死的,别是自己把自己给吓死的。这又不是第一次,老子这条命烂,一时死不绝。"

两个人不再说话,屋外的雨声越发明显了。昨夜的狂风暴雨到早晨已经小了许多,这时候从竹墙上的窗户往外看去,淅沥沥地下着,屋檐下的竹叶上都挂着清亮亮的雨滴,倒像是宛州多雨的暮春时节,有种极慵懒的意境。

"彭帮头呢?"一会儿,祁烈问。

"像是一整夜没睡,和苏青他们在那边屋里商议呢。鬼神头的巫民说我们帮他们报了血仇,送了缠丝蛊、续命蛊和不眠蛊三件礼物,听起来卖到东陆去都是一本万利的东西。彭帮头他们大概是商量这钱怎么分吧?"

"这三件东西?"祁烈想了想,"听说过,确实是值钱的货色,一般巫民制不出来这蛊,怕是蛊母自己制的吧?"

"是,那个巫民是这么说的。"

"彭帮头这次得偿所愿了,人为财死,鸟为食亡啊。"祁烈大叹一口气,"他家里又要添上一堆如花似玉的小娘子了。"

"续命蛊和不眠蛊都是好东西,可是缠丝蛊,是不是有点亏了阴德?"商博良说,"毕竟是春药一样的东西。听老祁你以前说,巫民男女是自相欢好,想不到堂堂蛊母也制这种东西。"

祁烈干笑两声:"好不好的,都是能卖钱的货呗。至于巫民这里,男人女人不就是那么回事儿么?在被窝里打架、生娃,自相欢好还是勾搭上手,又有什么区别?商兄弟你自己是大家大户出来的,别拿那套书上的东西瞧不起我们这些粗人。"

商博良抬起头,淡然看着窗外的雨线出神:"男女自己相遇,和处心积虑用蛊虫去骗一夜风流,总是不同的。这不是书上的东西,书上不说这个,是人心里的事。"

祁烈有点没趣,只能接着干笑:"有什么不同?"

"当然不同。"商博良倒是愣了一下。

祁烈一哂:"缠丝蛊那东西又不是春药,用在女人身上,女人就觉得你是天下最好的男人,爱都爱死你,你叫她为你去死她也乐颠颠的,有什么不好?世上多少女人是不知道自己喜欢哪个男人,这边挑那边选?男人呢,是死缠烂打也蹭不上一点便宜,自己都苦闷得要死。给她个蛊虫一喂,得了,她也舒坦了,你也舒坦了。管你长得美丑,你商兄弟这样英俊的人物和我老祁这种,给那女人看来是一样的。大家在被窝里开开心心打架,爬起来烧饭喂孩子,日子过得比蜜糖都甜,有什么不好?男人女人生下来,不就是搞搞被窝里那事儿,一起过个日子么?要不男人女人为啥要搞在一起?难道是一起识文断字?或者一起写诗作画?"

商博良低下头,沉默了许久。

祁烈大概是觉得自己有点口无遮拦,于是有点讪讪的:"我们粗人,也不是瞧不起你这读书的大户人家,就是说个粗道理。"

"人所以相遇,是因为寂寞啊。"商博良忽地抬起头来。

祁烈愣了一下,那一瞬间商博良的眼里有一道光,像是从很久以前照来的阳光,寂静而空旷,温暖而苍老。这时候商博良竟然轻轻地笑了笑。

缓缓地,祁烈也笑了起来:"寂寞这事情,是有钱有闲,吃饱喝足才有的啊!还得先有条命!"

祁烈如他自己说的,果真是一条烂命。老磨直到夜里还躺在那里昏迷不醒,只能靠人灌稀粥保命,祁烈却在入夜前就蹿了起来,龇牙咧嘴忍着痛,四处逛游。

商博良跟着他,本想扶他一把,可是出乎意料的是祁烈完全不需要搀扶。到了这里仿佛到了他的老巢似的,祁烈精神振奋,指点着给商博良说那些巫民的房屋。

鬼神头其实也就是一个巫民镇子。只不过和黑水铺相比，这里整饬得好得多，竹楼精致，石道宽阔，倒有点像东陆的小城镇了。这个镇子位于饮毒障的中央，也不知是天然不生树木还是巫民烧荒的结果，方圆几里是一片空地，只有些无害的小草生在石缝里。他们来时的石道横贯整个镇子，所有竹楼都在石道两侧修建，镇子里随处可见古老的石像和刻在石块上的图腾花纹，也不知道是多少年之前的东西了。镇子中央是一个石砌的水池，用来积蓄雨水，沉淀之后各家来这里取水。水池前是一片小有规模的石头广场。巫民的镇子非常简单，只有住家，却没有商铺市集之类的地方，将近入夜的时候，竹楼后面都有炊烟升起，看着让人不禁惬意起来，想要懒懒地在石道上漫步。

"旗上那个就是狮子符，"祁烈指着竹楼前面悬挂的五色旗帜，"他们说的狮子不是草原上那东西，却是他们自己想出来的狮子。说是护着死人魂的就是狮子。在巫民看来蛊神是尊恶神，能够吸取魂魄，做各种各样的恶事。可是蛊术就是操纵蛊虫的魂魄，所以也是恶神的法术。巫民不像我们东陆人，不是都信善神，他们觉得恶神也是有本事的，就可以拜。而且恶神有个好处，可以用血食一类的祭祀来贿赂，你贿赂得好了，恶神就会把神力借给你。可他们又怕恶神难以控制，所以一边拜恶神一边拜狮子神，恶神要是敢作祟来伤他们，他们就祭出狮子神来保命。所以家门前挂狮子，是这里的习俗。"

"倒是有趣得很，这拜恶神，好比书上说养虎自卫，终有一天为虎所噬了。"商博良听得津津有味。

"书上说的那不对！"祁烈一挥手，"你养个老虎自卫，给老虎套上铁锁不就得了？而且人谁不死？养个老虎自卫给自家老虎吃了，总比给仇家宰了要划算！"

商博良一愣，不禁笑了："这倒也是个道理。"

"粗人有粗道理，跟你们精细伶俐的人说不通。"祁烈得意起来。

"不过养虎自卫这话，本是帝王家说来自省的话，说不要豢养危险的臣子。帝王家死于外敌者少,死于内乱者多。"商博良随口说。

"帝王家!"祁烈鼻子里一哼,"看得出商兄弟你是上可通天的人哪!"

"怎么?"商博良略有些吃惊。

"必定是绝大的家族里出来的人,见过世上最好看的女人,喝过世上最好喝的酒,吃过世上最罕见的东西,住过世上最奢华的大房子,才是你这个德行,看什么都漫不经心毫不在意。看你一直笑笑的,可让你大大地开心一次,比登天还难!"祁烈抽抽气,鼻子一歪。

商博良笑:"那把世上最好的东西都享受完了,又该怎么样?"

"找个世上最危险的地方,把命送了。"

祁烈和商博良对看了一眼,商博良心里一动,觉得祁烈的话里似乎有些深意。他却只是笑笑,笑容不染尘埃。

"都说了,好汉子不贪图你什么,别看老哥哥穷,"祁烈拍了拍商博良的肩膀,"我只是遇见了你,忽地好奇起来,你这样大家世大背景的人,为什么也总是很愁似的,眉心里像是拧了个锁,总也打不开。"

"有么?"商博良按按自己的眉心。

"看得出来!"祁烈歪嘴,"要搁我年轻的时候,一定打你小子一顿,叫你小子好吃好喝家大业大还愁,你他妈的愁个屁啊?可现在我见着你,倒觉得你那愁也不是装出来的。"

"从小到大,始终都是一半开心,一半不开心。无论是带着几百号人游猎,还是自己一个人流浪,其实也都是一样。开心不开心,跟有钱没钱,家大业大,没有什么关系。"商博良环顾周围,低声说,"只有很短的时间曾经觉得再不会有不开心了,好比天上从此光明万丈,再不下雨。"

"因为那个女人?"

商博良点了点头:"可是很快又不开心了,就像天不下雨,是根本不可能的事。"

"女人没了,你才这么惦记着,若是娶到了手里,还不是三天两头,灶底炕头地吵架?"祁烈摇头,"不过能开心一阵子就是大乐事了,兄弟你开心了多久啊?"

商博良轻轻地吐出一口气,而后看着祁烈的眼睛:"只有那么长的时间。"

祁烈一愣。

"我呼吸一次的时间。等我明白的那一刻,她就死了。"商博良认真地说。

祁烈沉默了很久,摇头:"你小子运势真歹。"

他忽地指着旁边一栋三层竹楼,眉飞色舞起来:"商兄弟你看那栋竹楼,我打赌里面住着这个镇子上数头几名的漂亮姑娘!"

"你怎么知道?"商博良好奇起来,那栋竹楼看起来毫不特别。

"看那三层上的竹墙发亮没有?那是家里人往上涂的油。估计是女儿长得漂亮,住在三层楼上,怕小子们夜里爬上去偷看屋里的春色。"祁烈乐呵呵地笑,"白天没小心摸门子的,够上去怕就要滑下来。"

商博良看他得意,也有些高兴:"老祁,你真是想来鬼神头的啊。"

祁烈一愣:"谁想来这里?九死一生的,差点就没命回去享福了。"

"瞒谁呢?"商博良笑,"你醒的时候,我跟你说巫民送了我们三件大礼,你也没有几分开心,也没急着问彭头儿要来看看。那可没准是上万上十万金铢的货啊。可昨晚到鬼神头的时候,我看你那样子,就知道你是下定决心一定要看到这里,否则路上哪来那么大的勇气?"

祁烈张着嘴呆了一会儿,抓了抓头皮:"本以为是死定了的,那时候觉得钱都不算什么了,可这一辈子耗在云荒的财路上,虽然捡了一条命,偏没有到过鬼神头没有到过紫血峒,一辈子也看不穿这条路。心里这么想就觉得亏得慌,觉得一辈子真是没出息透了。所以看到这个镇子,就觉得心愿满足了,老子一生走云荒,今儿个不愧是老云荒了,英雄了一把,够了!回去分钱,彭头儿分我几个算几个,总够我吃到死了。"

"想起个典故来。天启宫里传,说大燮初开国的时候,羽烈王头风不愈,项太傅掌天驱军团。项太傅绝世兵法家,运筹帷幄指挥若定都不是问题,可毕竟不是亲临战场冲杀的武人,要巩固军心不易。所以项太傅经常思索,有一夜忽然想到离国三铁驹之一的谢玄先生已经归隐于九原。项太傅信任谢玄的领兵才能,便趁夜调动五艘巨舟,带五千甲卫,取道寒云川而下至云中,又换乘八马长车一路狂奔去九原拜会谢玄先生。过沧澜道,到了九原,凌晨闯关而入,来到谢玄先生隐居的山庄外,遥望到屋顶的时候,项太傅忽地住马,掉头说我们回去。属下都茫然不解,项太傅却说,我为了见谢先生而来,可我一路上已经想明白了我想问谢先生的问题。那么也不必骚扰他隐居,我们就此回去吧,便领着大军打道回府了。"商博良笑,"祁头儿是为金铢而来,可是已经看到金铢的时候,却发现自己想明白了自己走云荒几十年的所求,跟项太傅望屋而返的典故暗合。"

"你这是嘲笑我!"祁烈歪着一张苦瓜脸。

"不是,"商博良收了笑容,摇头,"祁头儿你若是明白了自己想要什么,是可喜可贺的事情,比赚几个金铢有意思多了。"

祁烈想了想,点了点头:"将来商兄弟来宛州衡玉城,不嫌我家里穷,来喝一碗水酒。你若是不喜欢逛窑子,我带你街头看杂耍去,我们宛州的杂耍,天下闻名!"

"如果我能从云号山回来的话……一言为定!"商博良伸出手来。

"一言为定!"祁烈紧紧握住。

这时候三三两两的巫民从两边的竹楼里走出来。他们都是盛装,男人身上用铁锈色和靛青画着繁复古奥的图腾,披着沉重鲜艳的斗篷,女人则穿着素色轻纱的筒裙,胳膊上套着臂钏和银铃,长发洗净了,不辫辫子,整束用头纱裹起来盘在脖子上。

他们每个人都戴着鎏银的骷髅面具,也不说话,手拉着手往前走去,路上相遇,两群人便拉手在一起,人越聚越多。

"这是……?"商博良预感到有什么盛大的仪式。这些巫民身上穿的衣服料子都昂贵,需要以土产从东陆行商或是毕钵罗的转口商人那里买来,绝不会轻易穿着出门只为了纳凉。

祁烈周围瞟了几眼,嘿嘿地干笑起来:"兄弟,我们走运了,有好看的,跟不跟哥哥去看个热闹?"

"好看的?"商博良明显是难以抵抗这种新鲜事的诱惑,只有这个时候,他才真的像一个心无城府的年轻人。

"好看,太好看了!就怕你鼻血流得太厉害,到时候别说老哥哥害你。"祁烈缩缩脑袋,压低了声音,"跟那些巫民拉着,只管往前走,别人不说话你也别说,千万别笑别出声,什么都别问。有人跟你说话,只说扎西勒扎。"

他拍了拍商博良的胸口:"要有点虔诚的样子!"

商博良看着祁烈的脸,祁烈此时忽地一脸严肃,倒像是游历的长门僧侣,可总觉得他的皱纹里都透出点猥亵的意思。

商博良一手和祁烈拉住,一手伸出去。仅仅是一刻,就被一只柔软而温暖的小手握住。拉住他的是一个巫民少女,看不见脸,却能隐约看出她白纱的筒裙下身体玲珑的曲线,想来也是个美丽的巫女。商博良几乎是不由自主地笑了笑,他每次见到陌生人总是会笑,这次却刚笑出来就吓得把脸板了回去。他这是记起了祁烈的嘱咐。

出乎他的意料,什么事都没有发生。那张狰狞的骷髅面具下,巫民少女的眼神略有诧异,随即眼神一转,软媚得叫人心里一颤。商博良随即觉得和巫民少女相握的手心里忽地传来了汗湿的暖意。

这样香艳的暗示,他的心应该酥软了。可商博良忽地有些惊诧,他意识到有什么不对,可还没有想明白。

他已经无法摆脱巫民少女的手,他被拉入了一条长队。队伍平缓地向前行进,没有人说话,队伍两边的巫民各手持一盏风灯。商博良扭头看向后面,也是一条手拉手前进的长队,再后面还是长队,似乎镇子里的所有人都出来了,上千人在风里默默地行进。

他们正去向水池前的空地,水池后是黑色的竹楼,比这里的任何竹楼都高大巍峨,默默地屹立着。没有亲眼看见的人很难相信竹子能搭建起那么大的屋子来。而那栋竹楼却没有一扇窗,仅有巨大的黑色门洞,对着前面的水池。它是这个镇子的中心,可是昨晚所有竹楼都点灯的时候,商博良已经注意到了镇子正中那个没有丝毫光亮的巨大黑影。

它里面没有传出过任何灯光和声音,如同它的颜色,是黑色的死寂。

蛊母住在那里,商博良毫不怀疑。

巫女的手指悄悄地在他掌心中间画着圈,纤软的手像是要融在他手心里。商博良不明白这是为什么,也不敢问,更不敢松手。他已经被卷进了上千巫民的队伍中,这支队伍透着神圣的静谧,不容被打破。他以眼角的余光四顾时,巫女又用尖尖的指甲在他掌心用力一掐。他痛得脸上一抽,转头去看巫女,可是巫女却不看他,只默默地看着前方,轻轻踮着脚尖前行。她没有穿鞋,脚腕上的银铃反着流动的月光。

商博良仰头,发现不知何时云层开了一个口子,月光从天空里坠落。

眼前的一切忽然变得虚幻不真,却又有种诱人的神秘。这座小镇此刻如此安静,只听见少女们脚腕上的银铃响成叮叮的一片。

他们已经来到了水池前的空地上,昨夜看见的那个年轻英俊的巫民男子点燃了火把。他把火把传递给其他人,一根接一根的火把在人群里燃起来,手持火把的人像是供奉神牌似的把火把沿着水渠插好。整片空地上都是十五六岁到二十多岁的青年男女,所有人围成圈子,留出空地中央的一个圆。

商博良仔细看去,才发现空地中央的整片岩石上,雕刻着古老繁复的花纹,就像他们在进入黑水铺时,在门楼上所见的那个巨兽。

115

"那就是蛊神。"祁烈把声音压得极低。

商博良点了点头，不敢发出声音。所有人都保持着沉默，此刻脚铃的声音也消失了，只有微微的呼吸声，说话很容易被发觉。

铃声从远处传来。

商博良看向那个方向，赫然发现那是一头牛正向着这边缓缓走来。奇怪的是居然没有牵牛的人，却有一队巫民排成两列，躬身跟随在牛的后面，那牛反而像是他们中领头的。在别的地方很少能看见那样雄壮威武的牛，它是罕见的白色，身上洗刷得干干净净，白色的牛皮在月光下显得古老而圣洁，牛蹄泛着明亮的光。白牛盘结的双角上各点了一盏松明，铃声来自它脖子下巨大的铜铃。

单调重复的铃铛声里，这头牛带领的一队巫民像是苏醒的灵魂，正从层层地狱里走出来。商博良微微有些兴奋，又微微有些紧张，这时候他感觉到后颈中被吹入了暖湿的气。他回头，看见是和自己拉着手的巫民少女悄悄蹭在他脖子里吹气。巫民少女看见商博良扭头看她，眼睛一眨一眨，眸子里传过浓郁的春情来，那眼神像是春天叶片上蓄的一片露水似的。

白牛走入了人群，缓缓走到了年轻的巫民男子面前。巫民男子伸出手，他手心里晶莹的似乎是盐，白牛舔食着盐，慢悠悠地甩着尾巴。直到舔食干净了，它才低低地叫了一声，似乎还想要更多的盐。

它出声的瞬间，巫民男子忽地从斗篷下拔出闪亮的弯刀，从牛的下颌捅了进去，两尺长的弯刀直贯入它的身体，只剩刀柄留在外面。此时后面跟着的巫民都扑上来按住垂死挣扎的白牛，巫民男子猛地拔出弯刀来，浓腥的牛血喷了他一身。牛的热血不断涌出来，流进那个蛊神图腾的图案中，图案以刀斧极深地阴刻在石头里，牛血积在槽里，蛊神图变得异常清晰刺眼。白牛也并没有很剧烈地挣扎，只是在失血后不受控制地抽搐着，很快，它就失去了力量，巨大的牛眼最后睁开了一次，看了看杀死它的人，而后缓缓合上。

持弯刀的巫民男子上前一步,抓住牛角,一刀狠狠地砍在牛后颈上。牛的颈骨粗壮,他连续几刀才把硕大的牛头砍了下来,飞溅的血点洒在他的两臂和脸上,他始终没有任何表情。

他终于把牛头举向天空的时候,脸上忽然露出狂喜,他用足力气大喊了一声。人群用更加浑厚的喊声回应他,所有巫民就像是身体里的火被点着了似的,同时高举双臂呼喊。

喊声震耳欲聋,巫民们摘下了脸上的骷髅面具,一张张都是年轻的脸,每张脸上都是虔诚和着魔般的喜悦。

商博良一怔,贴在祁烈的耳边:"这里都是年轻人!"

"你才发现?鬼神头是没有小孩和老人的,来这里的人都是从外面进来追随蛊母的,都是这林子里最英武漂亮的男人和女人,没血缘的。"

商博良指着高举牛头的男子:"昨夜你昏过去,那个巫民说一个女孩是他妹妹。"

"信他的?"祁烈歪了歪嘴,露出色眯眯的笑来,"没准他夜里就和他那个所谓的妹妹在被窝里打滚呢!这些年轻人都是狂信蛊母的,觉得蛊母能通幽冥,即便是死了,都能复活的。他们抛了自己的家来这里,再搭伙住在竹楼里,跟别人说是家人。所以才要往墙上涂油呢,这不涂油,自己的妹妹就变成人家的妹妹了!"

"宰牛是什么意思?"

"祭品,那牛生下来就是养了当祭品的,不下地干活,用巫民自己都舍不得吃的最好的东西喂着,每天有人给它洗刷涂油,是他们的神牛。可神牛也要有点用处,就是用来临祭时那么一宰,牛头供给蛊神,牛肉大家分吃,这就是蛊神节的'献牛日'。"

"献牛日?"

"倒数第二日,明日是最后一日'神归位',蛊神节就算过完了,蛊神也回家去了,大家又可以随便外出了。"

商博良赞叹着点点头,看见巫民们一拥而上,拔刀劈砍牛的身体,新鲜的牛肉被大块大块卸下来。围绕着蛊神的石刻图腾,巫民们生起火堆,牛肉就放在火堆上炙烤,很快,牛肉外面烤焦的香味已经飘散开来。少女们捧着瓦罐在水渠里取水,而后分为小碗递给其他人,有人递了一碗到商博良的手中。商博良饮了一口,呆了一下。

小碗里的竟然是甜润的米酒。

"不信吧?"祁烈也喝着一碗,"这些巫民,发疯起来的时候,倾家荡产也在所不惜。逢着蛊神节的晚上,他们都把一年酿的好酒拿出来,场面摆得越大主人越开心,随便喝,喝得少是你没有酒量,喝得多也不用付钱。"

祁烈一口灌下了碗里的米酒,双手按肩跟旁边一个巫民高喊扎西勒扎,神态亲密无比。巫民也立刻还礼,又有人把米酒递过来,祁烈喝酒豪爽,碗到就干。果然如他所说,他大口喝酒巫民却没有丝毫舍不得的意思,每当他灌下一碗米酒,周围的人必要陪他也灌一碗。祁烈很快就脸色涨红,可他狂喝却不倒,一双黄眼珠越喝越精光四射,最后他每喝一碗,巫民们必定要大声赞叹,两个糖一样甜润的少女搀着摇晃的祁烈为他递酒,媚眼也丝丝缕缕地飘过去。这个豪爽的外乡客的作风分明很得巫民的欢心,人群把祁烈拥得离商博良越来越远。祁烈肆无忌惮地抓着两个巫女的手,在人群里回头,得意地向商博良使着眼色,示意他跟过去。

商博良笑着摇头,向他挥手,他和祁烈终于被人群隔开。

烤好的牛肉也被递上来了,空地上欢腾喜悦的人们穿插着来去,一碗一碗的米酒被传向四周,少女们咯咯轻笑,手脚麻利地盛酒,可是已经跟不上人们喝的速度,更多的人拿着小碗去水渠那里盛酒。

酒香、肉香、火光、溅满牛血的地面、年轻男子酣醉的笑脸、少女们坠着汗珠的肌肤,这场面古老蛮荒,却又温暖欢喜。

商博良却在这欢腾的场面中退得越来越远。最后他退到了水渠边坐下,用小碗在水渠中盛了半碗米酒慢悠悠地喝。他的眼睛明澈干净,映出来来往往的人影和人群中央的火光,他又开始不由自主地笑,却不是巫民狂欢中的那种欢喜。他的喜悦淡得像是他碗里的酒,又如这片雨林里氤氲的水汽。

他习惯性地摸了摸腰间的皮袋,喃喃自语:"真没有想到啊。这天下真是大,没有到过的地方,永远不能想象它的样子。说起来一辈子住在这种地方,也没什么不好吧?"

"你叨叨什么呢?"祁烈神出鬼没地从旁边闪出来。

"自言自语,想着一辈子住在这里,其实也没什么不好。"商博良笑笑。

"这话也就想起来说说,"祁烈摇头,"多少走云荒的人,却没有一个真正留下来的。如今商兄弟你看到的是这帮巫民寻欢作乐的样子,可是你要是一辈子住在这里,就得跟他们一样跟蛇虫瘴气为伍,出一趟远门不知能否活着回来,大雨天雨水从你家屋顶上的每个缝里流下来打在你头上,一辈子唯有靠在火堆边烤着才有个片刻的干爽。"

"要是那样,你还想住在这里么?"祁烈坐下来,和商博良并排,叼上烟袋打着火镰。

商博良愣了一下,看着祁烈苍老的侧脸。祁烈不看他,低头一下一下擦着火镰,火星短暂地照亮他的脸。许久,商博良轻轻叹了一口气,被他自己压住的那股巨大的疲倦笼罩了他,他的目光低垂,人忽然老了几岁似的。

"老祁你说话很狠啊,"商博良低低地说,"是啊,我只看见这里的开心,却没看到这里的辛苦。"

"这里的人都很短命,却不显老。女人三十多岁皮肤还嫩得能捏出水来,可是四十岁一过,往往就没几天活头了,倒像个干桃子似的,变得又黑又皱。男人往往四十岁都活不到,这里经常有仇杀,先杀青壮和男人,女人抢回去还有用,往往不杀,所以男人更短命。巫民死的时候,经常都不火化,而是埋在自己家的田地里,这样死人的油膏烂了也烂在自家地里,会长出更好的庄稼给家里人吃。"祁烈终于点着了烟,深深地吸了一口,"你别看这些巫民女人漂亮,也没什么禁忌,男人十四五岁就能偷偷去跟自己喜欢的姑娘求欢,那是他们能活的日子很短啊。他们一辈子里,就这点乐子了。我们东陆,女孩子十六岁才束发,还是父母掌心里的宝贝,晚的还有二十五六才出嫁的。若是巫民也这样,等他们嫁娶,也就快要老了。"

商博良沉默了一会儿,伸手出去:"老祁,借口烟抽吧?"

"我以为你不抽烟的。"祁烈有些诧异,还是把烟袋递了过去。

"以前抽的,来东陆以后不抽了。在瀚州,贵族抽烟是很流行的事情,很小的时候,我父亲就教我抽烟。"商博良接了过去,吸了一口,悠悠地吐出来,熟练地在地下磕了磕烟灰。

"你是蛮族?"祁烈更加诧异。

"你以为我是东陆人?"商博良看了他一眼。

"无所谓。"祁烈摇了摇头。

两个人默默地并排坐着,一会儿,祁烈问:"想家了?"

商博良点了点头:"本来只想去云号山,现在在想去完云号山再去哪里。忽然有点想回家看看。"

"那就回瀚州喽。到了云号山,找条船,跨海过去,沿着海岸往东走,就能到瀚州。"

"想念是想念,真要回去,却也很难。"

"刚才在那边遇着彭头儿也出来看热闹,搅了我的好事,原本那些小巫女贴着我那叫一个舒服。"祁烈说,"彭头儿下令,说是后天一早离开鬼神头。"

"那么急?"

"也不是彭头儿的意思,是那些巫民催着我们上路,说蛊神节马上就要结束,接下来就是龙神节,那些蛇王峒的人龙神节应该正待在自己的镇子里祭龙神,龙神就是大蛇了,巫民说蛇是半龙,是没智慧的龙。

这时候我们上路最安全。说是这么说,大概人家也不放心我们总住在这里吧?"

"那就走吧,彭头儿也该赚够了,回家过舒服日子吧。"

"商兄弟你和我们一起走么?"祁烈问。

他问得唐突,商博良一愣,转头看着他。祁烈从商博良手里抓过烟袋,也不擦烟嘴就抽了起来,默默地看着不远处火光里醉醺醺的巫民。巫民们手舞火把,围绕着火堆起舞,火光影里男人的文身、女人的曲线仿佛都纠缠在一起,女人脚腕上的银铃声欢悦沸腾。

"是彭头儿不愿带我了?"商博良试探着问。

祁烈不回答。

"老祁,你心里有事,到底是怎么了?"隔了很久,商博良终于说。

"我能有什么事?"祁烈摇摇头,"商兄弟,我们就在这里分手吧。你往北走,过了这片林子,靠海有个小城叫作乔曼锡,那里可以乘船出海,去云号山,比陆路走可轻松百倍。我们就往南了,还是回毕钵罗,你跟着我们,只能绕道。"

"毕钵罗也可以乘船出海吧?"

祁烈忽地转身,大手抓着商博良的肩膀:"兄弟!听老哥哥一句,想去云号山,就别走这条道了。我们走云荒的汉子,是走鬼道,赚活人钱,我们这条道到不了云号山,我们这条道根本没头的!"

商博良无法回答。他不知道到底怎么了,祁烈的话里仿佛藏着个巨大的诅咒。他看得出祁烈眼里隐隐的不安,却不知道那不安从何而来。这个马帮已经搞到了在宛州价值千金的货,马上就是龙神节,雨也小了起来,他们应该可以毫无阻拦地顺利穿过林子到达毕钵罗,那时候别说彭黎祁烈这样领头的,一般的马帮汉子也都是腰缠万金的豪贾了。

可是祁烈这个无所畏惧的老云荒此时却忽地惊恐不安起来。

"老祁……怎么了?"

"我怕是巫民的老话要应验,这个林子里,龙神蛊神和毒神都是有的,我们已经吵到了他们的安静。"祁烈幽幽地看了商博良一眼,"怕要遭报应。你没听说么,巫民的林子外人只能来一次,从这里捞了钱走的人,便不能再回头。这林子是个藏着山精水魅的地方,来这里夺金珠的人都会被记下来,你只要回头看一眼,魂儿就被锁在这里了,你的贪心总叫你再回来发财,而你一再回来,迟早埋在这里……"

商博良忽地想了起来,昨天晚上那个年轻的巫民男子也说了一句差不多的话:"蛊母说过,离开的人,便不能再回来。"

"我们里面,我和老磨,还有几个人都不是第一次走云荒了。"祁烈抽了口烟,"我心里忽地开始怕,今次走出去,就真的一辈子不愁了,可能走出去么?"

商博良心底极深处,微微地打了一个寒噤。

"商兄弟,你还年轻,不要跟着我们再走这条玩命的道儿了。"祁烈低声说。

"虽然我不知道祁帮头为什么这么担心,不过这一路大家是兄弟,你说的话,我相信。那么这里,就是我们分别的地方了。"商博良轻声说,"其实老祁,说起来我还比你大的,我上个月已经三十了。"

祁烈沉默了一会儿,拔出自己腰间的刀来,在刀身的反光里注视自己满是皱纹的脸:"真丢脸,原来你还比我大。还是我看起来太老了吧?不知道当年喜欢我的那个巫民的小女人,她要是再见着我,会不会嫌得吐出来。"

"老祁,你想多了,她要是在这里,也不是小女人了。"

祁烈沉默了一会儿,忽地眉飞色舞起来,他指着远处的人群,压低了声音:"看!看!来真的了!"

商博良被祁烈拉了起来,站在水渠的边缘上,跟着他看向人群里。他们站得高,他的眼神也好,清楚地看见巫民男女们已经围成了一圈。其他人都不再且饮且舞了,周围的人都拍着手,一下下踩着地面,巫女们脚腕上的银铃响得清脆整齐。古老而缓慢的节奏控制了空地上的气氛,人群里是昨夜那个英俊的巫民男子和一个红纱披身的巫女对面舞蹈。

巫女的皮肤白得令人惊叹,泛着玉质般的光辉。她的双臂柔软,舞蹈的时候仿佛被风吹动的柔软枝条,漆黑的长发娓娓抖动,巫民男子舞蹈着跟随在她的身后,以十指为她梳理头发。

巫女忽地回头,和那个男子对视。隔着好一段距离,商博良也能看清她一双明妙的眼睛里春色流淌。两个人的舞蹈越来越缓慢,男子从背后贴上去抱住巫女的腰肢,两个人仿佛黏在一起,曼妙地扭动,从指尖到足踝,全身的每一处关节都可以转动般。

商博良想起了两条缠在一起的蛇,感觉却不是那夜在黑水铺看到蛇群时的恐惧,而是黑色甜蜜的诱惑,令人全身的血温温地涌了上来。

男子搂住巫女的腰肢,抚摩她的身体,亲吻她修长的脖子。巫女陶醉地闭着眼睛,转身贴在男子的怀里。

"这算是仪式么?"商博良贴近祁烈的耳边。

"我说是来真的嘛,就是那事儿。"祁烈低声说,"这蛊神节还有一个事情,就是男男女女凑一起干这个。在别的地方,只是大户人家家里找两个年轻男女来耍,旁边贴满蛊神的画儿。这就算是把女人献给蛊神,那被选来的男人是代蛊神去快活。可鬼神头这里,是蛊神的地盘,这场仪式就要做得尤其的大,人人都要慎重。被选出来的这男女,必是里面最好看的,被选上的兴高采烈,选不上的心里只恨没有献身给蛊神的机会。我当年的伙计里有几个听说有这种好事,馋得口水拖到地下,恨不得巫民自己的男人都死绝了,把自己叫去顶这个美差。"

"哦!"商博良点点头。

祁烈扭头瞟了商博良一眼,似乎是鄙视:"我说你这个兄弟,有好看的你不往上凑,问题却那么多?你是男人不是?"

商博良愣了一下,失笑:"大概是吧。从小我就觉得自己是,这么些年,可别是想错了吧?"

祁烈也嘿嘿地笑,踮起脚尖贪婪地往人群里面张望。

巫民男女的舞蹈越发缠绵,两个人嘴唇相接,男人把巫女整个抱起在怀中,少女蜷缩如婴儿。那个巫民男子也力量惊人,怀里抱着年轻的巫女,还能举重若轻地舞蹈,步伐稳重端方,进退中有狮虎般的气势。而少女一幅流水般的青丝从他臂弯中垂下,随着男子的舞步而飞扬,有如挠在人心里似的,悄无声息地痒着。

男子忽地用力扯裂了少女的纱裙抛在地下,巫民中欢呼声暴起。少女蜷着,远远地只能看见光洁的后背。

商博良心里忽地有一丝疼痛,像是极薄的刀锋在心口里擦了一道似的。

"可惜了好端端一个姑娘,就这么献给蛊神。若是生在东陆,必定是求亲的人堆满门前,门槛也要磨平一尺,娶上她的人心里欢喜,准是整天给老婆送绫罗绸缎珠宝首饰哄着,怕她不开心,要有运气的,没准还可以被哪个贵胄公子看中,就是全然不一样的活法儿了。"祁烈喃喃地说。

"说是祭品,可是被献祭的人自己,却没有不情愿的样子。"商博良摇头。

"不会不情愿,如果那个被献祭的小女人有运气,也许会成为下一个蛊母。"

"下一个蛊母?"

"三母虽然是巫民的主宰,可也是献祭的女人。她们的一生就算是献给了那些恶神,从此她们不管有没有心爱的人,都不能说出来。她们整日里就是制毒制蛊和耍蛇,遇到重大的庆典,她们还得离开紫血峒来到巫民的镇子里,被人供神一样供着,却得当众脱光了献祭,和也不知道从哪里选出来的男子欢好。有时候被选出来献祭的男人就是镇子上最有势力的大户,一般都是些吃得满身肥油的老狗。三母却不能拒绝。这是她们的责任。"

商博良一怔,脱口而出:"那不是和娼女一样?"

"谁知道呢……也许那些大户图的其实是她们的身子,而不是出来敬神。也许三母自己也知道,可是不能拒绝。也许大户和三母都觉得这样那几个恶神便会觉得享受,于是大家都虔诚得很。"祁烈轻声说,"我们这些外人,咋知道呢?反正那些普通的巫民看见这个,便觉得是神圣的,神看见了要开心,便不会害人。巫民一代代,就是这么活下来的。"

"所以年轻女孩便也想把自己献祭,这样也许就能继承成为下一任的三母?"商博良问。

"是啊,虽然在我们看来,当什么'三母',有时候是过着窑子一样的生活,还不能收钱,名分上的老公还是些想起来都让人恶心的恶神。但是对于这些巫民的女娃子,她们一辈子走不出这个林子,能被尊称为三母,就是最大的光荣,即使死了,家里人脸上都有光彩。所以你看她们舍身,你觉得难过,她们却觉得那是一辈子最好的事。"

商博良看着祁烈,他感觉到祁烈的语气恍惚,像是有些出神。他也诧异于祁烈这个粗鄙的汉子居然感觉到了他的难过,当祁烈第一次把那些年轻的巫女称为"女娃子"的时候,商博良觉得祁烈的话里也有隐隐的悲悯,可祁烈的语气却是淡淡的,完全是一副旁观人的口气。

巫民们欢舞沸腾,男子和巫女赤裸地相拥着倒地,被周围的人群挡住了。欢呼声像是刀子一样刺在耳朵里,商博良看见有巫民高举着木桶进来,把里面的液体泼向地面。木桶里的是宰杀的白牛颈里接下来的鲜血,这些还温热的血泼在那对献祭给蛊神的男女身上,不知是不是象征着求助于蛊神的巫民把自己的牲口、欲望和情爱都献了上去。

商博良低下头,默默地看着地面。

祁烈手里的烟袋啪的一声坠地,惊动了商博良,商博良看向他,却发现祁烈呆呆地看着人群的方向,完全没有觉察自己掉了东西。

"老祁?"商博良拍拍他的肩膀。

祁烈忽地回过神来,摇摇头:"想起我兄弟来,你记得我跟你说过一个兄弟和巫民的小女人搞上么?那个小女人……后来变成了蛊母……"

商博良点了点头。

"现在回想起来,那个伙计还真的是爱上了那个小巫女。那时候小巫女还不是蛊母,还不住鬼神头,也不住紫血峒,可她渐渐长大了,总会接替蛊母的位置。变成了蛊母,她就不再是自由的,她得住到紫血峒里去,把自己献给蛊神,隔三岔五地和那些大户还有其他男人欢好,让崇拜她的巫民们看着觉得受了神的保佑。我那个伙计也知道这件事,就找我商量,说想劫了那个小巫女逃跑,等他们逃到了宛州,就可以结婚生娃过日子,再也不必害怕。我骂他贪色,他跪在我脚下跟我磕头,对我大哭,说是就想和那个小巫女过一辈子。我才第一次想到,走云荒的汉子,居然也会小女人似的动情。我心一横,想着也赚过一票,这次跟巫民们翻脸,也趁机绝了心念,再不要走这条送命的路。我就跟我那时的大哥段头儿说,要了六匹快马。段头儿知道我要做什么,说自己老了,我要做便做,他不拦我,但是我不能连累了整个马帮。我说没问题,马帮带着货先走,我留下来,随后再逃。我估摸着马帮走远了,就跟着我那个伙计去找那个小巫女,小巫女那时候还只有十五岁,虽然媚人的时候像个小妖精,可是毕竟没见过大世面,听说要逃亡,吓死了,说什么也不愿。说这样子若是被族人抓住,要在身上下骷髅蛊,中了骷髅蛊的人,脸上的肉全都枯死,就像一张骷髅脸,还要脱光了半身埋在泥潭里,泥潭里面放满水蛇。巫民惩罚仗着美貌敢胡作非为的女人就用这招,要毁了她的容貌,让蛇钻在泥里吃她娇嫩的身子。"

商博良深吸了一口气,觉得后脊发凉。

"我那个伙计就抱着她的腿苦苦地求,说是没了她便活不下去,若是小巫女不跟他回宛州,他就只有吊死在林子里。小巫女站在那里只是流眼泪,我那个伙计也流眼泪,两人互相抱着脑袋不知道说什么,最后哭成一团,在那里又亲又摸,黏在一起扯不开似的。我在旁边看着尴尬,小巫女擦了眼泪,下了决心说跟我们走。"

"能从这里逃过巫民的追捕?"商博良问。

祁烈点点头:"不下雨的天气,认识路的人,骑马可以。巫民很少有马,有了也是代替牛来拉犁的,跑不快。所以我问段头儿要了六匹快马,我们三个人轮流换骑,巫民追不上来。"

"但是,"他低声说,"我犯了一个致命的大错。"

"什么错?"

"那个小巫女制蛊的天资过人,是被选为下一任蛊母的女人啊。她跟我那个伙计那档子事情,巫民镇子上谁不知道?尤其是镇子上那个大户,估计觉着这个小女人当上了蛊母,迟早都能让他给抱上,谁知让一个东陆来的浑小子抢了先,恨着呢,只是这个小巫女可能是将来的蛊母,才不敢发作。所以大户派了十几个人轮流盯着那个小女人。我们的计划给人知道了,那个大户派人在我们的马槽里面下了毒!我们骑马跑到一半,六匹马全部倒毙。我们就给追上了,这下子证据确凿,要劫走下一任的蛊母,这个罪可大了,大概不是给我们下点骷髅蛊栽在泥潭里给蛇咬的问题。我心想完了,这还不把老子剁成肉泥,在老子的尸身上种了烟草的种子,等到来年发芽生根开枝散叶开花结果,还要把老子尸身上长出来的烟草塞进烟锅里恶狠狠地烧着抽才能解恨?"

商博良听他说得好笑,心里一动,却没有笑出来。祁烈这么说着,脸上却漠然的毫无开玩笑的意思。

"这时候那个小巫女站出来,说自己愿意跟族人们回去,回去当她的蛊母。这是条件,她若是乖乖地回去,我和那个伙计便得活路。我当时那个开心,真是觉得死里逃生,巫民要把她拉回去奉她当蛊母,我们就可以活命,两边都好,过个几年,男女的事情还不都忘记了?可我那个伙计还是舍不得,死死地拉着小巫女的手不放。两个人又是鼻涕眼泪的哭成一团,抱在一起又亲又摸,恶心得我快要掉下鸡皮疙瘩来,恨不得自己拔刀砍了这对小男女。我走上去,忽然听到那个小巫女凑在我那伙计的耳边悄悄说,让他留下来。只要我那伙计留在巫民的地方,就算她当上巫女,得和不知道名字的男人欢好,自己算作是蛊神的女人,可是她心里只有我那个伙计。总之山盟海誓,说自己的身子和心都是我那个伙计的,两个人便是死也要一起化灰。"祁烈轻轻地笑笑,"这个小巫女那时候算是忽地明白过来了,其实两个人要在一起,不是说非要她去宛州,我那个伙计留下来也可以。"

他叹了一口气,喃喃地说:"可是宛州的人,有几个愿意留在云荒?谁真的能把自己的一辈子抛在这里?还是为了一个巫民的女人,这个女人会变成巫民的蛊母,她要把身子献祭给神,跟你都没见过面的男人在一起,哪个能忍得住?"

"伙计不愿意?"

"自然不愿意,"祁烈说,"总之我就和那帮来追我们的巫民在旁边看着他们闹。闹到天要黑了,两个人终于不再抱在一起了。我那个伙计一步步往后退,小巫女就在那里看着他,也不哭了,两只眼睛红红的。我那个伙计退了几十步,小巫女忽地也转身往回跑,越跑越远,很快就看不见了。巫民大户倒也守信用,给了我们两匹马,凑合着能骑。我们两个就骑马慢慢往回走。"

"就这样?"商博良低低地叹了一口气。

"不是,那天夜里天上下雨,我们两个不敢停。一路上我没和那个伙计说一句话,走着走着,那个伙计忽地掉转了马头往回跑。我当时他妈的真是气疯了,心说你小子真是要把三个人的命都给送了啊!可是我运歹,给他的那匹马居然比给我的那匹马好得多。我看着那小子跑进林子里再也追不上。第二天我琢磨着,心里发狠说就由他去好了,可是他是我带出来的人,那年才十七岁,他母亲拉着我的袖子求我路上照顾他。我没管好他,是我不够朋友。我也只好回头再去找他。可我回到那个巫民镇子,那个小巫女自己已经去了紫血峒,说是根本没有在镇子上停留就走了。我那个兄弟也去过,四处问人,可是巫民自己也不知道紫血峒在哪里,知道的也不会告诉他。我那个伙计没办法,四处找,发疯一样的问人,完全是不要命的架势。我就一路追着他。周围几个镇子他都去过,我也随后去过,可偏偏没让我逮住那个小子。最后我终于抓着他一点行踪,花大价钱问巫民买了一匹好马去追,追到黑泽那里,再也找不着他的脚印了。"

"他陷在黑泽里了?"

"还用问?那么一个发疯的人,就算他走过云荒,也难保不在黑泽那里失足。不知道陷在哪个泥眼子里了,最后也没摸到紫血峒的一根毛。早知道还是留在了云荒,还不如那时候跟着那个小巫女走,现在他也许变成一个蛊母身边的神汉了……"

祁烈停在了这里,弯腰拾起自己的烟袋,拍了拍,插回腰带里。欢腾的人声中,两个男人沉默着对看着。

商博良终于长长地叹了一口气,祁烈歪嘴笑笑,却没有丝毫喜悦。

商博良唏嘘了一阵,忽地愣住:"老祁,我记得你上次是说,你那个伙计后来被前面相好的那个巫女给害死了。那个巫女自杀,下在他们两人身上的'两心绵'发作,你那个伙计也被自己心里藏着的青尾蝎子吃了……"

两个男人的惆怅忽地中断。

祁烈也愣住了,本来满脸的沧桑忽地都褪去了,脸上白一阵红一阵。目瞪口呆之后,他又抓耳挠腮起来,满脸都是尴尬的神色,嘟嘟哝哝的,可一句整话也扯不出来。

"嘿嘿,"他最后只得干笑了两声,"云荒这里的事情,都是传闻,传上几次就走样儿了,说出来的也都不太一样,听个乐子,别较真就好。"

"我过去过过眼瘾,商兄弟你是正人君子,就在这里远观吧。"他一阵小跑不见了。

商博良呆呆地看着他的背影,也不知是该哭还是该笑。他忽然发现马帮所有人都犯了一个巨大的错误,他们对于云荒的感觉多半来自祁烈那些不可思议的故事,可是他们几乎没人想过祁烈的故事也许根本就是东拼西凑或者干脆是胡扯的。那么人头蛊和血煞蛊这些神乎其神的东西是否也像祁烈所说,也就很值得怀疑了。

这场蛮荒之地的献祭还在继续,商博良却已经不想再看下去。他起身把酒碗搁下,准备离开。

轻轻的笑声从不远处传来,商博良一惊。所有巫民都在为男女交欢的盛典而欢呼振奋,听见他们的声音,可以感觉到那些人的血液都是沸腾的。可这个笑声跳跃着,银铃一般,就像是顽皮少女的嘲弄。

跟着,商博良就听见了银铃声。随着踏足,那些围观献祭的巫民少女脚上的银铃已经响成一片,却没有压下这个轻轻的铃响,这枚银铃的声音更加清锐,很容易分辨。

商博良看了过去,看见一袭白色的轻纱正飘拂在人群外,脆薄如冰雪。他能够感觉到隔着面纱他在和那个女人对视。而那个女人的身边,身穿淡黄色搭肩筒裙的娇俏少女轻笑着,那个甜润如蜂蜜的女孩把笔直修长的小腿踢起来,脚腕上的银铃叮叮作响。

他和这支神秘的迎亲队伍再次相遇了,在他绝没有料到的时候。他忽然明白了为什么他拉住那个巫民少女的手走向空地的时候会觉得不对,那双柔媚如春水的眼睛,淡黄色的纱裙,脚上的银色铃铛他都是见过的,拉住他的就是陪嫁巫女中年纪较小的那个。她在他的手心里画着圆圈而后狠狠地掐,不知是为了提醒他他们曾经见过面,还是依然恼恨着这个外乡男人不曾对她的妩媚动情。

风撩起了新娘的面纱,再一次他和那对遥远深邃的眼睛相对,那对眼睛里似乎倒映着浩瀚草原上的星光。

浩瀚草原上的星光……商博良感觉到那些如潮水翻涌的记忆向他涌来了,将他淹没。

他立刻强迫自己清醒。这支迎亲的队伍无疑是敌人,他们把马帮诱入了蛇王峒布置在黑水铺的陷阱。商博良不知道他们为何会出现在这里,为何特意地出现在他面前,不过这些都不必管,首先,他面对的极有可能是敌人。

他没有带刀,他的长刀很少离身,但是这是巫民心中神圣的镇子,他不想那柄诡异肃杀的刀惊吓这里的主人。他只能空着手缓缓踏前,保持平稳的进攻姿态。即使没有刀,他也不是三个普通女人可以挡住的。

那个可爱的陪嫁少女笑得更甜润了。她从筒裙里拔出锋利的铁钩,缓缓地钩在新娘的脖子上。铁钩的内缘磨为利刃,映火闪着凄然的光。只要她稍稍用力,新娘的喉咙就会裂开。

商博良猛地站住,心脏如击鼓般剧烈跳动。他从那个可爱的少女眼睛里读出了威胁,尽管那威胁里带着娇媚和诱惑,令人心神恍惚。

三个女人缓缓地退走,最后被人群遮蔽,巫民们的注意力都在人群中央那对男女的身上,没有发觉这里的危险。商博良冲过去拨开人群四处寻找,却完全找不到目标。他的手被一旁的巫女抓住,商博良感觉到那只手的手心火热,巫民们抓着手高呼,神情虔诚专注。

面对着人群中央赤裸的胴体,商博良感觉到自己的背心湿透了。他完全明白这里面的危险寓意了,蛇王峒和虎山峒势不两立,而虎山峒巫民的领袖蛊母的住处,蛇王峒的人悄无声息地出现。

"他们要杀死蛊母!"这个念头猛地闪过。

[拾壹]

祁烈一步踏入屋子,商博良已经站在了他的面前。

"蛇王峒的人,"商博良按住他的双肩,"他们来了。"

祁烈吃了一惊,商博良这才看见后面慢慢地闪出了那个年轻的巫民男子。他从献祭的大会上归来,已经穿好了衣服,谁也无法相信他刚才和一个巫民少女当众缠绵,此刻却安静坚毅,像是一个长门修士。

"我跟玛央铎兄弟回来说话,玛央铎兄弟说很仰慕商兄弟,又说鬼神头很多的女人都看着商兄弟眼热。我想这是商兄弟的福气,没几天就要走了,没准儿走前去鬼神头的巫女姐妹那里还能碰一把运气。"祁烈说得猥琐。

"玛央铎是我的名字,"巫民男子彬彬有礼地鞠躬,神色高洁,"忽然听到尊客说蛇王峒的人来到了鬼神头?"

商博良沉默了一会儿,微微点头。三个人坐下,商博良把所见的一切说了出来。玛央铎并不诧异,也很少发问,只是认真地听着。

"我不知他们是否蛇王峒的人,不过他们来到这里,绝非堂堂正正,"商博良说,"我们无意介入两峒的争端,不过既然是虎山峒的客人,应当警告主人危险已经来了。"

玛央铎微笑:"非常感谢尊客的好意,蛇王峒的人杀死了我们的亲人,我们绝对不会善罢甘休。既然他们送上门来,那么我们也绝不会让他们得到任何好处。我只想问问,不知道那三个女人的相貌都是什么样的?"

"陪嫁的女孩大约十六七岁，穿着黄色的搭肩筒裙，脚腕上有银色的脚铃，没有其他装饰，一个脸圆一些，另一个瘦一些，都长得很美，也没什么特殊的标记。新娘……"商博良略略沉吟，"我记不得她的长相。"

"记不得？"

"商兄弟说的是实话，"祁烈插了进来，"那女人长得很怪，你看她的时候，脑子一下子就晕了，只觉得云里雾里，从来看不清她的长相。"

玛央铎微微皱眉："这样说来倒是有点奇怪，蛇王峒弄蛇的好手中，从没有听说这样的三个人。而她们的装束，在我乡这里再常见不过，若说美丽的女子，我们这里有很多美丽的女子。"

"蛇王峒会进攻么？"商博良问。

"大蛇很难通过饮毒障，而说到进攻，"玛央铎扭头看着窗外，"我们才会进攻！"

商博良和祁烈这才注意到，远处隐隐约约的欢呼声不知何时已经变作了整齐有力的呼喝，仿佛三军誓师。玛央铎缓缓地解开上衣，他的袍子下赫然是藤条编织的甲冑，护住了身体的要害。他的腰间，则是牛角柄的弯刀。

"献牛日的大典也是召集人手反攻的仪式吧？"商博良沉声问。

玛央铎缓缓点头："凡是放弃了家人来到鬼神头的，都是蛊母最忠诚的追随者，我们会用自己的鲜血捍卫蛊母，鬼神之力会帮我们打败蛇王峒的人。蛇母妄想统治林子，就让她用蛇和自己的血偿还！"

他的豪言和东陆将军临阵立誓完全没有区别，商博良默默地听着，面无表情。

"到了我们离开的时候吧？"静了一会儿，商博良低声说。

"其实我来这里就是想再次提醒诸位，既然已经来过了鬼神头，得到了值钱的货物，就尽快离开这里吧。"玛央铎站了起来，"我们和蛇王峒的仇恨跟外乡人没有关系，我们也不欢迎外乡人来管我们的事。诸位为我们报仇,蛊神给了诸位机会来到这里,但机会没有第二次。"

他走到门边,回过头一字一顿地说:"离开的人,不能再回到这里。"

玛央铎出门而去,祁烈等他走远估计听不见了,才骂骂咧咧地上去把门扣上:"奶奶的个巫民崽子,我还以为他答应跟我来是要把跟他要的那个小妮子也介绍给我们呢,我们商兄弟也是绝顶英俊的人物,配得上他巫民的女人。谁知道他居然……"

"他来这里是为了警告,看来我们已经快要用尽主人的好意了。"商博良低声说,"就要打仗了。"

"就要打仗怎么的?反正别指望我们帮忙,他巫民爱打打去!"祁烈歪嘴冷笑,"看那孙子一副居高临下的派头就不舒服,这会儿穿了衣服,全然忘记自己当着众人光屁股时的丑态!"

"打仗会死人。"商博良低声说。

[拾贰]

　　天色渐渐暗了下来,这是几日来难得的晴天,天空尽头的云火烧般的明亮。彭黎和祁烈监督着马帮伙计们把所有货物重新捆扎在骡马的身上,调好了轻重。捆好了之后再拿下来让骡马休息,明天一早担上就能出发。

　　这是他们来到鬼神头的第三天,蛊神节的最后一天,明天他们就要离开这里,带着价值几十万金铢的货回宛州。伙计们笑逐颜开。

　　商博良也重新调整了黑骊的鞍辔,给它喂足了马草。马帮伙计们多半还不知道他就要和马帮分道而行,这些天他们已经混熟了,几个伙计还来劝商博良把黑骊背上的行李挪些去别的骡马身上。他们卸下了不少锦缎送给鬼神头的巫女们,空了十几匹骡马出来,反正带着那些神异的蛊虫,回去后就一辈子当大爷了,送些锦缎给女人们省得路上辛苦,又可以看着这些媚得叫人心痒的巫民女子对自己笑上一笑。

　　商博良只是笑,跟他们搭着话。

　　"去去去,自己的活儿干完了么?就来这儿跟商兄弟搭茬?偷懒的他妈的回去就分你个零头!"祁烈过来骂骂咧咧的,推搡着伙计们令他们去检查货物。

　　"祁帮头有话对我说?"商博良看了他一眼。

　　祁烈看了看左右,把一张皮纸塞进商博良手里:"现在就出发,别等天亮了,这是地图。商兄弟你会看星星,认得出方向,靠着地图,能到乔曼锡。"

商博良一愣："老祁,为什么……"

"谢你这些天陪我唠叨那么些事,你听我一次,老哥哥没害你,"祁烈紧紧盯着商博良,舔着嘴唇,"别问为什么,去做就好了。"

商博良和他对视,良久,缓缓地点了点头："我知道了。"

"不用跟彭帮头他们打招呼了,也别管巫民,我们开出来的那条路还没有被爬藤盖住,骑马沿着那路一直走就能出去。"祁烈拍了拍黑骊的脖子,"你能出去的,你的马好。"

"老祁,有什么危险么?"

"别问,"祁烈瞥了他一眼,"跟你没关的事。"

商博良沉默了一会儿。

"去云号山吧。"祁烈转了语气,也低低地叹了口气。

商博良一怔,微微点头。

祁烈掉头走了,一边走一边大声吆喝："歇了歇了,吃饭吃饭,吃饱了好好睡一觉嘞,明儿上路!"

伙计们累了一下午,听说吃饭,都打起呼哨来。祁烈仿佛母鸡招呼小鸡似的,带着一众伙计往竹楼去。商博良没动,遥遥看着他的背影。

祁烈忽地转身："将来要是去宛州衡玉城,我老家还有好米酒和有名儿的杂耍。"

谁也不知道这话什么意思,况且祁烈这个副帮主素来没什么威严,伙计们三三两两地说话,不以为意。商博良点了点头,看着祁烈跟伙计们一起大声骂着娘走了。

只剩下商博良一个人,他站在夕阳和风里,拍了拍马脖子,翻身上马。他带着马走向进镇的石路,走了很远回眼去看最后一缕阳光中的鬼神头,错落有致的竹楼屋顶隐没在渐渐升起的夜雾中,炊烟腾入天空。

阳光收尽,万物俱寂。

"兄弟们都吃饱了么?"彭黎用火钳拨着火坑里的木柴。

"饱了,该打发出去闲逛的都打发出去了,他们听说晚上还有那祭神的好事儿,巴不得出去看新鲜。"苏青冷冷地说,"该准备的也都准备好了,连祁头儿十二个人,防身的家伙也都磨好了。"

对面的祁烈二话不说,把后腰里的刀子拿出来扔在地上,铛铛作响,新磨的刃口明亮刺眼。

"等祁帮头抽完这袋烟,我们就出发!"彭黎说。

"没找到商兄弟,晚饭没吃,四处都没他的影子。"苏青说。

彭黎眉头一皱,警觉起来。

"我劝他走了,"祁烈说,"这样的人不知道来历,留在我们里面没准坏了大事。而且,这人居然是个北蛮子,看那清秀的样儿还真想不到。"

"北蛮子?"苏青看向彭黎,"难道是……"

"别瞎猜,我看他是个有大身份大来历的人,这样的人轻易不会跟我们同行,那样与其说对我们不利,还不如说自己走进狼窝里来。我看商兄弟没什么可疑,"彭黎想了想,一摆手,"不过老祁的思量有道理,这事儿太大,做成了宛州就是我们的天下,就算是江家也得跟我们客客气气的,我们便是在宛州十城里选一座城来买下也不是不可能。没准儿还能从皇帝那里讨个布政使的封号,那就是贵族,再不是拼小命赚小钱的主儿了!"

"彭帮头有这个壮志,我们兄弟怎么都得帮个手!"祁烈抽着烟,"不过,我怕蛊母可不是等闲人物。我们去见她,谈得不好便被看作在鬼神头为非作歹,死都落不得好死,砍成肉泥拿去肥地还算轻的。"

"老祁,你觉着缠丝蛊在宛州一个要卖多少金铢?"彭黎手里捧着一只盒子,里面装的是巫民所赠的缠丝蛊蛊虫。

"有这玩意儿一个,就能娶上一个老婆,老婆还死心塌地地跟着你,嗯,这一般人家想娶个老婆,求亲送礼请客,怎么着也得花五十一百个金铢吧?"祁烈抓抓脑袋,"一百个!我们卖,一定有人买!"

"一百个？"彭黎冷笑，"老祁，你知道从窑子里赎一个最红的姑娘要多少金铢？牙梳馆的小绾是一万两千个！可是你只要把这缠丝蛊能让小绾喝下去，她不用你赎，自己就能跟你私奔！难道我们不能卖一万两千个金铢？还有些贵族子弟以为自己有张漂亮脸蛋，总想着娶公主，当驸马。可这想要尚主的，上下还不得花上几万金铢去打通天启的关节？这还只是让皇帝去选一选，上了被皇帝选的名单。我们卖这一个，给公主吃下去，什么都省了！"

"他妈的！可这让公主把缠丝蛊吃下去还要蛊虫发作的时候正好站在公主面前，可也太难了！"祁烈抓着头。

"这个再说。不过大家再想，若是别人也能拿到这蛊虫，我们这买卖还能做么？到时候我们卖一万，就有人敢卖五千，我们卖五千，就有人敢卖三千！"

"这他妈的是割我们的肉啊！"一个伙计拍着大腿，"这些东西还不是老子……跟着彭帮头舍命跑到鬼神头来才发现的？凭什么钱让他们赚走？"

"对！"彭黎沉沉地点头，"我们就要霸住这东西往宛州的商路，以后便只有我们一家能卖，我们不能卖，也不能让别人卖！"

"对！"屋子里的伙计们一齐拍着地面。

"若是真能见着蛊母，怎么跟蛊母说？"祁烈看着彭黎，"我们的货物，那个叫玛央铎的巫民没看上眼，蛊母也不会看得上。我们想要独霸这条商路，可我们拿什么跟巫民换？"

"我们可不只带了锦缎来，没给玛央铎看的东西，祁帮头你不都看到了？"苏青眼神一挑。

"弩弓！"祁烈恍然大悟。

彭黎点头："这东西我原本还不知道有没有用，可是大家想想，现在恰好是蛇王峒和虎山峒斗得你死我活，巫民不善制作弓弩，天驱军团的弩可是天下闻名的强劲。若是虎山峒得了我们的弩弓之助，要杀败蛇王峒可就容易多了。"

"彭帮头想到,何不早跟玛央铎说?"

彭黎摇头:"那个玛央铎,对我们貌似和善,可是一直在催我们走。我们提出见蛊母,他就是拦着不让。我看这人……"

"是蛊母身边的面首!"祁烈大声说,"必是没错!"

"八九不离十。他不想让我们见蛊母,我们非得见,蛊母才是这里掌权的人,我们只要搭上了蛊母这根线,东陆和云荒的东西就会源源不断地流通,我们的财力必能称霸宛州!"

彭黎的话把行商们心里的火都煽了起来,十二双眼睛,每一双都是精光烁人。宛州商客千百样,对钱不动心的,怕是一个也没有。

"老祁,你懂巫民的竺文,又是蛊母的老熟人,见到蛊母,就靠你跟蛊母好好说了。"彭黎伸出手来,"这事若是成了,老祁你有一半功劳,我就分你一半!"

"三七开,我三,彭头儿七!"祁烈在彭黎手上狠狠一击,站起身,把刀子插回腰间,"大伙儿上吧! 遇见彭头儿这样的英豪,轮到众兄弟卖命了!"

夜色浓得像是墨,仰头看不见星星,火把的光只能照出一小团温暖的光晕,立刻就被周围的黑暗吞噬。可是数百支火把一起,也照得空地上一片敞亮。从远处看去,树林深处的光和闪动的人影便如一个虚幻的梦,而外面是一片天地初开后的空蒙。

整个鬼神头的巫民都集中在了空地上,载歌载舞,就着水渠舀起酒来畅饮,人人都醺然有了醉意。宛州来的商客们也在人群中一碗一碗地向巫民敬酒,他们明天就要离开,跟主人殷勤地道谢和道别。巫民们也热情地回礼,商客们把带来的丝绸一匹一匹缠在美丽的少女身上,逗得巫女们咯咯地轻笑,半醉的商客们借着这个机会围绕巫女们舞蹈。

苏青和彭黎面带笑容,悄无声息地从人群里闪出。夜色遮蔽了他们的身影,他们悄悄向着那栋黑色的巨大竹楼后移动。

巫民们载歌载舞,面颊殷红,眼里只有火光和少女丰润的脸儿,完全没有注意到这些眼神飘忽的外乡客和他们殷勤地对饮后,渐渐地都散开去。

彭黎走进了竹楼屋檐下的阴影里,摸了摸钩刀的刀柄。选出来的伙计们都已经到了,正背贴竹墙蹲着候命,彭黎点了点头,祁烈便点燃了手里的一点松明照亮。

"转了一圈儿了,没门,真的没门,连个人能往里钻的缝儿都没有。"祁烈压低了声音,缓缓摇头。

"住人的地方,怎么会没门?"苏青皱眉,"这里确实是蛊母的居所?"

"不会错,问了这里的巫民,说蛊母的神座就在这个黑屋子里。"

"神座?"一个伙计战战兢兢的,"不会他妈的是放死人的地方吧?放死人不要门窗。"

祁烈一瞪眼:"扯淡!放死人也要开门才能放进去,而且蛊母如果死,必定是被自己的蛊虫吃掉,不会有尸体。所以每一代蛊母,很少有人知道她死在哪里。"

"那她死在哪里?"

"走进林子最深的地方,被自己的蛊虫吃了!"祁烈低声说,"再找路,进山没遇着老虎也要摸个虎崽子走,到了这里谁都别怕!"

"别找了,锯开!"彭黎下令。

祁烈吃了一惊,四顾一眼,却也点了点头:"锯开!"

老磨闪上来,拔出武器无声无息地推进竹墙里去,小心地拉动。他刚刚恢复过来,手上力道还虚,不过他是开路的好手,腰刀上有细细的锯齿,正是锯开竹墙的好工具。不远处的喧闹把拉锯的细微声响完全遮蔽了。

"快点儿!手底下别那么软!"祁烈兜头拍了老磨一巴掌。

"没事儿,我看那帮巫民一时半会儿闹不完。"彭黎低声说,"老磨别弄出声音来，被觉察就糟了。"

"彭头儿别担心，蛊母这些手下不过是些童男童女，真刀真枪地玩命他们还嫩点儿！"祁烈歪着嘴，神色狰狞，"就那个玛央铎是个棘手的角色，不过他现在估计还腾不出心思来管我们。"

"蛊母手下怎么尽是一帮没什么大用的娃儿？"老磨低声问。

"除了这种屁事不懂的小家伙，谁会相信你跟了蛊母就能死而复生？鬼神之力？"祁烈冷笑，"这世上谁真的见过鬼神？"

"那些蛊那么神，死人都能让他站起来把蛇给杀了，真就不能起死回生？"老磨收回锯刀，"好了！锯开了。"

他把锯下来的一片竹墙悄悄地挪开，露出圆形的黑洞来，竹楼里面果真一点光都没有。

"是人都要死，"祁烈冷冷地环顾伙计们，"所以趁着有命需拼命啊！"

他第一个钻入，彭黎一招手，剩下的伙计们也悄无声息地闪了进去。

汉子们闪入的同时都矮身翻滚，按着腰间的家伙半蹲在地上，他们围成一个半圆，把祁烈保护在中央。

因为祁烈手里有唯一的一点光。

祁烈高举松明，微光下十二柄家伙泛着铁光。静了一刻，祁烈缓缓地站起身来，伙计们也跟着他起身。

马帮的十二名精锐站在黑色的竹楼里，就靠着祁烈手里的一点光四下看去。他们都不敢出声，把难以克制的惶恐全力吞回肚子里去。这里和他们猜想的完全不同，黑色的竹楼里空无一物。

它足有十个人高，围成墙壁的是这片林子里最高也最老的老竹。不像是普通巫民所住的竹楼，这里面没有分层，一通到顶，像个巨大的空荡荡的黑盒子。伙计们仰头勉强能看见屋顶上孤零零地悬挂着一面绘有蛊神图腾的大旗，幽幽地飘拂。

站在这里,让人觉得像是站在漆黑的天穹下,一丝风冷幽幽地在竹楼里卷着,仿佛一道留恋尘世的魂灵。苏青打了个哆嗦,狠狠地扭动背肌,扯了扯弓弦,让身体保持最好的状态。

彭黎钩刀在手:"老祁,怎么回事?"

"我也不知道,"祁烈摇头,神色紧张,"大家别乱动,到了这儿,走错一步就是鬼门关!"

"这里已经是鬼门关了。"苏青幽幽地说。

一个伙计踏前一步,脚下绊到了什么东西,身体失去了平衡,手里一把锻钢镶口的好刀啪地落地。在这个静得生寒的地方,声音大得像是地震,祁烈惊得猛扑出去,一把抓起刀,一把抓住伙计,狠狠地一肘顶在他喉咙间。

"你他妈的不知道小心点儿啊?外面都是巫民!你想害死大伙儿,老子先要你死!"祁烈凶狠地吼。

"蛇骨。"苏青冷冷地说,他半蹲在地上摸索着。

祁烈把松明放低,这样所有人都能看清地面,所有人都忍不住要跳起来。竹楼里的地面还是土地,没有铺砖石,他们进入这里只觉得脚下有些硌,没有多想,此时就着火光,他们才看清了硌着他们脚的东西。如苏青所说,那是蛇骨,一根根惨白的蛇脊骨被半埋在泥土中,无处不有,布满整片地面,每一条蛇生前想必都有黑水铺的那些蛇大,每一根脊骨都扭曲得不可思议,如同纠缠成结的爬藤。可以想见这些蛇死亡前一刻的情景,它们用尽最后的力量暴跳着,把脊骨扭曲到几乎断裂的程度来逃避致死的疼痛。

它们的痛苦被刻在泥土里了,它们像是随时还能从泥土里跳出来那样。

祁烈还镇静,拔刀上去在蛇脊骨上轻轻地剁了一下,点了点头:"都是老蛇老骨头,死在这里怕有上百年了。"

"蛇冢?"彭黎问。

他听说过有龙冢,古书上说龙死的时候,会悄悄地游回龙冢去。那是在大海的最深处,一个即便鲛人也难以到达的幽深海沟,只有洄游的磷光鱼去照亮,堆积如山的是古老巨龙的尸体,骨骼经过漫长岁月开裂石化,依然如钢铁般坚硬。奇怪的是那里却没有水,古龙们的魂魄凝聚起来经历过长久的时间才会慢慢散去,这股巨大的力量顶住了上方数千万钧的海水。将死的龙就在那里找一个地方躺下,慢慢地死去。找到龙冢的人就能随意从龙的骨骼间挖取珍贵的骨珠,那是秘道家毕生梦寐以求的宝物。

可是从未有人真的见到龙,神秘的冢便也只是遥远古老的传闻。

"如果这是蛇母的家,倒还差不多。"祁烈摇头,"可是这里住的本该是蛊母。"

"这里的声音外面听不见!"老磨忽然说,"我们也听不见外面的声音!"

所有人都一愣,发现了这个不可思议的事。就在这栋黑色的竹楼外,巫民们正在狂欢舞蹈,可是当他们进入这里,所有的声音都被隔开了,难以想象这种以老竹拼成的墙壁可以隔绝所有的声音,可是即使他们竖起耳朵,也只能听见彼此紧张的呼吸。

那么外面的人也听不见他们说话,声音传不进来,必然也传不出去。

"小心!"苏青一把推在彭黎肩膀上。

所有人都感觉到风从头顶压了下来。祁烈惊恐地抬头,看见头顶巨大的一片黑色压下。他看不清那是什么,那片黑色落向他们的头顶,已经难于闪避。彭黎猛地仰身,钩刀带着一声锐响掠空闪了闪,那片黑色被斩为两片,娓娓地落在彭黎身体两边。

"旗子?"老磨使劲抬头看向上方。

那是屋顶上的那面蛊神旗落了下来。

"屋顶上!"苏青低声说。

所有人顺着他的手指看去,各自哆嗦了一下。原本那面大旗所在的地方,赫然有一束极长的黑发垂下,发梢晃晃悠悠。一个人影,静静地端坐在空中!

"什么……什么东西?"老磨的腿肚子转筋。

"那头发长得……这么挂着像是吊死鬼的绳子。"苏青低声说,彭黎这个手下冷傲犀利,就像他箭囊里的箭。

祁烈呆呆地站着仰望那束黑发,黑发在风里幽幽地起落。

祁烈跪了下去,放下刀,把双手叠合按在地上,而后虔诚地叩拜,把额头紧贴着手背。彭黎也跪下,学着祁烈的样子。头儿们已经跪下了,伙计们便也再没有例外。十二个人悄无声息地跪在那里,屋顶的人也不说话。

局面就这样僵住了,彭黎悄悄用胳膊肘捅了祁烈一下。

祁烈点点头:"彭头儿忍住,跟着我。人家没以对敌的法子对我们,我们便是扎西勒扎。这旗本是她遮身的,她让旗落下来,是说可以和我们一见。若是上面的真是蛊母,我们便该捧着这旗上去拜见。"

彭黎恍然:"听你的,来云荒赚钱的人,当然是友非敌。我自己挑事让大家跟我来发财,我也自己上去拜蛊母。"

"我跟彭头儿一起上去!"苏青说。

"少不得我这个会竺文的。"祁烈说,"剩下的人下面守着,别乱动,手离家伙远一点儿。"

祁烈在前,持着松明照路,彭黎和苏青跟着。他们在周围摸索了一阵子,便发现了一条竹梯贴着竹墙。说是竹梯,也不过是隔一尺在竹墙上钉一道横着的粗竹管,便于攀登。三个人身手都敏捷,往上爬了一会儿接近屋顶,便发现了屋顶上别有一些奥妙。屋顶上粗大的竹管纵贯,竹子全部打通关节,一根一根以尖端和尾部相套,长达十丈,悬挂在屋顶上。几根套起来的长管纵向并排,组成了一道可以在空中行走的竹桥,上面用竹绳捆扎了横着的小竹筒作为落脚处,否则任何人踩在这些光滑的竹管上都会失去平衡掉下去。

那个人并非悬空而坐,她是坐在竹桥的中央。此时距离已经不远,能够看清那是个女人的身影,有着诱人的窈窕身段,一头漆黑柔软的长发垂向地面,像是悬挂在前山的小溪瀑布。

"我打头,小心脚下,这么高摔下去,准死!"祁烈踩了踩竹桥,竹桥晃悠悠的。

他和苏青轻巧,踩着竹筒还算轻松,彭黎身形魁梧,跟在后面,竹桥就咿咿呀呀作响。彭黎克制心神,不想着这条危险的路,只把目光投向竹桥中央端坐的身影。

"老祁,没事吧?"苏青注意到祁烈的脸色不对。

祁烈的眼神呆滞,脸因为紧张而微微扭曲,冷汗唰唰地往下流。他摇了摇头,用一种极其虚弱的声音说:"没事,见到正主儿了,是蛊母!"

彭黎接过他手里的松明,从他身边擦过,上前一步。光终于照亮了那个端坐的人,首先是她覆盖面部的鎏银骷髅面具,而后是她曲线曼妙的身体。苏青也吃了一惊,那无疑是个女人,三母本该是女人,这并不奇怪,可是那女人却是近乎赤裸的,只是以一束轻纱缠在脖子上,拖下来遮蔽了身体。她的肌肤在松明的光里华美得像是丝绸,泛着令人惊叹的柔光,每一寸的线条都精美得像是巧匠用最薄的刀在最细腻的玉石上刻出来的人体。苏青见过祭神时候令人血脉贲张的舞蹈,可是跟外面的巫女们比起来,眼前这个沉默的女人虽然看不见脸,却更有一种令人惶恐的美和媚惑。

确实,那是令人惶恐不安的,不敢去接近。苏青看向骷髅面具的眼洞里,和里面透出的目光一触,不知怎么的,觉得膝盖一软,就要跪下。他咬了咬牙,挺住站直了。

彭黎却恭恭敬敬地跪了下来,向着这个女人行拜礼。他距离这个女人比苏青和祁烈都近,仅有五尺之遥,这一下拜,女人却正襟危坐,彭黎就像是跪在女王脚下的奴仆。

145

沉默持续了很长时间,女人不说话,彭黎也不起身。

"我猜到你们要来这里,可是我还没有完全明白你们的来意。我就是蛊母,外乡人,你们想从我这里得到什么?"

令人诧异的是,蛊母开口是一口极标准的东陆官话。她的声音细腻甜美,像是黑色的蜜糖。

"带着诚意而来,自然会得到主人的赏赐。"彭黎说得极其郑重谦卑。

"我已经报答了你们的善意。"蛊母淡淡地说。

"可蛊母还未曾看到我们的善意。"彭黎低着头,小心地抬起眼睛看着前方,手脚并用爬了半步,像是被蛊母那诱人的身体所吸引。

"带着弩弓来到这片林子的人,怎么能说自己是怀有善意的?"蛊母轻声问。

苏青一怔,感觉到了蛊母柔软的声音里所藏的敌意,他们压在箱子底的武器早已暴露,巫民势必悄悄检查了他们的行李。并不像玛央铎所说,鬼神头的巫民真把他们看作了恩人。

"善意是在心里,我们可以解除一切武装。"彭黎恭恭敬敬地说完,缓缓解下腰间的钩刀,向着身旁递出,而后一松手。钩刀落向地面,他手下一个伙计敏捷地扑上来,一把抱住刀,又退了回去。

彭黎拍了拍腰带,一摊手。

"你是一个聪明人,外乡的客人,"蛊母咯咯轻笑起来,"你已经看到了下面的蛇骨,你知道为什么在蛊母所居的地方会有如此多的蛇骨?"

彭黎摇头。

"那是在百年之前,那一任的蛇母想要来这里夺取蛊母的命和鬼神头这个得天独厚的镇子。她成功地驱逐大蛇吞吃了拜蛊母的人们,把蛇赶进了蛊母的竹楼。她想蛊母已经失败了,这些大蛇会要了蛊母的命,蛊母还是会死在别人找不到的地方,大蛇的肚子里。"蛊母轻笑,"可是蛇母没有料到这间屋子里的蛊,这里是蛊母的别院,每一寸都有鬼神之力。她的蛇在这里被抠心蛊杀死了,每一条蛇死的时候都觉得自己的心被抠出来那样剧痛,所以它们疯狂地挣扎,把这里的每一寸土地都掀翻了几遍。我们不想移走骨头,我们用它来教训不谨慎的贼。"

"我不想和这些愚蠢的蛇一样。"彭黎说,"蛊母的意思,我们都明白。"

"那么你现在就可以回头离开了。"蛊母轻声说。

彭黎一怔。

"不想死的人就离开,因为这片林子不欢迎外乡客,你们的贪婪已经惊动了蛊神,它会杀死你们,把你们的灵魂吞在肚子里玩弄。"蛊母抬头,直视彭黎背后的祁烈,"你们试图从这片林子里带走的东西,还不够多么?"

祁烈面孔微微地痉挛,神色呆滞。他号称认识蛊母,可当他面对这个女人的时候,一句话也搭不上。苏青隐隐地感觉到蛊母认出了祁烈,可她的话里依然没有丝毫善意。

"我们……"彭黎想要申辩。

"不用再说什么,"蛊母打断了他,"外乡人,你们可知道蛊神手里玩弄的是什么?"

彭黎默默地摇头。

"是被贪欲浸满的魂魄,制蛊的奥秘只有一个,便是让那毒虫的灵魂贪婪,而后杀死它。它死了,可是贪婪不会消失,所以才能被炼成蛊。你们想知道我送给你们的缠丝蛊是用什么炼制的么?"蛊母的声音里带着甜美的笑意,"我不告诉你们,你们可以自己去想。"

彭黎趴在那里,不敢说话。

"我只告诉你们,若是把你们封在这里,让你们自相残杀,等到明年这个时候用剩下的那个人炼制成蛊,那蛊一定能吞吃三件东西……"蛊母的笑里带着阴森,"黄金、土地和女人,因为你们是为了这些而来的!"

黑马慢悠悠地走在林子里,商博良举着火把,照亮了来时的路。

祁烈画给他的地图清晰明了,走出饮毒障,他只要往东沿着树林的边缘一直前进,就有机会到达海边,沿海岸往北,就是乔曼锡。晴朗的夜里会有一颗暗红色的星在地平线上指引他方向,祁烈在地图背后潦草地写:"跟着星星走,别绕,别回头。"

"别回头。"商博良想。

祁烈是预感到了什么危机,而这个危机就在今夜,所以他被急急地赶了出来。可他却没有警告其他人,中午的时候马帮的汉子还在期待晚上去看祭神的舞蹈。或者是马帮有什么事情不愿让他知道,所以祁烈早早地打发了他。但是无论如何,这都说明他不是马帮的人,祁烈有些事不愿告诉他。

商博良在马背上回头,鬼神头已经隐没在极远处的黑暗里了,他背后的道路渐渐隐没,只要几天工夫,被砍开的路又会长成原样,去往鬼神头的门便再次关闭了。

商博良忽地又想起玛央铎的话来:"蛊母说过,离开的人,便不能再回来。"

他拉住了黑骊。他想祁烈很多话都没有跟他老老实实地说,就像他讲的那些云荒故事,可偏偏那些故事都是活灵活现的,所有故事深处都有同一个飘荡的鬼魂。

这里是云荒,赌上命发财的地方,毒蛇口里夺金珠的地方,却有一种幽暗腐烂中透出来的凄美,像是恶臭的泥沼上生出独一枝蓝色幽香的花来,所以诱惑着来过的人不断地回头。就像祁烈,他回到云荒到底是不是因为欠了很多钱?鬼才知道,也许这个人就该死在这里,沉在那些泥眼子里才会心满意足。

可云荒却不欢迎回来的人,这里是密林深处的神秘土地,就像羽族的幻城崖,人的一生,只有一个机会遇到它在月光下开门。对进去过的人,门就永远地封闭了。

如此多的思绪在他脑海里转着,他忽地想到祁烈所说的那个伙计来,他站在黑泽边,跋涉着想渡过去,寻找鬼神头。可是他一定是找不到的,因为他已经选择离开了,他离开的时候那个小女人在他背后双眼红得像是流血。离开了再要回头,就太晚了,蛊神不会保佑他,门对一个人只开一次。

那个身披白纱的女人忽然破开脑海中的混沌出现,幽幽的眼神仿佛从星空里垂视下来。商博良呆呆的,良久,轻轻叹了一口气。

他掉转马头,向着黑暗里的鬼神头方向返回。

彭黎静静地趴在那里,不说话,蛊母也静静地坐着。两人以沉默僵持,竹桥悠悠地摇晃。

苏青的手在裤子上悄悄蹭蹭,擦去了汗,这样他一会儿抓弓会更加麻利。他斜瞥了祁烈一眼,祁烈的手背在身后抓着刀柄。祁烈巧妙地把刀插在了后腰带上,这样他始终背着手,前面的人便看不见他是不是握着武器。苏青感觉到冷汗在衣服下悄悄地流淌,沉默里孕育着危险,他想祁烈也感觉到了。蛊母可能发难,而彭黎没有武器,只剩下他和祁烈,对付一个不知底细的美丽女人,他心里没底。

"蛊母知道我们是什么人么?"彭黎忽然问。

"这不重要。"

"我们之间不会有交易么?"

"交易也不重要。"

"我明白了,"彭黎恭恭敬敬地说,"我们在这里是多余的人,我们太不了解主人的心意了,那我们这就离开。"

"能够保命是重要的,你说你明白我的意思,那就照着做吧。"蛊母低声说。

紧绷的气氛忽地松懈下来,下面守候的汉子们也长出了一口气。站在这里,心中油然而生敬畏,他们忽然觉得赚得已经不少了,能不能富可敌国,那是彭黎那种大豪的事,和他们关系不大。

彭黎恭恭敬敬地磕头:"此行不能建立商路,可是能够见到巫民心中最神圣的蛊母,我的心愿也足了,不知道能否请蛊母最后赐给我一点好处?"

"贪婪依然没有止境么?你要什么好处?"蛊母的声音里带着厌倦。

"让我看看你的脸!"

彭黎低喝的同时箭一样射出,伸手抓向蛊母脸上的鎏银骷髅面具。苏青和祁烈都没有想到他会有这样的举动,彭黎体格魁梧,在竹桥上猛地发力,竹桥摇晃得厉害,苏青几乎控制不住身形,手一错没有抓到背后的弓,祁烈倒是拔出了刀,可是刀锋居然割裂了他的裤带,他往前一扑,被自己的裤子绊住了,一头向竹桥下栽去。

"祁头儿!"老磨惊恐的喊声里,祁烈一手捞住了一根竹筒,挂在半空里。

只剩下彭黎和蛊母相对。以彭黎虎扑般的气势,别说摘下她的面具,吞了她也不是难事。可彭黎一动,蛊母也动,她轻盈而迅速地起身,沿着竹桥急速地向后退却。彭黎竟然扑空了,眼看着蛊母和他的距离越拉越远。松明的微光里,那个近乎赤裸的女人如同一只涉水的白鸟那样优美,她踮着足尖行走,双腿笔直修长,轻纱飞扬在身后遮挡她的胴体。

黑色的人影从屋顶上落下,和彭黎一样是魁梧高大的人,可是落在竹桥上极稳,竹桥没有摇晃,只是微微一沉。那人猛地撩开了大氅,露出赤裸胸膛上的靛青色狮子图腾来,从腰间拔了牛角柄的弯刀。

"玛央铎!"苏青低喝一声。

他还没有完全清楚这局面到底是怎么了,不知道彭黎为何会忽然发难,也不知道原本该在外面跳那媚惑之舞的玛央铎为什么忽然出现在这里。他们似乎是落入了一个陷阱,却已经跳不出去。

玛央铎的弯刀被彭黎以两臂上的铁甲格住,玛央铎借势肩膀一撞,撞在彭黎胸口,彭黎后仰,失去了平衡。玛央铎没有乘胜追击,而是越过彭黎,矮身一刀,纵劈祁烈的头颅。正如祁烈所说,他是极可怕的敌人,祁烈扔掉了松明,双手攀着竹筒移动来闪避。

苏青呆了一下,咬牙把自己的弓探出去,帮着祁烈挡了一刀。弯刀没能砍断弓背,可是留下了刀痕,这张跟着苏青多年的好弓便这样废了。

"彭头儿接刀!"抱着彭黎钩刀的那个伙计喊。

他膂力极强,竟然把一柄纯钢打造的长刀从下面直抛了上来,彭黎一探身,恰好抓住。钩刀出鞘,蛊母早已退到了竹桥的尽头,彭黎一刀挥向玛央铎。

松明落地,竹楼里只剩下漆黑一片,竹桥上钩刀和弯刀的撞击溅出点点火星,彭黎和玛央铎每一刀都在玩命。

商博良已经看见远处的火光了。人们在火光里舞蹈,美酒飘香。他的心里洋溢着快活,就像海航的人在最疲惫的时候看见灯塔。

他不想打搅这份欢腾,便下马把黑骊拴在一栋竹楼前,沿着石路向前走去,他嘴边带着淡淡的笑。人群里魁梧的年轻人搂抱着妖娆的女孩舞蹈,周围的巫女们舞蹈着把漆黑的长发甩向天空,她们毫不掩饰地暴露出自己的小腿、胳膊和柔滑的背,男人们高举酒碗把酒从一尺高的高度泼进嘴里。

他喜欢这样的时候,这时候便觉得温暖,不那么寂寞,纵然只是暂时忘却。他不记得这些年自己多少次站在人群之外远望人们的欢乐,欢乐像是一堆火,可以暂时驱散他的寒冷。

他的笑容忽地僵了一下,男男女女们一边狂舞,一边剥下身上的衣服,上千雄壮或者妖娆的胴体在火光中款款扭动,女人们的长发盈空。他们把牛皮和藤条制成的甲胄穿在身上,在腰带里插上了锋利的铁刀。武装起来的巫民血脉贲张,拍打着胸口大声吼叫,满地鲜红,他们

151

踩着神牛的血继续舞蹈。

这是誓师之会。商博良忽地明白了,这样癫狂和欢乐的舞蹈里蕴含的不仅仅是不受约束的欢乐,还有即将开始杀戮的喜悦。今日是蛊神节的最后一天,明日是龙神节的开始,蛊神的子民要在这个时候转入反击。

商博良站在那里,不敢再走近,他仿佛闻见了浓重的血腥气,正从人群的中间悄悄地向着四周蔓延。巫民们欢呼着把武器举向天空,反射火把的光。

他听见了清锐的脚铃声,这个熟悉的声音令他浑身一紧。

他循着铃声的方向看去,三个女人正轻盈地向着人群中央走去,中间的女人穿着如火焰的红色纱裙,搀扶她的两个小巫女则穿着白色的搭肩筒裙。虽然衣服换了,可正是那支迎亲的队伍。

即使在这么多的美丽巫女中,她们的美依然令人震骇,商博良觉得脑子在发木。他不明白那是为什么,但是这无疑不是第一次和第二次他看见这三个女人时的感觉,有一种难以描述的感觉令他无法把视线从她们身上移开,此刻新娘是最美的,美得可以把人的灵魂从躯壳里收走。

这诡异的事情也发生在巫民们的身上,刚才还在舞蹈中的巫民们渐渐地停下了,赞叹地注视着这些不知来自何处的陌生人。

小巫女们举着的横杆上,红色的轻纱挡住了新娘的脸,人们透过纱只能看见一双清澈如水的瞳子。可是有股无可言喻的媚惑让男男女女每个人都想上去揭开轻纱看看她的脸。她明媚的肤色在红纱下带着隐隐的光泽,长袖里露出来的手指晶莹如玉石,她的长发带着极深极深的黛绿,柔软纤细的腰像是初生的藤蔓,嘴唇红得就像夏天草间的莓子。她的美丽是你一生只能遇见一次的那种,错过一次令人毕生都会悔恨。

陪嫁的小巫女轻轻踩着地面,脚腕上的银铃嚓嚓作响。她们像是拉开了戏台的幕布,缓缓移开了遮挡新娘面容的轻纱。那张脸暴露在世人面前的时候，每个人都像是傻了，很难说出那种美丽是什么，可是看着新娘的眼睛，只觉得她是你如此熟悉的一个人，一生中最留恋的那个人，许多年之后梦里还不断出现的那人，此时天地外物都消失，只有你和新娘默默地相对。

商博良轻轻摸着腰间的瓶子，喃喃地说："其实你是死了啊……"

新娘轻柔地舒展身体，卸去了东陆式样的长袍广袖的外衣。她里面也是一件搭肩的纱裙，裙带是纯银的，长发上插着一朵红色的不知名的大花，坠在耳边，随着她缓缓地舞蹈起来，长发散开，红花坠落，摔得粉碎。

刚才在人群中舞蹈的男子并非玛央锋，此时他呆呆地看着新娘向他走来，她玉一般赤裸的脚踩在神牛的血泊里，留下了两行艳红的脚印。和男子共舞的巫女也已经迷醉，默默地站在一旁，看着新娘轻轻地偎依在男子的胸口。

男子几乎是无意识地搂抱着新娘，两人交颈偎依，仿佛雕塑般沉寂。

舞蹈在瞬间开始，新娘柔软的双臂张开，像是红翼的鸟儿要展翅飞翔，男子抱着她的腰肢把她举向天空，而后从背后紧紧搂着她。他缓缓地跪下去亲吻她沾着牛血的双足，如同膜拜女神。新娘轻柔地捧着他的脸令他抬起头，亲吻他的嘴唇。舞蹈变得张扬甚至狂暴，陪嫁的小巫女们以脚铃踩出了强烈的节奏，其余的巫民也像是着了魔似的跟着那个节奏踏地，银铃声汇聚起来竟然有一股雄浑之气，像是戈壁上风吹碎石、碎石滚动的声音。男子和新娘搂抱复又分开，男子追逐新娘闪避，当男子绝望的时候，新娘复又贴近他诱惑。男子已经入魔，大汗淋漓满心的绝望，新娘依然不染尘埃。

自始至终，她的脸漠然没有表情，谁也说不清那木然的脸为何令人沉迷。

商博良呆呆地看着，不知不觉潸然泪下。在他之前，上千巫民一齐痛哭流涕,却又欢呼舞蹈。这大约是世间最诡异的场面,最大的欢乐和最大的悲哀有如云水纠缠,上千人沉浸在最甜蜜的梦魇中。

陪嫁的小巫女们盛来了一碗又一碗的酒递给人们,巫民们肩并肩往前挤,拿到的人一口喝干,继续伸着手索要。人和人之间的空隙都消失,挡住了商博良的视线。

"其实……你是死了啊!"商博良再次重复这句话。他的声音微微撕裂,带着痛苦,他的手伸入发丝里,指甲陷入。疼痛让他脑海里的混沌微微退却,他清醒过来。

他意识到这不对,那种美丽绝不正常,而是一种可怕的媚惑。蛇王峒的人公然出现在了蛊神子民面前,他们带来的虽然不是蛇而是舞蹈,却很难想象这里面会有任何好意。

商博良焦急起来,他拼命地往人群里挤。人群紧紧贴着舞蹈,巨大的力量压着他,他就像是大潮里要逆流的一个小石子似的。当他挤到最前面,心里一股压着的凉气猛冲上来,人群中央的巫民男子还在舞蹈,做出了各种婉转缠绵的动作,可是他的怀抱里空空的,这个着魔的男子以为他抱着的新娘早已消失不见。盛酒的陪嫁巫女也不见了,人们仿佛干渴之极,却又舍不下舞蹈,纷纷去舀一碗酒喝下,立刻奔回来,很快又渴得受不了,再次跑去舀酒。

竹楼中的人完全不知道外面发生的事情,这栋诡异的楼把内外分隔开来,声音全然不能穿透它的墙壁。黑暗中,彭黎和玛央铎的搏斗还在继续,所幸的是玛央铎和在黑泽遇见的巫民不同,大约也无法在黑暗里视物,所以彭黎没有落下风。

两个人谨慎地保持戒备,在漆黑的环境里捕捉对手的一丝一毫呼吸,当他们确认了对方的位置,便闪电一样扑上去。弯刀和钩刀左右挥舞,刃口崩缺,火星坠落在空中熄灭。两人一旦错开,失去了对方的位置,便再度退回。竹桥的细微颤动都可能暴露自己的位置,两个人退开的时候,脚步便忽地变作猫一般的轻巧。

　　下面的伙计只能仰头观望,背心的冷汗湿透了衣衫。竹桥上的苏青和祁烈也无法动作,苏青拉了祁烈一把,把他扯上竹桥,祁烈蹲在那里呼哧呼哧喘着粗气。苏青手里扣了三支箭,蹲在竹桥的一侧,他的弓上有伤痕,不能用了,可是他还可以用"无弓箭",他的手劲极强,空手投掷羽箭在十几步内足以命中敌人眉心。可他不敢投,他无法分辨彭黎和玛央铎的位置。

　　他犹豫间,彭黎和玛央铎再次算准了彼此的方位扑了过去。这场决斗明摆着要倒下一人,不死不休,可玛央铎占了武器的优势,彭黎的钩刀太长,在竹桥上施展不开。

　　"老祁,怎么办?"苏青问。

　　祁烈没有回答,像是被吓傻了。苏青不能再等下去了,他猛地起身,要往彭黎和玛央铎那边逼近。

　　黑暗里响起了慢悠悠的巴掌声,来自竹桥的尽头。苏青一愣,意识到那是蛊母在拍掌。他停下脚步犹疑不定。他不惧玛央铎,可是蛊母这个女人却超出他的想象,他见识过蛊的可怕。

　　钩刀和弯刀再次相撞,这一次火花明亮,仿佛电闪横空,短暂地照亮了周围。苏青的眼睛犀利如鹰,在那一瞬间看见蛊母端坐在竹桥的尽头,缓缓地拍着自己的膝盖。

　　下面的伙计们更诧异,随着蛊母的拍打,他们觉得地面开始震动。屋顶上的拍掌是绝无可能震动地面的,地下腾起淡淡的烟尘,像是地震,又像是什么东西要从泥土里跳出来。

　　那东西终于挣脱了土地的束缚跳了起来!那不是一个东西,而是数十条古老枯朽的蛇骨,这些发黄发黑的骨骼跳跃在空中,扭曲着,像是被蛊母唤醒了。伙计们在极度的惊恐中甚至发不出声音来,那些蛇骨上泛起了隐隐的磷光,让他们可以清楚地看见一切。就在距离他们不到两尺的地方,这些蛇骨的背脊骨散落,连带着可以活动的肋骨,空空的骨腔里数以万计的虫子飞了出来！那些虫子聚集在蛇的头骨上，带着它们浮起在空中，那些蛇头骨张开了下颌，露出匕首般的毒牙。

蛇头骨们笑了起来。

笑着笑着眼眶里流下血泪。

"血煞蛊！"苏青在惊恐中狂吼。

那是他们在黑水铺曾见到的至毒至恶的大蛊，沾上这些血泪的人只有死路一条。可是没有人能听见他的提醒了，伙计们茫然地伸手去抓那些蛇头骨，脸上带着浅浅的笑。老磨是唯一一个反应过来的，那一瞬间他挂在腰里的锯齿刀割伤了他的腿。

他管不得别人，怪叫着往后跑去。

他的背后，同伴们的肢体被蛇眼中流下的血泪灼烧着、崩裂着，飞溅向四周。马帮伙计们的哀号声把竹楼变作了地狱，他们都已经被疼痛惊醒了，却只能眼睁睁看着自己的胳膊炸为黏稠的血线，千千万万的血线围绕着，人仿佛一朵盛开的血色金丝菊。

"你们已经侵犯了蛊神，就把灵魂留下来。"蛊母的声音淡淡的，仿佛眼前的一切跟她全无关系。

"你这个疯女人！是准备好要杀我们的么？"苏青暴怒，大吼。

"杀死你们的，是你们自己贪婪的心。"蛊母微笑。

"你不贪婪么？"有人在下面静静地发问。

"谁？"蛊母问，苏青从她的声音里第一次听到了惊讶。

他往下看去，一手持火把、一手打伞的女人站在竹楼的一角，谁也不知道她什么时候站在那里的。她一身黑色，像是穿着丧袍，以黑纱蒙住了脸。女人把手里的桦木火把抛了出去，落在血水上，血泊剧烈地燃烧起来，像是油脂似的，一边燃烧一边炸开。

那是个美丽的女人，虽然看不见她的脸，可苏青能感觉到她笑了，笑得就像刚才那些蛇头骨。

"你来了？"蛊母低声问。

"因为你要杀死我啊,姐姐。"打伞的女人说,声音柔顺,"你在外面准备了上千人,他们都忠于你,他们已经带上刀准备来杀我了。而你在他们身上下了最狠毒的石头蛊,这样他们的力量会变得牛一样大,谁都抵挡不住这些忠于你的人,可石头蛊会慢慢地把他们的身体变得僵硬,最后他们干裂碎掉,变成石粉,你就是这样对待忠于你的人的么?"

"他们不会死,他们杀死你之后回来,我自然可以引出他们身体里的蛊虫。"蛊母说。

"姐姐,你的狠毒我曾经见识过啊。你真的想看到他们回来么?石头蛊我也懂得的,中了石头蛊的人,他们的血溅到别人身上,别人也会中蛊。你难道不想我亲手杀死他们,他们的血溅在我身上,我也干裂碎掉,变成石粉么?"

"那样也很好。"蛊母轻声说。

"可是你已经没有机会了。"打伞的女人说,"因为我已经喂了他们荼蘼胆。你知道荼蘼胆的效用么?它会让蛊虫提早醒过来发作,这时候你的人正在开裂。"

"毒母!"祁烈从喉咙里挤出了这两个字。

"毒母?"苏青一愣。

"毒母……一年四季屋里屋外都打伞,她的伞上满是毒粉,毒粉往下落,就像雨水淋在伞上。靠近她的人,都死!"

"真是博学的外乡人。"毒母幽幽地说。

此时,在外面的商博良正经历着更让人惊骇的事。

他忽然觉得时间变慢了,因为巫民们欢腾的舞蹈变慢了。他以为这是一种错觉,巫民们脸上依然带着如痴如醉的神情,仿佛还能看见那个容颜仿佛天人的新娘偎依在男子怀里,把自己献给蛊神,可是他们的舞蹈越来越慢,他们还在一下一下地踩着地面,但动作越来越僵硬。他们的动作让人想起锈蚀了的机栝,转动起来越来越困难。

渐渐地他们脸上欢愉的神色消失了,痛苦慢慢地爬上他们的脸,这表情变化也极为缓慢,像是一个痛苦的魔鬼在欢乐的人身体里慢慢地苏醒。巫民们最后全部安静下来,商博良环顾左右,如此多的人以痛苦痉挛的动作默默地站在那里,围绕着他。他们发不出一丝一毫的声音,甚至连眼珠也不能转动,他们的脸正在慢慢地剥落,如同被风沙剥蚀的砾岩,表皮剥落后露出后面鲜红的血管和肌肉,血管也开始剥落,血流出来,立刻凝结干涸,迅速粉碎成灰。唯一能证明他们还活着的是他们的眼睛,大约是血管在眼珠后面疯狂地跳动,像是要把眼珠也弹出来。这些血脉还在竭力把血液输送到全身,可是身体却已经一寸一寸地僵死了。

在上千双这样的眼睛的注视下,商博良缓缓地战栗了一下,仰头望着天空,长长地舒了一口气。而后他拔出了腰间的长刀。

他已经救不得他们,那便只能找到杀死他们的人。

商博良退出沉寂如死的人群,奔到水渠边拔下一根插在那里的火把。他低头看向水渠里,清澈的酒液里血珠漂浮躁动。他顺着水渠潜行,在最靠近黑色竹楼的方位找到了一个漆黑的洞眼,它藏在一个精巧的石莲花下,不易被发觉。此刻这个漆黑的洞眼里正往外流着血丝,那些血在酒中滚动成球,却不和酒液混溶。商博良想到了那夜在黑水铺,石头死于血煞蛊的时候,他的血肉仿佛活物一样自己聚集成滩回避着火焰。随着血丝和酒液,还有细小不知名的蛊虫不断地流出来,融入水中转瞬不见。

不知道多少蛊虫悄悄藏在这些酒液里,商博良觉得浑身的血慢慢地冷了。

所有人都要死在这里,他想,所有人都饮了这水渠中的酒,却没有发觉这水渠里不断流出的其实是蛊虫。他也喝了,昨夜这些死去的虫子已经住在了他的身体里。

竹楼里,除了缩在角落里瑟瑟发抖的老磨和持伞的毒母,竹桥下的人都死了,他们黏稠的血一边燃烧,一边顺着地面流淌。竹楼的中央有一块嵌在地里的方石,石头的中间是一个竹管粗的石眼,燃烧的血慢慢往石眼里钻去。

此时谁也不知道谁是敌人,或者下一刻谁会变作敌人。玛央铎和彭黎停止了搏斗,各自缓缓后退。

毒母漫步而行,步伐曼妙。她持伞而舞,曲线曼妙的身体轻轻扭动,舞姿华丽柔靡,黑色的纱衣下肌肤白净如同霜雪。地下一条蛇骨忽地腾起来向着她的背后扑去,可是蛇头进入伞下的一瞬,它就失去了力量。毒母转身抓住蛇骷髅,轻蔑地把它扔向远处。

她盈盈而立,仰头,隔着伞望向屋顶。

"姐姐,你要死在这里了。"毒母说,"我们会祭奠你的。"

蛊母没有回答,燃烧着的血就要完全流入那个石眼里去了。火光最后照亮高坐在屋顶竹桥尽头的蛊母,她低着头仿佛在沉思。

"杀了她,玛央铎。"蛊母忽地说。

玛央铎跪下,身体蜷曲起来,恭恭敬敬地向着蛊母行礼。

毒母默默地持伞而立。

玛央铎忽地起身,跃出了竹桥!谁也没有料到他的进攻如此开始,从这里摔下去的人必死无疑。玛央铎头下脚上,急速坠落,双手握着弯刀刺向毒母的伞。毒母隔着伞,看不见他,却能听见声音。她没有露出丝毫惊慌,甚至没有闪避,只是左手轻轻拍了拍伞的竹柄。

一阵若有若无的烟雾从伞面上腾起,向着天空袅袅升腾。玛央铎落入了这片稀薄的烟雾中。他的身体忽然就失去了柔韧,毒母轻盈地一闪,玛央铎没能命中,重重地落在地上,身体像是发霉一样变得惨绿。

"姐姐,这是你最爱的男人么?"毒母话里带着快活而恶毒的笑意。

"不是。"蛊母淡淡地说。

毒母忽地不笑了,因为她被玛央铎握住了脚踝!玛央铎中了毒也

159

摔断了骨头,却没有立刻死去,在毒母松懈的间隙他挣扎着爬上一步,伸手向毒母的裙下,抓住了女人玲珑的脚腕。玛央铎手上锋利的指甲陷进女人娇嫩的肌肤里,留下两个血口子。

他喉咙里咕咕的两声,吐出了一摊带着绿痕的血,终于死去。

仅仅是这两个微不足道的伤口,毒母忽然恐惧得发起抖来。

"玛央铎的身体里也有石头蛊,妹妹,现在他的血已经流进了你的身体里,你知道石头蛊会钻进它碰到的血里。可你身体里的毒太多了,这些毒会让石头蛊不知什么时候发作,你很难用毒压制它,石头蛊是很顽强的蛊。"蛊母轻声说,"现在报应刚刚开始,你杀死了我的人,而你会和他们一样死去。"

毒母尖声惊叫起来,从腰间拔出匕首向着自己的小腿割去。

"没有用的,石头蛊不是你的毒。"蛊母叹息着说,"蛊虫是活的,它不会随着你的血慢慢流动,它钻进去,立刻就游到你的全身。"

谁也无法想到的变化忽然出现,彭黎从腰间抽出了弩弓,这张弩弓很小,也仅仅能装一支弩箭,隐藏在他的衣服下难以觉察。

他对准下面的毒母发射。弩箭不会被毒和蛊干扰,它进入伞下的时候毫无停滞,从腰侧钻透了毒母的身体。毒母长长地哀号一声,发了疯地转身奔跑。

彭黎把钩刀和弩弓都抛了下去,转身恭恭敬敬地向着蛊母下跪:"我们只是希望这样可以证明我们这支商队的诚意。"

蛊母默默地注视他,没有出声。

燃烧的血完全流入了石眼,竹楼里再次陷入了一团漆黑。所有人都不敢动,只听见毒母狂奔的脚步声,她在四处寻找出口,可是这个竹楼却偏偏是没有门的。

"你为何那么想看我的脸?"蛊母轻声问。

"因为看见这样动人的身体,就想遮起来的脸一定更美。"彭黎轻声回答。

"这么桀骜的人也会对女人动情么?"

彭黎磕头,头撞在竹桥上咚咚作响。那边狂奔无路的毒母一再撞在竹墙上,蛊和恐惧似已摧毁了她的神志。

竹桥忽然震动,震得厉害,苏青几乎控制不住平衡要摔下去。几乎在同一刻竹墙上青光闪过,一柄长刀闪电般刺入,把竹墙硬生生地劈开一个出口,百年的老竹几乎钢铁般坚硬,老磨锯了半天,来人却只用了一割。商博良手持火把闪了进来,毒母终于找到了出路,从他身后不远的地方闪过,不顾一切地狂奔出去。

商博良看着眼前的一切,也怔住了。他仰头看向上方,竹桥的一边是抓着竹筒保持平衡的苏青和豹子般前扑的祁烈,可祁烈的动作僵在那里,人像是傻了。他原本是要扑向竹桥的另一侧,而那里是搂抱在一起的彭黎和蛊母,彭黎死死地抱住这个身躯柔媚的女人,像是要把她揉碎在怀里,而他袖筒里的匕首从后颈刺穿了蛊母的脖子。

蛊母怔怔地看着眼前这个不可揣摩的男人,似乎也并不惊恐。

"你不怕我身上的蛊么?"她轻声叹息,"你用了那么多的花招,是真的要来杀我啊!"

"我有不得不为的理由!"彭黎嘶哑地说。

"你到底是谁?"

"那不重要!"彭黎拔了匕首,血泉从蛊母的后颈里急涌出来,他后退了一步,摇摇欲坠。那一击也用尽了他全部力量。

蛊母脖子上束着的轻纱被自己的鲜血染红了,她低头默默地看着血顺着轻纱往下流淌,抬起头看着彭黎:"你们所有人也都喝了这里的酒,也都中了石头蛊,只有我能够解你们的蛊,你们不想救我么?"

"你就要死了。"彭黎咬着牙。

"是啊,我就要死了,没有人能救我了。"蛊母居然摇摇晃晃地站了起来,她缓步前行,依然轻盈如白鸟,只是她洁白的身体上鲜血淋漓。

她走到彭黎面前,忽地伸手捧住了彭黎的脸。她的动作极快,几乎喘不过气来的彭黎完全没有防备。彭黎无力地跪在地下,蛊母轻轻地抚摩着彭黎的脸,令他抬起头来,和自己目光相对。

"你虽然可以杀我,我也可以杀你,可是刚才我没有动手。"蛊母咳着血,轻声说,"现在我也一样不会动手,我还要给你石头蛊的解药。我要给你们一条活下去的路。"

她从脖子上解下一枚蝎子样的银饰,就是这个饰物把轻纱扣在她的脖子上。她把银饰放进了彭黎的手心里:"这里面的药水,喝下去的人就可以摆脱石头蛊。可是这里面的药水只够一个人喝,原先我是为自己准备的。"

"我说给你们一条活下去的路,是说路只有一条,你们剩下的所有人,只有一个人可以活。你们可以自己选。"蛊母衰弱地笑了,"真想多活一阵子看看结果,看你们谁能活下来。这是我对你们的报复。从现在开始你们就是被封进罐子里的毒虫了,只有一条能活下来,活下来的那个,就是蛊。"

蛊母缓缓地走回竹桥尽头,盘膝坐下:"真正想看我脸的人,你可以看了,但会后悔的。"

她摘下了脸上的骷髅面具。暴露出来的脸和骷髅面具几乎没有分别,一样没有肉,一样泛着银光,只有薄薄的一层皮肤覆盖着头骨,皮肤下血管凸了出来。她干瘪的唇片遮不住牙齿,牙床完全暴露在外面,惨白的。她笑了笑,却无比温柔。

"你看见了么?不一样了。"她轻声说,也不知是对谁说话。

静了一瞬,她丰润的胴体开始崩塌。仿佛鬼神之力从内部凿开了她的身体,她浑身的血肉从脖子以下干枯萎缩而后像是灰尘般零落,她的身体上出现了孔洞,孔洞里露出森然的白骨来,而后孔洞扩大。很快她的上半身已经化作了骷髅,腰以下的两腿却还笔直圆润,她的肋骨围作牢笼般,里面一只巴掌长的青尾蝎子正咬噬着鲜红色的心脏。

目睹这一幕的人都惊叫着后退,苏青拉起了傻子似的祁烈,彭黎手脚并用地穿过竹桥奔向竹墙边的梯子。商博良从墙角里拉起了瑟瑟发抖的老磨,这个可怜的老行商恐惧得口吐白沫。

"快走!离开这里!"苏青下到地面,他如今是这些人里最冷静的。

彭黎冲在前面,苏青和商博良几乎是一人拖着一个的从商博良破开的缺口往外逃。他们已经顾不得什么了,后面仿佛有恶鬼追逐着他们。他们一头冲向竹楼前的空地。

站在空地上的时候,几个人都呆住了。这里本该有上千的巫民欢歌舞蹈,商博良离开这里的时候他们还雕塑般站着,可是如今这里只剩下苍白色的灰一堆堆积在地面上,风吹来,灰尘飞扬起来,像是沙漠里暴风骤起般,对面看不见人。

"石头蛊……是真的,他们都碎成灰了……"苏青喃喃地说。

祁烈的双腿一软,颓然坐倒在地,老磨木愣愣地往前奔了几步,伸手从一堆灰里捞了捞,捞出了一条琥珀坠子的银链子,忽地扑在地下嘶哑地哭了起来,像是一只失去雏儿的老枭。那条链子原本挂在一个叫梁贵的伙计脖子上,他是老磨带来的,一个瘦精精手脚麻利的年轻人,老磨不太跟他说话,不时地照顾他。老磨说梁贵是他远房侄儿,祁烈私底下说梁贵是老磨年轻时候跟白水城一个贩丝麻的女人生的儿子,现在贩丝麻的女人已经死了,临死前交代老磨说要让梁贵赚上一笔钱堂堂正正地娶妻,不要再因为穷就东奔西走,不要因为穷就一去不回头。

商博良轻轻把长刀纳回腰间的刀鞘,仰头看着天。漆黑的天空里悄无声息地下起雨来,雨丝轻柔地拂过他的脸庞。雨水在空地的石缝里流动,一堆堆的白灰崩塌了,随着水流去向地势低洼的地方。

全都死了,不留痕迹地死了,如今的鬼神头里,只剩下他们五个人。

"这是蛊啊!他们是来炼我们的!我们都要一个个地死哟!"祁烈站了起来,低声说着。

他已经清醒过来,不再惊慌失措,也不再恐惧。这个老行商又恢复了他踏进这片林子时的桀骜,一张焦黄的脸冷冷的,透着一股狠劲。商博良看着他,觉得自己根本不懂祁烈,这个并不老的老家伙身上总有一股力气撑着他,让他不倒下。

他和祁烈对视了一眼,商博良微微地惊骇。祁烈那双焦黄的眼睛里透出一股狮子噬人般的毒来,除此以外,没有表情。

祁烈上前拍了拍商博良的肩膀:"你竟回来了,还没死,真算得你命大!"

"祁帮头,我们现在怎么办?"苏青问。

"那要问彭头儿为什么对蛊母动手!"祁烈转头看向彭黎,"我们现在,没有回头路了。"

"老祁你怪我心里藏着事没跟兄弟们说明白?"彭黎说。

"屁话!"祁烈红着眼逼上一步,"你杀了蛊母毒母,对我们每个人都没好处!我们如今走在这片林子里,至少虎山峒黑麻峒两拨巫民恨不得杀了我们吃肉!你这也叫做兄弟的?"

"老祁你真的不知道?"彭黎冷冷地笑了。

"你!"祁烈瞪着眼,再逼上一步。

彭黎冷冷地看着他,分毫不动。

"你出发的时候就猜到了我的身份,否则你何苦搭我这条船?我这条船大,前途富贵好商量,但我这条船也险,走的就是大风大浪!别的兄弟上船时候不清楚,你心里也不清楚?老鼠胆子别上山,怕死汉子莫从军!"彭黎暴喝。

祁烈被他的吼声一震,咄咄逼人的劲头忽地被截断了,脸色难看地变化着,良久,他长吁了一声,无力地坐下,神情黯然。

"我是自讨苦吃啊……"祁烈低低地说。

"老祁,别那么沮丧,死的兄弟是不少,我们几个可还活着,只要有一口气,就有机会。好比赌桌上只要还有一把牌抓在手里,总有赢的机会。"彭黎的声音也软了下来。

"手里这把牌,翻不过来喽。"祁烈喃喃地说。

他坐在湿地上,背对着彭黎,面对着商博良,仰头看着天。只有商博良可以看见他的脸,雨水打湿了他的头发,稀疏的发绺湿漉漉地垂在额头上,他的眼神空旷,说不出的安静。

彭黎走到他背后,按住他的肩膀:"老祁……"

商博良一愣,觉得祁烈似乎对他点了点头。

商博良脸上诧异的神色被彭黎看见,彭黎也一愣。这时候祁烈忽地从怀里摸出了匕首,寒光一闪,由下而上,刺向彭黎的下颌。这是几乎必杀的一招,他背对彭黎,彭黎看不见他的动作,而且谁也想不到他还贴肉藏着一柄匕首。

苏青急进,已经来不及,彭黎仰身避让,也来不及,祁烈的匕首像是一条银色的蛇,追着彭黎下颌的要害追杀。

两人忽地静下,苏青也煞住脚步。

祁烈的匕首距离彭黎的下颌只有一寸距离,彭黎的手抓住了匕首的刀刃。匕首锋利,割破了彭黎的手指,血淋漓地往下淌,祁烈只要再加一点力道就可以切断彭黎的手指刺穿彭黎的下颌,要了彭黎的命。

可他已经没有力气,彭黎的另外一只手抓着那柄刺杀了蛊母的匕首,刺进了祁烈的心口。那绝不是彭黎惊慌之间摸出武器来刺杀,那样来不及,唯一的可能是当祁烈怀着匕首等待彭黎靠近的时候,彭黎也握着匕首接近祁烈。

商博良默默地看着这一切,他反应过来的时候,一切都已结束。

祁烈忽地咬牙发力,全身的血管凸起,而同时彭黎在他心口里转动匕首,匕首在身体里绞碎了祁烈的心脏,血如泉涌。祁烈顿时失去了力量。

"彭帮头好身手。"祁烈说,他的眼神迅速黯淡。

"我早就怀疑你,祁帮头,你不是内奸,怎么就能轻易找到来鬼神头的路?你也把我们看得太傻了!"彭黎狠狠地拔出匕首,往后跳了一步。

"是我太傻,我不该带你们来鬼神头。"祁烈按着胸口的伤,低头坐在地上。

"你把我们卖给蛊母了,否则蛊母怎么知道我们要去?玛央铎怎么会在那里?你要杀了我们!"苏青低吼。

"你们该死。"祁烈嘿嘿地笑。

他忽地仰头唱起歌来:"妹子的手里针如绵嘿,扎在哥哥的心口尖,两心穿起五彩线嘿,彩线要断得等一百年!"

他已经唱不上去了,唱着唱着,手指缝里的血汩汩流淌。

他回头看着商博良:"早跟你说,云荒这地方,鬼看门,死域城,不是你这种人来的地方。叫你留在黑泽南面你不听,现在明白我们都是些什么人了吧?现在后悔了吧?"

他抓出腰带间别着的烟袋,用尽最后的力气扔给商博良:"送你吧,走云荒的,抽一口烟,否则老来会得寒病。这里一条路走不到头,没什么事情可做的时候,抽一口烟看看天,可以想些平时记不起来的事。"

他勉强地笑了笑,仰面倒地,死了。

四个人默默地看着祁烈的尸体,雨水淋在他的身上,血随之流尽。忽然间,胸前的伤口里,一个东西钻了出来。那是一只青尾的蝎子,摇晃着带毒钩的尾巴,在外面爬了一圈,似乎受不了雨水了,又从伤口钻进去,挥舞着两个钳子。

商博良觉得浑身都在雨中变冷,一寸一寸地。他忽然想起了祁烈以前跟他说的所有故事,年轻英俊的小伙计、巫民的姐妹、祁烈自己、弄蛇的小女人、蛊母、两心绵、青尾蝎子、最后陷在泥眼子里的小伙计,一切的一切如潮水袭来让他茫然而悲伤。什么是真的什么是假的此刻不再重要,他虽然不能从无数的故事碎片里整理出一个合情合理的解释来,可他想起祁烈来到鬼神头的那一夜的眼神,也就明白了一切。

祁烈是真的想来鬼神头,所以他可以那样疯狂而不倒下,他还想看见一个女人,可是他很多年前离开了她。离开鬼神头的人不能再回来,再回来的便要把命留下,祁烈回来了,所以死了。

他再次看见了那个女人的脸,那张曾经美丽的脸上留着骷髅蛊的印记。

商博良感觉到自己的泪水滚滚而下,转瞬间被雨水吞没了。

他觉得太疲惫了,疲惫得不能站立。他缓缓地坐在雨地里,把长刀横放在膝盖上。

"商兄弟。"彭黎低声说,提着那柄匕首。

"你们到底是谁?"商博良问。

彭黎犹豫了一下,幽幽地长叹了一声。商博良从腰带里摸了摸,缓缓地伸出手去,他的手心里是一块沉重的马蹄金。

"黄金,这是我从你们的箱子里找到的,你们藏在锦缎下的是弩弓,藏在弩弓下的是黄金,这才是你们真正的货物。可是巫民并不用金子。你们不是来交易的,你们不是行商。"商博良轻声说。

"你也发现了啊,你什么时候察觉的?"

"一开始我就看出你手下都是训练有素的人,马帮的来历可疑。不过你们的事情,我不想多问。老祁催我离开的时候我觉得不安,所以昨夜我悄悄去看了箱子里的货物。"

"老祁说得对,你太聪明,带着你,我们的秘密一定保不住。"彭黎淡淡地说,"你说得也对,黄金在这里没有用,可是拿去毕钵罗,在那里巫民可以用它换到云荒罕见的铁器,制作精良的刀剑和甲胄,这些都是这片林子里没有的。一般的巫民并不知道这些,他们只想用一些林子里的特产换些好看实用的东西,可是这里居高位的人却已经明白,外人已经踏入了云荒,这里不会始终这样,很快就会有天翻地覆的变化,来自毕钵罗的刀剑和甲胄虽然没有河洛们的制器那样精良,却可以在即将到来的动乱中保护自己。"

"那么你们来收买的并不是龙胆金鳞那样的小东西,你们要收买的是居高位者的合作。可是蛊母却视你们为敌人,你们也视蛊母为敌人,是她不愿意合作么？"

"我们最初并未把她看作敌人。结果闹成这样，是她的不智。"

"那么事到如今还不能说出自己的身份么？"商博良说，"你们是大燮天驱军团的人，你们隶属于哪个旅？驻守在宛州的话，你们是七旅的人？七旅十二卫，驻扎在淮安的是七卫吧？或者你们是鬼蝠营的斥候？还是典军校尉？"

彭黎微微点头："猜得很准，我们隶属于鬼蝠营，在天驱军团七旅七卫听用。我是鬼蝠营骑都尉，彭黎是我的真名，因为天驱军团中只有极少数的人知道我，所以我无需假名。"

"骑都尉？已经是很高的军衔了，难怪让你负责那么重要的任务，那么搞到那些弩弓对你而言也是轻而易举的事情，一切都可以解释得通。"

"需要什么解释？我可以给你看我的铭牌。"彭黎弯下腰，把手伸入靴筒。他的动作极慢，让商博良可以看得清清楚楚，他掏出来的不是匕首，而是一枚铁青色的条形铭牌。

"我不是巫民，没有毒。"他把铭牌抛向商博良。

商博良一把抓住。那确实是一块大燮天驱军团的军官铭牌，铁牌表面隐现细密的冰丝花纹，这是沿袭前朝淳国特有的冷锻鱼鳞钢，上首阴刻着天驱军团的飞鹰军徽，其下是彭黎的姓名和所属，而背后则是一只抓着匕首起飞的蝙蝠。

商博良沉默着，手指轻轻抚过那只衔着星辰的飞鹰徽记。

良久，他低低地叹了一口气："那这片闭塞的林子，是以什么引动天下第一的天驱军团的呢？"

"为了杜绝潜在的危机，"彭黎也盘膝席地而坐，直视商博良，目光炯炯，"巫民这些邪术匪夷所思，无论是蛊术、毒术还是驱蛇，如果用在战场上，都是可怕的东西，消灭一个千人队，也许只需一阵随风飞散的毒粉。而根据我们的情报，青阳国已经暗中派出了使者深入云荒，我们不清楚他们的目的,也许是通商,不过如果他们意图笼络巫民使用邪术,我们不惜一切代价也要阻止!"

商博良摇头:"这些邪术只怕也不能用在战场上吧?蟒蛇能够带去唐兀关那样寒冷的地方么?至于毒术,对上千人下毒的毒粉,只怕搜刮整个云荒的材料也难以配制吧?在两军阵前,你自然不能如毒母那样把毒下在水源里。而蛊虫,这些生于云荒的虫子能够离开湿地么?"

"前朝成帝三年,殇阳关之战,典籍里记载战死的军士被尸蛊感染而复起,难道不是蛊毒被用于战场的例子?"

商博良看着彭黎那对如虎的眼睛,轻轻叹了一口气,似乎是太疲倦了:"那是罕见的天相变异,大胤卜筮署的记载中,成帝三年,谷玄冲北辰于天南星野,这是数百年罕见的对冲。异相绝非随时可能出现的。"

"防患于未然。"

"那么现在巫民内斗,对于大燮不是好事么?你们应该袖手旁观,最好是巫民三峒都自相攻杀而亡,这些邪术永远绝迹于世上,大燮的后顾之忧便也不再有了。"

"蛮族和东陆互相攻杀了几百年,也没有死个一干二净,不变的是战争,变化的是掌握权力的人。现在,我们需要去紫血峒,见一次蛇母,如今她是巫民三峒仅存的主人了,蛊母不信任我们,毒母只怕也死了,我们的机会只剩一个,就是蛇母。我们需要得到她的许诺。"

商博良在直视彭黎的眼睛。自始至终,这个大燮军人的眼神都坚硬如铁,在他的注视下,任何人都不由自主地会想到移开视线,因为无法对抗他目光中灼热的意志。

"蛊母说得对,你们这样的人,必然会在云荒里走得越来越深,走进炼蛊罐子的深处……"他轻声说,"彭帮头,不,彭都尉,那你跟我说这些,希望我怎么做?是立刻掉头离开,还是听从你的差遣?"

"你知道我们所有人身上都中了石头蛊么?"彭黎问。

商博良点了点头,伸出了手,撸起袖子。他的小臂上出现了古怪的花纹,像是石头的纹路隐藏在皮肤下面,皮肤干燥,大片大片地蜕皮。

"我已经知道,我也发现了自己身上这种变化。我全身的肌肉变得更有力,但是僵硬,身上开始蜕皮。我听说因为蛇皮不能生长,所以蛇每隔一段时间就要蜕皮。现在差不多的事情发生在我们身上了,我们的皮肤在变硬,所以会慢慢地开裂蜕掉。可我们的全身都在慢慢变硬,这是蜕皮没法解决的,最后我们会像这里死去的人一样,变成石头一样的灰,我们的骨头都会碎成粉末。"

"不错,"彭黎点头,"按照蛊母和毒母所说,这种蛊会增加我们的力量,但是也会让我们的身体慢慢僵死,她把这蛊下在巫民身上,是要用他们作战士,顺便下在我们身上,本就是要杀我们。这些巫民身体里的蛊虫提前发作,是中了毒母的荼蘼胆,我们不知还有多少时间。除非有人能把蛊虫引出来,否则我们都会死。也许蛇母可以帮我们,也许不行,可我,还有一颗蛊母最后留下的解药!"他举起那枚银色的蝎子。

"我们只剩下四个人,你、我、苏青和老磨,我未曾想到我属下整队的精锐都损失在这次的任务中。现在即便一个人对我们都是重要的,我们还保有所有的货物,这是赠给巫民主人的礼物,我们需要带着这队骡马去寻找紫血峒。商兄弟,我非常看好你的人材,可我也知道你是个蛮族人。不过不要紧,当我们到达紫血峒,我会和蛇母开诚布公,我们大燮只需要这些邪术不外传到别地,便心满意足。我彭黎可以指天盟誓,只要能够完成这次任务,我彭黎和大燮天驱军团的人,将不再踏足巫民的土地!"他把银蝎子贴肉挂在脖子上,"而作为回报,如果蛇母不能解开蛊母的蛊毒,仅有的这颗药,我将给予你和老磨,你们二人谁有运气,谁就得之!"

"那么彭都尉和苏青不是要死在这里?"商博良悠悠地问。

"军人为国靖难,乃是本分中事!"

双方都沉默下来,只剩下哗哗的雨声。彭黎转头去看老磨,老磨正卷起袖子检查自己的胳膊,而后是小腿。当他相信自己身上的症状确实和商博良一般无二的时候,他呆了许久,沉沉地向着彭黎跪下,脑袋无力地垂着。

彭黎再次看向商博良,雨中静坐的年轻人平视前方,目光空蒙。

"我知道对于你这样一个人来说,什么都不重要,看你的眼睛,我就明白了,"彭黎轻轻叹了一口气,"商兄弟,我不为难你,你若是现在要走,便请走吧,如果你需要带些吃的和黄金,都在骡马背上。"

马嘶声忽然从极远的地方传来,暴烈如雷。商博良起身,他听出那是黑骊的嘶鸣。黑骊是一匹上过战场的马,只有遇见敌人的时候才会如此。

商博良、彭黎和苏青不约而同地向着黑骊的方向扑去,雨水和黑夜挡住了他们的视线,即使有火把,也看不出多远,只听见黑骊的嘶声一阵阵地高亢起来。终于他们逼近了,商博良把黑骊留在一栋竹楼下,此时那匹雄骏的黑马正咆哮着前扑,人立起来,两只前蹄沉重地踏在竹楼的外墙上,喷出滚滚的热气。外墙上靠着一个战栗的人,双手抱着头,一身绛红色的轻纱。黑骊两只铁蹄踢踏在她耳侧,几乎要击碎竹墙,这明显是威胁的姿态,只要那人有一丝妄动,黑骊就可以踩碎她的头。

商博良和彭黎愣了一下,同时扑前。彭黎拉住了黑骊的缰绳,商博良把那个女人从竹墙边抓了过来。女人从脑颅破碎的危险中乍解脱出来,愣了一瞬,抱着头痛哭起来。

商博良放开她,怔怔地看着她的脸。

女人就是迎亲队伍里的那个新娘,当她被围在人群中和巫民男子共舞的时候,仿佛神女般冰雪高洁而诱惑万端,此刻她痛哭着,就在面前站着,可她身上媚人入骨的美却全然消失了。在火把照亮下,她只是一个美丽的女人,普普通通,在宛州青楼里不乏这样漂亮的女人,根本算不得稀罕,跟那些名著一方的花魁比起来,她还颇有不如。

不同时候看去,这个女人似乎是两个人,可是仔细回忆起来,自始至终人们看到的确实是同一张脸。只是当她立于远处时,她的容颜和身影缥缈虚幻,只那么一看,便让人的魂魄仿佛溢出身体。

彭黎走过来和商博良并肩,撩起女人的头发看了看她的脸:"大概不是什么重要的角色,是个描红偶人。"

"描红偶人?"商博良说。

"就是魅女,那些远游的贩子从远方带来的女人,说怀胎的时候,秘术大师把精魅引入胎儿,生下来的就是魅。这些人活得很短,可是女人往往生下来就美丽,又天然有一股媚惑,往往让人见了就忘乎所以,所以经常被卖进青楼里接客。这个女人的媚惑是比一般的描红偶人更甚,在我见过的里面算是绝无仅有,所以看到会有错觉,其实仔细看起来,不过是个容貌不错的女人而已。"

"是这样啊……真是一个绝妙的杀局。"商博良轻轻叹息一声。

"你们既然已经得手了,为什么还要回来?"他问那个女人。

"我是被迫的,我是被迫的……我什么都不知道……她们把我从青石的窑子里赎出来……只是说这次完了就给我很多钱,我想去哪里就可以去哪里……可她们扔下我,她们要我也死!一切都跟我没有关系,不是我想这样的。"女人号啕大哭。

"我知道了,你是来偷马的,你要逃走。"商博良低低地说,"可是杀了上千人,就算这事不是你所想的,你毕竟还是帮凶,怎能说一切和你没有关系呢?"

"我想逃的……可是我逃我就会死啊!"女人掀起纱裙的薄袖。

在她纤细玲珑的手腕上,仿佛一枚金钏似的,缠着一条金色的小蛇。它金色的鳞片光芒耀眼,静静的仿佛纯金打造。两枚毒牙有指甲长,陷进了女人娇嫩的肌肤里。此时小蛇被惊吓了,蛇尾翘起来剧烈抖动着,金色的蛇眼睁开,凶光四射。

"金鳞。"苏青低声说。

"真是个好用的法子,"彭黎赞叹,"这样除了驯蛇的人,谁也解不开这束缚。你想把蛇挑了,蛇便立刻把毒液注入,这金鳞的毒,怕是没有可解的。"

他拉着商博良缓缓地退开几步。金鳞似乎感觉到了危险远去，慢慢地安静下来，蛇尾平贴在女人的手腕上，蛇眼阖上，再次进入假寐。

"是种能嗅出杀气的蛇。"彭黎低声说，"商兄弟和我，身上都有杀气。"

女人捂着脸，跪在地上呜呜地哭。风吹起她绛红的纱裙，她诱人的身体被雨水淋得惨白。

"既然是局中的人，你去过紫血峒么？"彭黎的钩刀搁在她的脖子上，"你想清楚再回答，也许答错了，便没有命。"

女人哆嗦着抬起头，看见彭黎冷冰冰的双眼，虚弱地点点头。

"还能找到那里么？"

女人呆了一会儿，再次点头。

"如果找到蛇母，我们以大燮使节的身份，也许可以求情让她为你除掉金鳞。"彭黎说着转向商博良，"现在商兄弟愿意和我们同行么？"

商博良沉思着不回答。

"我并非借这个女人要挟商兄弟，可是我们要去紫血峒，这个女人恰好送上门来要给我们带路。如果现在放了她，我的使命便无法完成。所以就算我们要在这里和商兄弟决裂，也必须带这个女人同行。"彭黎低声说，"现在我再请问商兄弟一次，可愿和我们同行？"

商博良默默地看着那个女人，谁也辨不清他眼中的神色。

"商兄弟若是很看重这个女人，事成之后，这个女人就是商兄弟的，要杀要娶要她跟你浪迹天涯，都是商兄弟一句话的事！"彭黎握着钩刀的手一紧。

"跟你想的不一样。"商博良忽然说。

彭黎一怔。

"跟彭都尉所想的不同，我浪迹天涯，只有自己一个人去。"商博良转身走向雨中。

他走出很远,声音遥遥地从雨中传来:"我们准备出发吧,按照老祁说,蛊神节之后,立刻是龙神节,这么算来我们只剩下十天的时间,龙神节即将结束,这时候,蛇母一定会出现在紫血峒吧?"

彭黎和苏青对了对眼神。

"大人,死了这么多人,值得么?"苏青低声说。

"走到这里,不能回头了,更要对得起那些死去的兄弟。"彭黎收起钩刀,把女人抓了起来,"明天清晨,出发!"

[**拾叁**]

清晨,雨已经停了,一道彩虹跨过极远处云下的阴虎山,横贯半个天空。

鬼神头已经变成了一个寂静的镇子,进镇的石道两侧,清澈的积雨从竹梢上往下滴落,走在石道上只能听见骡马和自己的脚步声。骡马队还完好,死去的只是伙计们,祁烈骑的那匹大健骡背上扛了补给的食物,昨夜巫民供给的食物不敢带,带的都是从巫民竹楼里搜出来的糍粑和熏干的鸡肉。

搜取食物的时候商博良走在静静的竹楼里,铺得整整齐齐的床或是没有叠起的被子,让人有种错觉,这家的主人随时会回来,少女的房间里晾着洗干净的白纱裙,又有种不经意间窥见隐私的新鲜。

可是主人已经化成了灰尘被雨水冲散。在马帮最终也离开之后,这里将慢慢被尘埃覆盖,无论是整齐的床铺、没叠的被子还是少女的纱裙,这座镇子将悄无声息地死在林子的最深处,直到有一天一切都腐朽坍塌掉。

苏青看见商博良抱着搜来的糍粑在竹楼前默立,很久很久。

彭黎依然和苏青在最后压阵,商博良被指派带着女人在前面引路,老磨前前后后地照看牲口。

马帮来到镇子口的时候,彭黎放马追了上来。

"我们怎么走?"彭黎问女人。

"我是被她们带着去的,她们把我的眼睛蒙起来了,看不见。"女人摇头,轻声说。

彭黎一皱眉。

"可是我还是能找着的……"女人低着头,"只要你们把我的眼睛也蒙起来,趁着有太阳的天赶路。"

"这是什么意思?"

"我是个魅女,我们这样的人感觉都很敏锐,我能从照在身上的阳光感觉到方向,只是蒙起眼睛来才能集中精神。我怕她们带我去哪里之后我再也逃不出来,就自己在心里默默记路。"女人怯生生的样子,看着自己的脚尖。

"很好,有这样的心机,可惜为什么是个描红偶人?"彭黎点了点头,"商兄弟你押着她,蒙上她的眼睛。"

彭黎掉转马头奔向队尾,商博良走到女人身边,女人已经乖巧地从自己的裙幅上撕下一条红色的纱来递给他。商博良接过就要蒙上她的眼睛,女人低着头,商博良有些不便,恰好低头顺着她的目光看去,看见她赤裸的脚。很少会有女人有那么一双干净透明的脚,柔软纤细,没有一点茧子。女人正轻轻地用一只脚的拇指踩着另一只脚的拇指。

"真忘了,这样走长路很不方便。"商博良说。

他转身从一匹骡子的背筐里抓出一双露趾的麂皮鞋子。这种鞋子柔软而且透气,最适合在云荒这样湿润的地方走长路,马帮出行前备了几十双。

商博良把鞋子递给女人:"男人的鞋子,大概大了一点,不过有鞋总比没有好。"

"谢谢商公子。"女人轻轻地说。

地下都是水,坐下不方便,她便自然地把手伸出来搭在商博良的胳膊上,抬起腿来穿鞋。她的肌肤柔和温暖,相触的时候商博良微微一怔,因为他触到了一个冰凉的东西。是那条金鳞,此刻金鳞却没有苏醒,只是静静地休眠着。

"商公子别担心,只在受惊的时候才会苏醒,说是能嗅出人身上的杀气来。"女人轻声说。

她这么说着,金鳞忽地睁开眼睛,蛇眼森严可怖。

"商公子千万不要想着要除掉它,这么想着,它就能觉察到。"女人说。

"是么?"商博良说。他竭力稳住自己的心神,金鳞便又缓缓地闭上了眼睛。

"你怎么知道我姓商?"商博良问。

女人不回答,一边扣上鞋子的皮带,一边以手和商博良的手交握,十指交错。温暖的感觉从掌心里透了过来,商博良微微一怔。

女人换好了鞋子,商博良再次蒙上她的眼睛,把纱在她脑后打了一个结。女人忽地伸手把那幅纱抓了下来,看着商博良。

"商公子,我们以前认识么?"她轻声问,声音缥缈如烟。

这时她不再惊恐了,于是那种超凡脱俗的美丽再次回到她的身上。无论是彭黎、苏青还是商博良都尽量避开她,可是此时商博良不得不看着她的眼睛。尽管知道了她是个描红偶人,那种媚惑人心的力量似乎不如以前有效,可是看着她的眼睛,依然令人有种难以言喻的感觉。那种感觉令人变得虚弱,像是刚从梦里醒来那样。

虽然并非惊世骇俗的美,可是女人依然是令人心动的,她的鼻梁高挺瞳子很深,肌肤明净而又红润,嘴唇娇艳。而她的眼睛睁开的时候,面对她的人便只能注意她的眼睛,那双深邃空幻的眼睛,从里面隐隐约约照见的,是自己。

"你有羽人的血统吧?"商博良说。

"据说生我的是个羽族女人,可我没见过她,她是收了钱才生我的,生下我就是准备卖到青楼里的,生下我来她都没看我一眼。"女人低声说。

"是么?"商博良轻轻叹了一口气。

"商公子,我们以前认识么?"女人再次问。

"不,虽然你很像她,但是你不是我认识的那个人。"商博良摇了摇头。

"看起来文雅,其实却是心冷如铁的男人啊,"女人轻轻地叹息,重又用轻纱遮住自己的眼睛,"以前我在宛州的时候,我经常问那些男人,他们每次都抱着我痛哭。"

她缓缓地向前走去,纱裙在风里飞扬,阳光照在她身上,隐约看见她的身体在纱裙里曼妙柔软地起伏。

她忽地回头,以蒙上的眼睛对着商博良,幽幽地说:"商公子,我知道你姓商,从我们第一次见面。那时候你看着我,我便知道你的眼神和所有人都不同,我听见你的同伴叫你商兄弟,我便记住了。"

"你叫什么名字呢?"商博良问。

"那不重要,我是个描红偶人啊,人家看见我想起了谁,我便叫什么名字。"女人轻轻地说。

她回头慢慢走向远处,商博良沉默了一会儿,跟上了她的步伐。

[拾肆]

巨大的月轮挂在最高的蕨树顶上,蕨树下苏青和商博良背靠着树干休息。

不远处生着一堆火,火光照亮他们的脸,两个男人都沉默着。老磨和那个女人靠在火堆边的石头上休息,老磨几乎是脱得赤裸,把衣服放在烤热的石头上烘干,女人不便脱衣,便只有贴着石头把自己和纱裙一起烤干,她的脸因为热和火光而嫣红如血,像是烧起来的霞光。隔着一段距离,骡马被圈成一个大圈,彭黎睡在骡马中间。他用绳子把每一匹骡马都串联起来,又在骡马脖子上挂满铃铛,深夜只要铃铛一响他就会微微惊醒。这样别人便很难把骡马偷走,而没有骡马的人走在这片林子里只有死路一条。

"彭都尉那么睡,怕是要臭死了。"商博良说。

"他就是这么样一个人,事无巨细都要掌握,否则也升不到骑都尉的位置。"苏青说。

"你现在感觉怎么样?"

苏青愣了一下。

商博良慢慢伸出手。他的手上赫然满是龟裂,裂开的口子里血色干涸,仿佛在极寒之地被寒风吹裂似的,而这里是温暖湿润的云州雨林。他看着苏青的手,苏青的手上缠了布条,一点皮肤也看不见。

"比你更厉害。"苏青低声说,"彭头儿也好不到哪里去。"

"我们走了五天了……不知道石头蛊还能给我们多少时间,不知道那个女人带的路是不是对。"

"她不会骗我们。"苏青冷笑。

"你相信她?"

"她跟我们一样中了石头蛊。"苏青冷冷地说,"这些天我已经看出来了,她的皮肤下开始出现初发时候的纹路,只是发作得比我们都慢,我猜这大概是那条金鳞的原因。蛇毒也许能压住石头蛊的发作。"

他摇了摇头:"可惜不敢去试,被金鳞咬了,大概死得更快。只希望我们真的找到蛇母,蛇母应该有办法压住石头蛊,毕竟三母是位置相当的人物,也该各有克制对方的办法。"

"她也中了石头蛊?"

"用完的棋子,不如扔掉,蛊下在水渠了,黑麻峒和蛇王峒的人喂她喝了那酒。"苏青阴阴地看着那个女人。

"都是棋子啊,这么说听起来是很可怜。"商博良轻轻地叹了一口气。

"可怜别人太多,自己会死的。早点休息吧。"苏青站起身来,走向骡马围成的圈子,用衣服卷了一块石头当枕头,和彭黎头顶头而睡。

商博良仰头看着渐渐升入天顶的月亮,今天是满月,天空里隐隐地亮着,泛着漂亮的氪紫色,星辰明锐,星光汇聚仿佛大海。

"好安静啊,怎么能想到这样的地方,有时候那么美,有时候却像是鬼域。"他轻轻抚摸着腰间的瓶子,阖上了眼睛。

梦黑暗而甜蜜地悄悄来临,他的神志渐渐不清,仿佛山里忽然飘至的雾气。雾气中带着花的香甜和雨后的清润,疲惫渐渐地消退,身体轻得像是可以浮起来,一人的影子站在雾里很深的地方,风吹起她的头发……

商博良缓缓睁开眼睛,眼前没有山和雾,只有一双深邃空幻的眼睛。女人悄无声息地爬到了他面前,她不敢站起来走动,因为她的双脚被铁链锁上了,铁链一头压在老磨所靠着的石头下,她只要站起来,便难保铁链不发出声音。其他人都睡着了,这里只剩下他们两人。

两人默默地对视着。

女人的身上透出花的香甜和雨后的清润来,和她身体的暖香一起幽幽地飘了过来。随着她的呼吸,丰满的胸口缓慢起伏,她悄无声息地趴在那里没有丝毫动作,身体的曲线却透着窒息般的诱惑。

可她的眼睛是沉静的,没有一点点的挑逗,那是一潭很寂静的水,溺死的人会悄无声息地沉没到最深处。

女人轻轻伸手抚摸着商博良的脸:"我们以前认识么?"

这句卷在唇齿间的低语比世上任何话都藏着更深更遥远的媚惑,仿佛孕育着一个古老的妖精,可那妖精一点也不可怕,她的怀抱是世上最温暖最安全的,她一眼能洞穿你一切的往事。

只要拥抱她,心便沉静,不再有遗憾,天下安宁。

女人轻轻地张开双臂,像是临风展开双翼的蝴蝶。

商博良怔怔地看着她,女人轻轻贴过来,温暖的面颊贴着他的脸。蝴蝶的双翼拢起,女人轻柔地环抱着他。

这一刻时间仿佛凝滞。

"我们以前并不认识,我认识的人并不是你。"商博良轻声说,一个字一个字清清楚楚,"如果我能救你,我会救你,可如今我做不到。不要这么做,你不会从我这里得到什么。"

女人诧异地松开了商博良。她看着商博良的眼睛,看出里面透着淡淡的悲伤。而商博良在微笑,仿佛含着歉意似的,轻轻抚摩她的头顶。

久久地,两人都不说话。女人转身,提着铁链,悄悄爬回石边躺下。商博良看着她的背影,随着女人的呼吸缓缓平复下来,商博良也闭上了眼睛。

[拾伍]

第七夜,彭黎和苏青两个人围着一堆火,坐在高大的蕨树下,蕨叶不断往下滴着水。白天下起了雨,女人便认不出方向,无法行走,他们只得休息了一天。这七天来他们走了六天,全是靠着那个魅女记路的本事,穿行在密林里,有时候脚下隐约有路,有时候只是在层层叠叠的灌木中绕圈子。

魅女走在最前面,蒙着眼睛被商博良挽着。她总是让阳光照在身上感觉一阵子,便找出前进的方向来,这样找路的办法,也像是精魅似的令人心里不安。

其他几人围着另一堆火,已经睡熟了。

苏青用一根柴拨了拨火焰,低声说:"大人,我们的时间怕是不多了。"

如今谁也不必掩盖自己身上蛊毒发作的事了,从彭黎到老磨,四个男人脸上的皮一层层剥落,露出下面新生的嫩皮来,可是嫩皮很快地便又干枯开裂,翻卷起来。彭黎的脸上最为明显,和手上一样,布满血皱。

"快要到了,我知道。"彭黎说。

"大人有把握?"

"我有八分的把握。"彭黎指着周围,"你有没有注意到我们身边的灌木在慢慢地变化?这边背阴生的灌木越来越多,向阳生的灌木越来越少,蕨树一类的树在云荒本是最常见的,到这里也渐渐地少了。你记不记得我们出发前搜集云荒的传闻,传闻说紫血峒那里终年不见阳光,是个阳光绝对照不到的地方。"

"记得,"苏青点头,"但是天下真的有阳光终年照不到的地方么?"

"我不知道,但是我知道如果某个地方终年阳光都照不到,那么必然只能生背阴的灌木。那么这些灌木的种子在周围散布出去,周围必然也多背阴的灌木,距离越远,向阳生的树才越多。"

"终年没有阳光的地方,像是遭了诅咒的地儿啊!"苏青喃喃地说,徒劳地舔了舔开裂的嘴唇。

"遭了诅咒的地方,也没什么可怕的。"彭黎瞥了他一眼,"大燮的军人,死在哪里不是一样?"

苏青忽地起身,单膝下拜:"大人,属下一直想问一件事,但是不便越职发问。不过我还是很想知道,我们此次所奉的使命,到底是什么?"

"你对我们这次的行动有所怀疑?"彭黎巍然不动。

"死的人太多了,"苏青低着头,"兄弟们只剩我和大人,至今大人都不能说出到底这次的使命是什么么?"

"你也觉得我跟商兄弟说的那些话其实并不可信?"

"我是跟了大人十年的人,这些话商兄弟信不信我不知道,我确实是不信。"

彭黎猛地扭头直视苏青:"作为军人,只需要知道该知道的事。当我们到达紫血峒见到蛇母,你自然会明白我们此次的一切死伤皆有意义!"

苏青一震,坚定地回应:"是!"

彭黎看见苏青抬头,微微愣神看着他的脖子里。他摸了摸,发觉那根拴着银蝎子的链子从领口里滑了出来,急忙重又塞了回去,把领口扣死。

苏青收回了目光,起身向着一边走去。

"我不是防你,"彭黎在他背后说,"如果商兄弟和老磨最后没能走到紫血峒,只剩下我们两人,我一定把解药留给你!我不会叫蛊母那个狠毒的女人遂愿,我们堂堂大燮军人,不会像毒虫那样为了活命的机会自相残杀。"

苏青回头,看见彭黎狰狞的脸,竟有几分像死去的祁烈。

"用我们炼蛊,让她死了这条心吧!"彭黎低吼。

商博良睁开眼睛,他们三人围着的那堆火已经熄灭,剩下一堆红热的灰烬,大约已经是后半夜了。商博良微微一惊,压在石头下的铁链已经不在了,女人和老磨也都不见了。

他看向彭黎和苏青那边,骡马们还站着安安静静地睡着,没有任何异样。在这片林子里,没有骡马无法逃走。

商博良无声地提刀而起。

此时星月之光铺天盖地地洒下,老磨站在深不见底的潭边。星光照不透潭水,潭水碧幽幽的透着寒意。不拨开蕨叶和灌木,很难发现这里的深潭,它靠近山脚,只有一条极细的小溪从山上流下,源源不断地把水注入潭里。小溪是银白色的,水珠在月光下跳跃,从一块岩石上跃入潭里的时候,激起一圈一圈的涟漪。

女人在深潭的中央游着,如同一尾灵巧的鱼儿。她身上的纱裙在水中湿透了,飘洒开来难以遮蔽身体,老磨可以看见她玉石般的双腿在一层碧水下缓缓地踢着,几尾红色的小鱼贪着女人身体附近的温暖而跟着她游动。

她潜入水中,长发在水面上像是一缕浓墨点进清水似的。

星光下深潭的表面忽然寂静起来,只有一圈复一圈的涟漪。老磨忽地惊慌起来,伸长了脖子眺望,可是女人就像是融化在水中的水精似的,再没有痕迹。

老磨也不知道自己在怕着什么,也许是因为女人求他带自己出来洗洗身上的汗,若是被她逃走了,彭黎怕是要杀了他,也许是怕女人淹死在潭水里,也卸不脱这个责任,也许就是怕没了这个女人。

老磨已经这么呆呆地看着她游了很久,这些天的辛苦忽然都不见了,心里只想着天地间有了这个女人,竟是那样的静谧舒服。

老磨不太会水,卷起裤腿就踩进水里。脚下是光滑的鹅卵石,也不知在这里被流水磨了几千年,石头上还生着一些水草,老磨一脚踩上去,立刻失去平衡,挥舞着双手就要栽向水里。

这时候哗啦一声水响,洁白的身影从水中跃起,抱住了老磨。老磨浑身溅得都是水,呆呆地看着女人,女人身上的绛纱裙子没有了,玉石般的身体上带着水珠,从乳胸间下滑,湿透的头发缠在修长的脖子里,她的皮肤因为潭水的冷而微微发红,血色是从肌肤里面晕出来的。

老磨双手颤抖着,不敢去抱她,像是羊角风的病人发作似的。他的鼻翼却张开,贪婪地吸着她吐出来的气息,幽幽地带着兰草的香气。

"你看了我好些天,对不对?"女人轻声问。

老磨使劲点头。

"你想跟我在一起,对不对?"女人又问。

老磨还是点头。

"那你怕什么?若是怕,抱抱我,便什么都不怕了。"女人的声音仿佛从梦里传来。

老磨发疯似的点头,用尽全力抱住女人。他一边抱着,感受着女人的肌肤融化般贴在他身上,一边号啕大哭。他也不知道自己哭什么,只觉得世间没有比这更好的事情,也没有比这更悲伤的事。

"别哭,别哭,"女人轻柔地搂着他的脖子,"你想着我,我不就来了么?我就在你身边呢。你现在抱着我,是不是觉得很安心,很快活?"

老磨含着泪点头。

"那这样便好了,我们解了蛊毒,两个人从这里逃出去,只有我们两个,永远都在一起,永远都很安心很快活,你说好不好?"

"好……好……一起逃出去,永远都在一起。"老磨一发力把女人抱了起来,大步往岸边跑。他把女人放在一块柔软的草甸上,扑了上去,死死地咬住女人的嘴唇,撕扯着自己的衣服。

他看不到女人的眼睛,也不知道她的眼神安静。女人和老磨的脖子贴在一起,目光从老磨的肩膀上看过去,看着自己的胳膊,手腕上的金鳞没有感觉到杀机,依然静静地休眠,胳膊深处的纹理在月光下隐隐约约,像是玉石烧热了再投入冷水,从内里炸开似的。

女人忽地一惊。

月光下在那条溪水流经的岩石上,站着挎着长刀的黑色人影,长衣飞扬,而他的人寂静有如雕塑。女人不由得惶急起来,想把身上压着的老磨推开,可老磨疯魔般地咬着她的脖子,女人敌不过他的力气。

女人再次看向那边的时候,溪水边已经没有人,被惊动的鸟儿清锐地鸣着穿过密林而去,花落在水面上,花瓣碎裂旋转。刚才的一幕如同幻觉。

[拾陆]

第九日,人和骡马都已经疲惫不堪。

马帮离开了土路,再次踏上了石道。和他们接近鬼神头的石道一样,这条路隐没在灌木和杂草中,断断续续,但是但凡有路的地方,修建用的每一块石头都切割整齐,石道狭窄却平坦。没有人欢呼,谁也不知道有什么在紫血峒等着他们,所有人都催赶着骡马加紧前行。

龙神节只有十日,龙神节过去蛇母是否还在紫血峒谁也不知道。而任何时候石头蛊都可能发作。

商博良忽地抓住女人的手腕让她停下。

女人拉下了蒙眼的纱,犹豫着:"我拿不准了,这里路太乱,记不清楚。"

"我知道。"商博良说。

老磨和彭黎都从后面追了上来,所有人都看见两条路在他们面前分岔而行。这两条石道所行的方向几乎完全一样,仅有略微的差别,它们通向前面一片密不透风的林子,看过去的时候林子里没有一丝光,完全被遮天的浓荫挡住了。两条石道中间是层层叠叠的蛇骨藤,密得根本无法穿越。

"怎么回事?"彭黎问。

"你能感觉到哪条路是对的么?"商博良问女人。

女人瞪大眼睛看着这个岔道口很久,最终茫然地摇头:"还是拿不准。"

"永远不见阳光的地方,是说这片林子么?"彭黎低声说。

"大概是,我想我们走在迷宫里了。"商博良低声说,"这个岔道口我们昨天来过的。"

"来过的?"彭黎大惊。

商博良点头:"是的,彭都尉你看看我们背后,那里的林子也一样密不透风。"

彭黎回身望向背后,心里隐隐地一寒。商博良说得没错,他们其实已经站在了一片黑压压的密林中。他们在云荒走了那么久的路,没有一片林子有那么密集,头顶的浓荫把一切的光都吞了,偶尔有个金铢大的光斑落在地下,那是风短暂地吹开了树枝。他们走得太快了,没有注意到这些。

"第一次遇见这个岔道的时候我们走了左边,我在这里留了一个印记。"商博良指着插进地面的三根树枝,摆出品字形,"我当时很诧异有这样的岔路,所以记了下来。现在果然又遇见了。"

"那么我们这次便走右边。"彭黎说。

商博良摇头:"不,这只是其中一个岔道,算上石道和土路,我们在找到石道后已经走了近百个路口。这么走下去,我们必须一个一个地标记路口,最终才能找到正确的路。我们并不知道我们是否错在这个路口上。"

彭黎的心一沉,转头看着女人:"你真的认不出路了?"

女人畏惧地往后缩了缩。

"我想巫民也知道有人可能会用阳光来分辨方向,他们是蒙着她的眼睛带她去紫血峒的,如果有人不蒙眼去过,那么记路会更加容易。所以他们把最后的路障放在一片密林里,这是一个巨大的迷宫,而且几乎不见阳光,无论走在哪里,看起来都差不多,睁眼的人都会被绕晕。"商博良转向女人,"如果我没有猜错,他们带你去紫血峒的时候点了火把,对不对?"

女人点头。

"所以你的感觉在这里不可靠,走这么黑的路必然会打火把,这里本来没有什么阳光,火光照在你的身上,你还会产生错觉。"

"只差最后一步了,难道想不出办法过去?"彭黎看着商博良。

"有办法,我们等到天完全黑下来。"商博良看了一眼密林外渐渐黯淡下去的天空。

他们在石道中央点起了火堆,五个人围着火堆而坐,放了骡马在周围吃草。商博良和苏青取出包袱里风干的鸡肉和糍粑架在火堆上烤着,很快食物的香味就弥漫在周围。

可是没有人有食欲,随着太阳落山,密林里透出越来越重的寒气,往人的骨骼里浸入。女人冻得打着哆嗦,商博良瞥了一眼老磨,看他偷偷看着女人,却不敢有什么动作。

"冷么?"商博良盯着火堆问。

女人的嘴唇发乌,哆嗦着点了点头。

商博良解开了外衣扔给女人。他没有穿里衣,赤裸着肌肉分明的胸膛,龟裂的纹路遍布他的上身,无处不是干涸的血迹。女人看了,微微一抖,把商博良的外衣披上,此时她缩在厚重的黑衣里,脸色雪白,脸儿娇娇小小的,垂着头,像个无辜的孩子。

"我想大家都不会比我好多少。"商博良环顾众人。

男人们都点了点头。

"彭都尉那里有解石头蛊的解药,蛊母本意大概是要我们为了抢药自相杀戮,好在我们走到这里还没有死人。"商博良轻声说,"无论现在大家心里想着什么,如果找不到蛇母或者蛇母不能解石头蛊,在大家各自举刀之前,我只希望大家能够想想这一路上的不容易。"

"我会兑现我的许诺,既然商兄弟和老磨一路艰险陪我们来了这里,那枚解药是你们两个的。"彭黎说。

"最后是商兄弟和老磨要拔刀拼个输赢来争那枚药么?"苏青冷冷地笑,"我倒希望我死得慢点还能看到结尾。"

男人们一个个神色都冷冷的。

"我还想去云号山,不想死在这里。"商博良摇头,"但我不会为了一颗药杀人,我的刀已经很久不用了。"

"不说这个,还没有到最后一步！我们此时还是兄弟!"彭黎起身,从骡马背筐里拎出一只罐子,敲开了泥封,幽幽的酒香飘散出来。

彭黎抽动鼻子,狠狠地吸了一口那酒气:"宛州正宗的冰烧春,和蛮族的古尔沁老酒一样烈,巫民的米酒跟它没法比,藏了那么久,喝了吧！"

他给五个杯子都斟上酒。一个个地挨着传过去。

"何当痛饮,与子同仇。"商博良举杯。

"何当痛饮,与子同仇!"彭黎一拍膝盖,也举杯。

老磨茫然不解,他听不懂这诗文的意思。

"何当痛饮,与子同仇!"苏青举起杯子,解释说,"这句话说何时该要痛饮？就是大家是朋友,有同样敌手的时候!"

女人和老磨也都举杯。

"我答应了老磨和商兄弟,解药归他们两个,"彭黎看着女人,嘿嘿地笑,"要是他们两个哪个愿意让给你,我不管,可要是他们不让给你,我就一刀给你个干净利落的死法,保证一点不痛,比我死得要爽快！你是我们的对头,但也指路给我们,这算我的报答。"

女人用力点点头,把杯子又举高了些。

五个人酒杯一碰,一齐饮下。烈酒如同火流似的在喉咙里烧着,女人大声咳嗽起来。

彭黎幸灾乐祸似地笑了起来:"看来你在宛州的时候,可不太陪客喝酒啊。"

"我还想问一个问题,"商博良转向女人,"你说他们带你去紫血峒,他们为什么要带你去紫血峒?你在那里看到了什么?"

"他们在那里教我跳舞,他们说我天生的体格很好,可要让上千人完全被我迷住,一定要学会他们的媚术和舞蹈。有个女人,在那里教我,教了很久。"

"女人?"商博良问。

"我不知道她是谁,她的声音很奇怪,我也见不着她,他们用一种泥封住了我的眼睛,很黏,怎么也揭不开,离开了紫血峒,他们才把那泥洗掉。"

"所以你什么都没有看见。"

女人摇头:"只知道那里很阴很冷,几乎没有人,走路有隐隐约约的回声。"

"你离开紫血峒是什么时候?"

"大概二十天前。"

商博良和彭黎对视一眼。

"到了紫血峒,我会以大燮使节的身份去交涉,诸位兄弟请不要出声。我会把救大家的命作为第一条件,只要蛇母答应,大燮皇帝大可以赐她身份,助她称霸云荒。"彭黎说。

"称霸云荒,"商博良微微摇头,"在这满是瘴气的贫瘠地方,也一样还是有人要称霸啊。"

人们沉默地吃着东西,无论有没有食欲,他们必须积蓄体力。

一小罐冰烧春很快见底了,酒液的温暖让人的身体热了起来,脑袋昏昏的,林子的阴气也被驱逐了。五个男女在这时候居然能够拍着彼此的肩膀笑笑,互相敬一杯酒,递一块烤好的肉,融融洽洽。

商博良嘴里咬着风干的鸡肉,忽然觉得一切就像他最初遇见这支马帮的时候,几十条汉子一起融融洽洽,祁烈在唱歌,小黑弹着云荒的调子,正烤干衣服的小伙子光着屁股从角落里蹦出来,去火堆上取一块肉,又在众人的嘲笑声里蹿回岩石后面躲着。要是大家笑得猛了,小伙子没准还跳出来赤裸裸地站在石头上耀武扬威地嚷,都是男人,笑啥笑啥,谁没见过的,老子就让他看个够。

他望着头顶浓密的树叶出神,风来,树枝上的雨水洒落,淋了他一身。

彭黎摇了摇酒罐子,把最后一滴酒洒在火上。烈酒入火,嗞的一声烧没了。

彭黎满意地点点头:"果然是最纯最烈的好酒。"

"喝完了就出发。"商博良起身。

其他四个人的笑容都消失了,跟着站了起来。

"商兄弟,现在可以说了吧?怎么才能找对路?"苏青问。

"我不是卖关子,不过只有亲眼看看,才能知道这个法子管不管用。"商博良从旁边拔了火把,带领彭黎和苏青走到分岔的石道边。

他把火把放低,照亮了石道。石道上是一层薄薄的青苔,青中泛紫。

"彭都尉,现在你弯腰贴近路面,侧对着火光看看。"

彭黎疑惑地俯身下去,凝视着路面的青苔。他脸上忽然浮起狂喜的神色:"是这里!是这边这条道!"

苏青紧跟过去看了一眼,也明白了。此时火光照着,青苔上面隐隐约约出现了密密麻麻的脚印,也有些是零散的,还有骡马的蹄印。商博良让苏青持着火把,也凑过去看了一眼。

他摇了摇头:"不是这边,这里的脚印是我们刚才留下的。"

三个人转到另外一条岔道,这次侧光看过去的时候,脚印也显露出来,却只有一行,比先前的脚印浅得多。那是一双女人的脚留下的,赤裸而娇小,从脚印里可以清楚地看出她的足弓,又有一些脚印只有前脚掌。

"是一个人踮着脚从这里经过,只有一个人,一个女人,她走得很轻快,很熟这里的路,她应该是去紫血峒。"商博良说。

彭黎和苏青对看了一眼,都点了点头。

"这个法子其实是羽人用来找路的办法,宁州的森林里,满是地衣苔藓,往往很难分辨脚印,尤其是下过雨。可是有一种痕迹是抹不掉的,就是被踩过的地方,地衣苔藓总是长得比周围慢一些,虽然只慢那么一点点,可是在火光一照之下,也会显形。"商博良说。

"多亏商兄弟是见多识广的人。"彭黎低声赞叹。

"我原本也想不起来这一招,后来我忽然想起老祁,其实这跟他看蕨树被砍的痕迹找路,是一样的。"商博良说。

彭黎一怔:"你怨我杀了老祁么?他是蛊母的内奸啊。"

商博良看着他的眼睛,摇摇头:"一个人要杀另一个人,总有理由的。"

彭黎知道再说什么也是没有用的,挥手招呼苏青和他一起去整顿骡马。他们的背后,老磨悄悄地伸手去握了握女人的小手,两个人用力握紧,对视了一眼。商博良恰好回头,看着他们两手交握,老磨脸色骤变,呆呆地站着。

商博良只冲他们摇了摇头,默默地。

彭黎和苏青并肩而行,苏青低声说:"终于到了。"

"这个戏台是最后一个了吧,"彭黎目视前方,喃喃地说,"这场戏,唱到头了。我也很累了……"

[拾柒]

队伍在黑暗里前进,青苔上的脚印时有时无,他们很难判断自己走出了多远,从偶尔一见的树叶空隙里,他们可以看见圆月已经高升,星汉灿烂。

各种奇异的景象开始在他们周围出现,在这阴冷的地方,各种树木和花草疯狂地盛开着,从未见过的高树上垂下巨大的红色的花,花如同喘息般缓慢地一开一合,花蕊中流淌出的汁液落在地上,似乎有着强烈的酸性,立刻把青苔烧黑了一点,而浑身艳红色的鸟儿倒飞在树间,时而悬停在那里以红色的眼睛冷冷地注视着这些外来的人,足有半人长的蜈蚣却若无其事地在马蹄边绕过,尾巴上的毒钩摇摆,而各种各样的蛇则在树枝和叶子后一闪而逝,有的手腕般粗,有的像是一根筷子。一匹马已经倒毙在半路,当他们路过一棵树下地时候,仰头看见无数青色的蛇缠在树枝上,一条挨着一条,怕是有数千条,整棵树便是这些青色细蛇的家。人们打起雨伞小心翼翼地经过,可还是有一条蛇从半空里落了下来,它落在一匹马的背上,弹起来在马背上咬了一口,而后极快地滑走。那匹马又走了几步,便痉挛着倒下。

五个人没有停下,把那匹马背上的东西分装到其他骡马身上继续前进。

每个人都很累了,只希望尽快找到紫血峒,无论那里有什么。

商博良停下脚步,深深地吸了一口气:"终于……"

道路的尽头插着一支孤零零的火把,再往前是阴虎山高大的山壁,山壁上的洞穴里面漆黑,让人觉得那山是活的,那洞穴是它张大了要噬人的嘴。

马帮最后的三个人、商博良、女人都站在那火把前,有人留下了这支火把,告诉他们这里便是路的尽头了。这里也是界限,过去了,便是紫血峒的领地。

"山洞。"彭黎低声说。

"她说紫血峒里走路有回声的时候,我已经猜到紫血峒是在山洞里,我们这些天的路线没有离开阴虎山,一直沿着这条山脉前行。"商博良看了一眼身边的女人。

"怎么办?"苏青问。

"主人已经知道我们来了,留下火把是引我们进去,"商博良说,"真有意思,从鬼神头到紫血峒,从蛊母到蛇母,似乎每一个巫民主人都知道我们的行踪。在他们看来我们不过是走在他们为我们设的笼子里吧?怎么办?"

"既然已经是走在笼子里,为什么不进去看看?"彭黎舔了舔嘴唇。

"是。"商博良微笑,上前拔起了那根火把。

他们接近洞口,第一眼看见的是浓密的爬藤从洞里往外生长,和他们以前所见的洞窟都不同,这个洞窟深处仿佛是植物生命的源泉似的,灌木、花草、大蕨,乃至于几棵虬结的老树,仿佛疯了似的往外喷涌着生长,伸出洞口的枝叶像是一个巨大的花束插在漆黑的山壁上。无数蛇骨藤的枝蔓沿着山壁往四面八方爬去,它们的须根抠进岩壁的纹理中,往上方和左右各爬出几百尺的距离。它们的毒刺和巴掌大的叶片之间藏着小小的红色花苞,艳丽如血珠。

这是一片森然的碧墙,连山壁在黑中泛着黛青,像是浸透了几千年的绿。

"这该死的玩意儿也开花?"苏青低声说。

"跟传说的一样,紫血峒是个很阴的地方,终年不见阳光,所以生的都是背阴的花草。可是就算是背阴的花草,也不能一点光不见,所以它们一股脑地从洞里往外疯长,来采一点光。"彭黎说,"骡马留下,老磨开路,我殿后,所有人一起下去。"

"从这里开出路来不容易。"老磨犹豫。

"就是外面这一点,离开了洞口,估计就没有那么密了。"商博良说。

老磨点点头,抽出后腰的砍山刀,对着洞窟口一根手臂粗的爬藤砍下。他两刀斩断了爬藤,往里面行了一步,人立刻隐没在无数的叶片里。

"跟上。"彭黎说。

商博良点了点头,按刀紧跟在后面,拍了拍老磨的肩膀。

一行人走在无数的绿叶里,商博良前面搭着老磨肩膀,后面拉着女人的手,女人拉着苏青,苏青拉着彭黎,彭黎的手里牵着绳子,绳子另一头拴在外面的一块大石上。老磨的砍山刀起落,硬是从叶子和枝蔓中凿出通路来,后面的人看不见洞窟的壁,只有无穷无尽的叶子从他们的脸上和头顶拂过。

老磨的背心已经湿透,每个人都感觉到自己所握着的手里渗出细细的冷汗。

"我们进了多深?"商博良问。

"大概两百多丈,"彭黎看了一眼手里的绳子,绳子上有尺寸,"绳子快要放完了。"

"我们一直斜着往下,这洞越来越深。"商博良说。

最前面的老磨忽然惊叫了一声,砍山刀似乎脱手了,往很深的地方落下去,一路叮叮当当作响。商博良反应极快,一把抓住他的腰带把他抓了回来。老磨一脸的冷汗,气喘吁吁。

"怎么了?"彭黎在后面问,他周围都是疯长的树木,看不到前面。

商博良往前探了探:"前面开阔起来了,可有个岔路洞口,一直往下。"

五个人都从树墙里钻了出来,彭黎手中有一支燃着的火把,便把其余几人手里的火把都点燃了。五支火把照亮,前面赫然是个极大的空间,灌木爬藤到这里已经稀疏起来,洞口的几株老树到这里只剩下绵延的根系。它们的根虬结如龙,粗得像是成年汉子的大腿,贴着石壁延伸,最后长在了一起,根系爬到一处斜着向下的洞口,就直钻下去。

老磨的刀就是落进了这个洞口里,他最先穿出树墙,手里没有火把,眼前一摸黑,差点一脚滑下去。

"妈的,好深的洞,差点害死我。"老磨骂。

他一说话,周围便有无穷无尽的回音,很久才静了下来。商博良举起火把看向周围,可是火把能照亮的空间有限,他看不到周围和顶壁。

"接下来怎么走?"苏青问。

"从这里下去。"商博良指了指洞口,"所有东西的根都往里面爬,只能说明一件事,那里面是水源。如果有人住在这个洞里,肯定要住在靠近水源的地方。"

"有道理。"彭黎点头。

苏青犹豫着靠近洞口,他火把照亮的地方,只是老树的盘根以及蛇骨藤细细的根须,洞口往下似乎极深。苏青试着摸了块碎石,往下踩了一步,要把碎石扔进去听听回声。

他脚下忽然一滑,落进了洞里,他急忙翻身去抓那些老根,却只抓到一些蛇骨藤的细根。这些细根立刻被扯断,不过延缓了一下他的下落,他努力蹬踏岩石,还是向着漆黑一片的洞口里急速滑落。

"妈的!"彭黎急了起来。

商博良矮身摸了摸苏青刚才踏足的岩石,微微吃惊。他伸出手给其他人看,手上冷冷黏黏的,不知是什么液体,透着一股阴冷的臭味,踩上去难免会滑倒。

"我看苏青刚才踩不住岩石,下面可能都是这样黏滑的。"商博良说,"总得下去看看苏青怎么样了,我下去,大家在这里等我。"

"不,"彭黎拦住他,"到了这里,一同进退,大家一起下去。"

商博良看了一眼女人:"你可以么?"

女人哆嗦了一下:"我不要一个人留在这里。"

彭黎砍下一截绳尾,让每个人都拴在腰间,把所有人串在一起,商博良打头,他在最后。四个人摸索着老根往下爬去,和商博良的猜测一样,这个洞的壁上无处不是冷湿黏滑的液体,脚下很难着力,不是那些老根,他们根本无法攀援。

"下面有火光!"商博良说,"苏青大概没事。"

这个消息让人们多了一点信心,再往下滑了一点,每个人都看见了火光。洞穴在这里弯曲,有了一块平坦的地面,苏青气喘吁吁地坐在火把旁,看着从上面滑下来的同伴。

"苏青你没事便好。"商博良在裤子上擦了擦手上的黏液,上去拍了拍苏青的肩膀。

"多亏下面这些藤。"苏青拍了拍身下,"否则不死也得断腿。"

他身下是些已经枯萎的老藤,粗壮的藤枝勾结起来,略有弹性,在他落地的时候救了他的双腿。

"路对不对?"彭黎观察着周围问。

苏青指了指那支燃着的火把:"那不是我的火把,我的火把滑下来的时候灭了。"

所有人这才注意到那支火把和他们在山壁前看见的火把是一样的。

"路是对的,至少有人想要我们这么走。"商博良上去拔起了第二根火把。

"还能走么?"彭黎按着苏青的肩膀。

苏青用力点了点头,牙一咬站了起来。

洞穴深处忽然传来了风声。风迅速地接近他们。女人惊慌地退后,男人们也脸上失色。那风来得太快了,换作在平地上完全不可想象,他们所在的这条洞穴直径不到一人长,风在这里的迅速流动带起尖厉的啸声,洞穴里的空气一瞬间都被抽空了似的,火把一瞬间全部熄灭,众人呼吸艰难,勉强撑着洞壁坚持。空气源源不断地从洞穴上方而来,又被抽向洞穴的深处,在平地上,即便海啸来时的暴风也不过如此。

转瞬,风又变了方向,从洞穴深处而来,这次要缓和得多,只是带着微微的臭气,令人闻了烦躁不安。

"见鬼,可能是瘴气。"苏青捂住鼻子。

"我们得避开一下。"彭黎再次擦着火镰点亮了火把。

"往前走,"商博良说,"前面应该有路。"

"瘴气可不就是从前面来的?"老磨脸色难看。

"就是因为所有东西都从前面来,才更有趣,水、火把、风、瘴气,里面到底有什么呢?"商博良看着彭黎。

彭黎点点头:"老祁说的,进山不见虎,总要摸个虎崽子走。怕什么?哪里是死路,哪里是活路,闯出来!"

五个人摸着岩壁往洞穴深处行进,所幸那样诡异的风再没有袭来。他们在鱼肠般的洞穴里转折上下,唯一能安心的是老树和蛇骨藤的根一直跟着他们前进,平铺在脚下仿佛一条天然的路。

前面再次有火光闪动,五个人都加快了步伐。他们逼近的时候,看见岩壁下方一个幽深的口子,里面是漆黑冰冷的地下潭水,潭水边插着一支孤零零的火把,和前两次的一样。老树和蛇骨藤的根像是找到了家乡似的,一股脑地全部探进那口深潭里,粗细不匀的根须漂浮在水中,倒像是海里动物的触手似的,轻轻摇摆。

"是叫我们……潜下去?"苏青的脸色难看起来。

漆黑的潭水颜色忽然变了,变为令人心醉的翠绿色,那是一群发着碧光的鱼悠然地在水下游过。商博良捧了一捧潭水,潭水到了手心里又是清澈透明的,没有一点颜色。

商博良迟疑了一下，含了一口，点了点头："没有什么异味，是干净的水。"

他转向女人："如果你来过，你应该走过这条路，你一直没说话，为什么？"

女人摇头："我来的时候，双手抱着膝盖被捆起来的，最后一段路是一个男人扛着我，所以我自己没有走路。但是我们确实走了一段水路，我听见了水的声音。"

"水路和凫水可不一样。"苏青说。

"一样的，她进出是在二十天前，那时候还没有下那么久的雨，这里那时候该是一条地下河，河水不满，可以涉水而过。现在连着下了那么多天的雨，地下河涨了起来，就变成了深潭。"商博良说。

五个人默默对视，商博良把手伸进水里，水寒得刺骨。

"好了，就这样！谁先下？"彭黎做了决定。

男人们都不善于凫水，互相看着彼此。沉默了一刻，商博良站了起来。

"我下去。"女人先说，"我游泳还是好的。"

商博良看了女人一眼，点了点头："也好，我们前面需要一个领头的，善游泳的，跟着那些鱼儿游，找到换气的地方便停下，带大家换气，后面的人一个接一个拉着绳子，就不会丢了。这里面不知道有没有支流，游到支流里，就是死路一条。"

女人点了点头："我会小心，我闭气凫水能游上几百尺。"

"我知道。"商博良淡淡地说。

女人愣了一下，脸色微微变了变。

五个人依次连好了绳子，每两人之间的绳子足有二十尺长，太短的绳子会在有人下沉的时候把周围的人都拖累死。

彭黎把一柄刀子递给女人："商兄弟跟在你后面，如果他沉下去你就割断绳子，我们五个人，终要有一个人见到蛇母！"

商博良轻轻地笑笑:"这不是我们最初决定要来这里的原因吧?可是现在不知道怎么的,我也觉得我要见到蛇母,才能对得起那么长路的辛苦,心里希望沉下去的不是我。"

"上了战场的人只知道往前冲,当你看见兄弟们都倒下去,你什么都不会想。可也许往后缩的人反而能活得长,"彭黎低声说,"可往前冲的时候,谁想为什么要冲?只是有个事得去做罢了。"

"说得好。"商博良点点头。

女人双手的袖子打上结,把纱裙的两摆提起来,在大腿两边也打上结子。她在身上浇水摩擦着准备,男人们默默看着她湿透的纱衣里身躯曼妙,静静地没有人出声。

"商公子,谢谢你的衣服。"女人把褪下来的长衣还给商博良。

商博良点点头,把长衣扎在腰间:"我跟在你后面。"

"我要是沉下去,商公子也会割断绳子的吧?"女人轻声说。

她反身,轻跃入水,翩如游鱼。

商博良沉默了片刻,跟着入水。男人们跟随在他身后。

水中是漆黑的一片寒冷,像无数冰针刺在全身的每个毛孔里,耳边只有永无断绝的水声,眼前极远的地方,闪着荧光的鱼群娓娓游动。多数地方水一直漫到洞顶,每游出几十尺,女人便会找到可以换气的地方,几个人一起浮出水面短暂地呼吸,很快就要继续沉下去追逐鱼群。

流水和寒冷迅速抽干着人身体里残余的温度和力量,鱼群的荧光越来越远,到了最后,能够停下来呼吸的时间越来越短。往往只是吸一口气,就要再次沉入水中去追赶。

女人游得快,五个人之间的距离越拉越远,到了最后,除了能够摸到腰间的绳子,再也没有什么证据证明这里还有别的人存在。

没有谁能帮谁,在这里便只有自己一个人。

商博良已经记不得换了多少次气,他的意识有些模糊,只感觉到肺里的空气越来越混浊了,一股气使劲要从嘴巴、鼻子和耳朵往外蹿,巨大的压力压得人胸口剧痛。他觉得所有的血都涌上了头部,太阳穴边的血管不停地狂跳。

他使劲去抓前面的绳子,想要女人赶快找个可以换气的地方停下来。

他抓到了绳子,可是不敢扯。他忽然想也许他扯了女人会误以为他坚持不下去了,那么女人是不是会割断绳子?于是他就要在这里慢慢地沉到不知多深的地方……

商博良忽地微微地笑了,他忽然发现原来到最后的时候自己也是怕死的。

他笑的时候那股气终于从嘴里喷了出去,伴随着冰冷的潭水呛入他的气管。窒息的瞬间,人却有一种被释放的快意,胸口不再疼痛,冰凉的感觉一直延伸到肺里。

他往下沉了下去,仰起头看着上方的水,只有漆黑的一片。

漆黑里传来淡淡的香味……是草原上新下了雨……还是少女们在铁锅里煮沸了马奶……或者颊边胭脂的香味……

她的颊边曾有胭脂么?商博良记不清了。可他还记得她的笑容,像是花盛开在白色的光里,一瞬间,便即凋谢。商博良听说过宁州有种花,只在月光下盛开短短的一刻,你采到它,它便永远维持着盛开的样子,小伙子们穿越险山恶水去采它,因为采得了,便见得你守候的心。送给喜欢的姑娘,姑娘们都会欢喜。

可是经过许多年,那朵花还维持着最初最美的样子,小伙子已经远走他乡,姑娘的灰已经埋在泥土下。

"我就要死了啊。"他想。

可是他不想动,太疲倦了,无休止的下沉。

温柔的暖意扑面而来,环抱了他,隔绝了水的冰冷,带着他迅速上浮。两个人猛地冲出水面,商博良再次呼吸到了空气,吐出几口水,喘息着清醒过来。女人抹开了沾在脸上的头发,喘息着看着他。老磨他们还没有跟上来,这个石隙里只有他们两人。

"撑不住了拉绳子,你们男人,总是不相信女人的。"女人说。

商博良看着她的脸,笑了笑,不说话。

"在这些男人里,你对我最好,算我还商公子的吧。"女人又说。

"不要冒险。"商博良低声说。

"什么?"

"不要试图从彭黎那里抢药,你们做不到的,我知道你们要做什么。"商博良看着她的眼睛,"不要冒险。"

女人大口地呼吸着,温暖的气息直喷到商博良的脸上。两人冷冷地对视,谁也不再说话。

"我虽然是个窑子里的女人,可我也想活下去。"女人低声说,"而这和商公子有什么关系么?商公子说过,不能救我啊……"

商博良默然。

周围水花溅起,老磨和苏青也钻了出来,跟着彭黎也露出水面。

"刚才怎么了?感觉绳子往下坠。"苏青喘息着问。

"差点沉下去,多谢苏兄弟没有割绳子。"商博良虚弱地笑笑。

"就算要割绳子,"苏青冷冷地,"也会试着先救你一救。"

商博良一愣。

"走了这一路啊。"苏青淡淡地说。

"这样游下去,简直没头了。"彭黎也不善游泳,双眼在水里熬得通红。

"前面有亮光从上面透下来。"女人说。

"你没有看错?"彭黎惊喜。

女人摇了摇头:"前方大概五十尺,也许更短点,一定是光,而且是火光。"

"都还有最后一口气么?"彭黎大喝。

所有人都点了点头。

彭黎拉开衣领,露出里面的银色蝎子:"大家都看到,我没有用这解药。若我要有心负大家,我已经吞下去了。"

"让我见到蛇母,"彭黎扣上领口,"便让我死在这里,无妨!"

[拾捌]

人们从水中猛地浮起,头顶洒下温暖的火光。

他们看着眼前的一切,说不出话来,呼吸也变得极轻,怕惊动了这里的宁静。他们浮在清澈的水池中,环绕他们的是无数的火把。面前就是平整青石砌成的台阶,他们攀着台阶慢慢往上走,站在第一个平台上。

人在这里太渺小了,这里古老的寂静令人膝盖发软,几乎就要跪倒在仿佛天幕的穹顶下。这是一座地底深处的宫殿,却比世上任何宫殿更加空旷雄伟,它是从一个巨大无比的洞窟开凿而来,古老的墙壁上依然保留着开凿时锋利的凿痕,最长的凿痕长达二十尺,不能想象最初是什么样的人用了什么样的工具开凿而成。开凿它的人似乎仅是为了它的神圣和庞大而做了这一切,广阔无边的穹顶和周围仿佛接天的石墙都是平的,四四方方,每一根墙线都笔直锋利,像是比着尺子画下的,可世上又怎么可能有那样巨大的尺子?

而地面完全没有修整过,峥嵘的岩石被千万年的水流磨得圆润,交叠在一起。在崎岖的地面中央,一条青石堆砌的台阶缓缓地走高,去向半空里。

半空里台阶的尽头,飘拂着白色的纱幕。

这里的一切就是为了显出那高处的神圣和静谧,巨大的威严仿佛从纱幕背后透了出来,压在每个人的头顶。

"天哪,我真不是在做梦么?"苏青低声说。

彭黎推开了他,踏着台阶缓缓而上。商博良看见了他的侧脸,那侧脸如同饥饿的狼,缓缓接近无力反抗的猎物。

剩下的人跟着他的脚步,缓缓向前。他们甚至看不清纱幕后有没有人,风吹在纱幕上,水波般的纹路蛊惑着他们,这里到底是梦境抑或真实都已不再重要,每个人都想那纱幕拉开,露出纱幕后那人的脸。

不知多少级台阶被他们抛在身后,他们站在了最后一段台阶下。那是一处宽阔的青石平台,平台中央有圆形的水池,池上开着洁白的莲花。穹顶的水滴坠落,在空中留下笔直的银线,打在水池的中央。

"一……二……三……四……五……"商博良喃喃自语。

"你在干什么?"苏青压着声音问。

"我要数数看要几声那水滴才能落在水面上。"商博良轻声赞叹,"苏兄弟,你可曾猜到过我们最后到达的地方会是这里?"

"没有,出发的时候什么都没有想,只想着为国捐躯大概就是这一次了。"苏青仰头看着高处的纱幕,轻轻叹了一口气。

纱幕上缀着银丝织成的丝络,丝络上挂着无数的银铃,细微的风里,银铃叮叮地响,如宛州开春时候雨洒在湿透的路面上。

人们站在池边,彼此对了对眼色。

只有彭黎,谁也不看,像是被魔魇住了,依旧缓步向前走去。苏青忽地想起在鬼神头的竹楼里,彭黎也是这样如被魔魇般,完全不像他平时冷静决断的模样。

他伸手去拉彭黎,却被彭黎生硬地甩开。

彭黎走到了最后的一段台阶下,就要踏上去。

"走过那么长的路,你已经到了最后的地方,就不能再有一点耐心等一等么?"纱幕后传来令人心头一颤的声音。

和蛊母的声音一样,却比蛊母的声音更加娇嫩甜美,柔软得像是听见千花盛开,无风的天空中万叶盘旋而落。让人一时误以为她的声音被风从极远处带来,一时却又觉得她在耳边轻轻地哈着气,耳背后湿软发痒。

彭黎顺从地把脚收了回去。

"我知道你给了那么多的考验,终会在这里等着我。"彭黎轻声说,"这一路上我有多少次就要死了,可我知道我不会死的,因为我还没走到紫血峒。"

"就是她……就是那个声音……就是她教我的……"商博良身边的女人微微战栗起来。

"你难道没有听他们说,云荒的林子,只能来一次,你离开,便不能再回来。"纱幕后的女人轻柔地说,"你为什么还要回来?你回来,便不怕死么?"

众人看不见她,却能感觉到她话里的娇憨,像是豆蔻年华的少女,赖在大人身上要一件好玩的东西,嗔怪他不买给自己。那个"死"字含在她嘴唇间,也是蜜糖一样甜。

"大人!"苏青听出了不对。

"你不知道么?你是个狡猾的妖精,我心里想的事,早被你看穿了,你知道我会回来,我这两年无时无刻不在想你。"彭黎说,"可你想着我么?这一路上有几次我都觉着自己要死了,在黑水铺我们被你手下驱的蛇围了,我就想我要是对他们说我是来找你的,他们会不会把蛇赶开。可我都没说,你们女人的心,真是狠啊。"

"我怎么不想你?你怪我了么?可你这一路上吃的苦越多,我便越喜欢,那我便知道你心里想着我,你为了我什么都不怕,你有这样的心,即便再大的危险,你也走得过来,我的心和你在一起呢……"

"所以我不怕,我一步都没有往后退,我知道我来这里,要来紫血峒找你,便不再走了。"

"你这么说我心里开心,"纱幕后的女人话音一转,似乎隐隐地有些怒意,"可你莫非是贪恋我手下那些小女人的美貌和身子又跑了回来吧?要是你怀着那样的心,可别怪我让蛇吃了你!"

"怎么会？那些女人算什么……我离了这里，没日没夜地想着你的好，心里恨自己居然走了，我怎么就能走呢，想着我走的时候你流眼泪，我的心里比刀割都痛。"

纱幕后女人的声音又变得甜甜的："那你走了以后我心里怀恨，恨你碰过那些小女人，就让蛇把她们都吃了。你心里爱我，一定知道我的难过，也不会怪我狠心吧？"

"我怎么会怪你？我恨自己还来不及，我怎么会怪你？"

这缠绵入骨的情话此时对于两人之外的所有人而言，都如裂耳的雷霆。一切的幕布到此揭开，万般的温柔中藏着刻骨的阴毒。巨大的恐惧仿佛冻住了人们的心和腿脚，他们木偶般站在那里听着，想要逃走，却发现自己已经失去了力量。

"大人！大燮军人，怎么能和妖人为伍？"苏青终于踏出一步，怒喝，"大人！我们是大燮的使节啊！大人难道为一个妖女忘记了报国的忠诚？"

"妖人……你懂什么？你根本什么都不知道，就知道仗着粗人的勇气诬蔑人。"纱幕后的女人说，像是个生气的小姑娘般。

"大人！"苏青猛地从背后拉出长弓，"大人回头吧！"

他搭箭上弦，开弓指向彭黎的背心："大人，好男儿不屈床笫之下，这是你当初教给兄弟们的……今天真是大人自己要破这个戒么？那我……要为死去的兄弟们要个公道。"

彭黎回头，木然地看着苏青。

苏青看到他的眼睛，手忽然抖了起来，他没忍住，眼泪夺眶而出。他是彭黎从一个什么都不懂的孩子养起的战士，苏青不会忘记在和北蛮的激战时彭黎把他放在马鞍前撤离。那时候十六岁的苏青在背后袭来的尖啸箭雨中，死死靠在彭黎胸前的护心镜上，等他们撤回大营，彭黎摔下马背，三枚羽箭从甲缝里透过扎进他的后心，那是苏青记忆里最后一次放声大哭。

他从未想过他会把箭对准彭黎,他觉得整个天地在他眼前塌毁了。

"苏青……"彭黎低声说。

"大人!醒醒吧!不要中了巫民的妖术!"苏青泪流满面。

彭黎默默看着他,眼神中似乎有一丝松动,低下了头。

"你们要走便走吧,这次走了,可再也不要回来啦。"纱幕后的女人娇声说。

死寂中,彭黎抬头看了看那水波般起伏的纱幕。他缓缓退后,转身走向苏青,他走得很慢,谁都看出他用了全身的力气。他看着苏青,眼里说不出的悲伤。

"大人!"苏青抛下弓,伸出双手。

彭黎没有接他的手,而是按住他的胸口把他推了出去。苏青失去平衡,瞪大眼睛向着漂着莲花的清池倒栽下去。

整个池子的水向着天空激飞,仿佛一场从下而上的豪雨,银色的水滴几乎是垂直地向着天空升起到十余丈的高度,水幕里巨大的黑影在半空中弯曲。它猛地一震,把周围的水滴向着四面八方抖出去,苏青被逆流冲上天空,他甚至来不及发出一声哀号,全身的骨骼都在巨大的冲击中碎裂。那个黑影张开巨大的嘴,锋锐的长牙一现而没。

它吞噬了苏青,瞪着金黄色的眼睛,居高临下地看着所有人。

剧烈的腥臭气让人几乎晕厥,可眼前所见的一切令他们暂时失去了一切嗅觉和听觉。他们呆呆地看着眼前的东西,只觉得自己在最深的噩梦里,这场梦里天地倒悬。

"蛇……"老磨喃喃地说。

那是蛇,可是谁也不能相信那竟是一条蛇。它硕大无朋,身体占据了整个水池,径围近乎两丈,暗青色和红褐色的鳞片交错,每一片鳞都有桌面般巨大,泛着金属般的光泽。鳞片摩擦着水池的边缘,发出刺耳的声响。巨蛇直起十余丈的身体,示威般张开了鳞片,短暂地露出鳞片间血红的蛇皮,然后忽地鳞片收拢,同时嘴一合,嘴角流下了鲜红的血涎。

它吞噬了苏青,仿佛一条巨蟒吞掉青蛙。

金黄色的蛇眼闪动着,仿佛直顶到穹顶的身体缓慢地扭曲着。

"小东西饿了么?大概是太饿了。"纱幕后的女人轻声说。

纱幕终于缓缓揭开,一个娇小的女人轻盈盈地踩着台阶而下。她的脸上戴着森严可怖的青铜面具,青铜面具上是张嘴的蛇头,完全遮住了她的容貌。人们只能看见那对灵动的眼睛在长长的睫毛下,忽闪忽闪,无辜可爱。一幅没有剪裁过的白纱裹着她柔软纤细的身体,多余的半幅长长地拖在身后。她的步伐轻柔,如同女王走近最宠爱的臣子,脚铃叮叮作响。

"蛇母……"商博良低声说。

"我可见到你啦。"彭黎的声音软得完全不像他。他跪倒在蛇母的脚下去吻她洁白可爱的脚,那双脚是赤裸的,脚背上笼着银丝的络子。

蛇母嗔怪地推开他:"你来得晚啦,我都忘记你的样子了。"

"你不会忘记我的,"彭黎握着她伶仃的脚腕,"我知道你记着我,你等我回来。"

"不羞。"蛇母掩着嘴轻轻地笑,即便戴着那可怖的蛇头面具,依然挡不住她的妩媚妖娆。

她轻轻地拍掌,巨蛇顺从地俯下身子,再次张开了鳞片。蛇母驾轻就熟地踩着它的鳞片而上,登上蛇头,扶着它头顶的珊瑚色肉角站在十余丈的高空。

"欢迎各位客人,来到紫血峒。"她缓缓张开双臂,歌唱般地说。

蛇缓缓地向着水池深处沉下,蛇母也随之降下。最后蛇头停留在与地面平齐的地方,蛇母妩媚的眼睛横扫过已经忘记了惊恐的人们。

她轻轻地笑着拍手:"你们不相信自己看到的东西,是不是?第一次看见它的人,有的就疯了。"

她抚摩蛇头上的肉角,缓缓地走上地面。蛇头慢慢沉入水中,水再次漫了上来,已经是清澈透明的,盖过了蛇头。巨蛇越沉越深,最后消失在水底。池子还是静静的,水面甚至没有涟漪,和刚才完全一样,只是那些盛开的莲花消失了。

蛇母拉了彭黎的手,和他并肩而立。

"诸位来到这里,看到了别人想都不敢想的事情,心里一定很满足,"蛇母轻笑着,"我等到自己的男人回来,心里也很满足。这一趟虽然辛苦,可是真好。"

她转向彭黎:"你可带了什么礼物给我么?"

"我带了二百五十张最好的弩弓,还有许多的黄金,现在都堆在外面。有了这些,足够你武装一支几千人的军队,你就是巫民的女王了,谁也伤害不了你。谁伤害你,我便去杀了他。"彭黎说。

"真好,我就知道你心里记着我。"蛇母娇媚地贴在彭黎胸前,"可我不要当巫民的女王,我以前跟你说,只要你跟我在一起,你便是巫民的王,我便是你的小妻子,一天到晚都跟在你身边,晚上把你的脚抱在怀里暖着。我说的话,可是算数的。"

"我不要当什么巫民的王,我只要能够抱着你,闻见你身上的味道,就心满意足了。"彭黎说。在这个时候,他的话比世上任何的情话都更加肉麻和可怖,可是他偏偏说得满脸真诚,带着笑,说不出的快活。

"彭都尉,"商博良忽然说,"荣良真的是你的弟弟么?"

彭黎脸色一变,眼角的肌肉跳了跳。

"为了一个女人,牺牲了跟随自己多年的兄弟,还搭上自己弟弟的命。你骗了所有人,现在你满足了,可你还能笑得出来么?"商博良轻声说。他看着彭黎,叹息着摇头,却没有责怪的意思,反而像是悲悯。

"你懂什么?"彭黎瞪着血红的眼睛冲着商博良低吼,"我是上过战场的人,我在战场上死了几次又活了下来……我拼着死命效忠皇帝……可我为什么活着? 这么多年我都不懂,直到我遇上她。我从未像今天这么快活! 你要笑我么? 你什么都不懂! 你凭什么笑我?"

"我不是笑你,我只是可怜你。"

"你凭什么可怜我?"彭黎舔着嘴唇,喘着粗气,目光离开蛇母,他就像变了一个人,"你就要死了。"

商博良微微摇头:"事到如今,我如果说我懂战场上的感觉,你也不会相信……"

蛇母咯咯地轻笑着,抚摩着彭黎的脸,凑过去抱着他和他交颈缠绵:"我们终于相会了,还管这些无知的人干什么?我也准备了一件礼物给你,你不是一直想看我的脸么?我便当着这些人让你看看,让你知道我生得美,我的脸和我的身子一样的美……"

她这么轻声细语地跟彭黎说着,却是面对着商博良他们。她美妙的眼睛里露出狡黠的光,和商博良遥遥对视。

"不必再卖关子了。"商博良踏上一步,"我们曾经见过面,我记得你的脚铃声。"

蛇母放声而笑,声如银铃。她猛地揭下面具扔向水池,青铜的面具竟然诡异地漂浮在水面上。

"我说你怎么会是冷得像是冰块样的男人呢,你记得我的脚铃,那可记得我的脚,可记得我的腿和身子?我一直就猜,你才是这些人中最解风情的那个。"抛去了面具的小巫女眨着眼睛,冲商博良微笑。

"是你!"商博良身边的女人惊得退了一步。

"就是你啊!"彭黎也低低地赞叹,紧紧握着蛇母的手儿。

面具下一张年轻可爱的脸儿,笑起来甜如蜜糖。在那支伪装迎亲的队伍里,她是陪嫁的少女,一路搀扶着新娘。

"毒母是你的姐姐吧?另外一个陪嫁的女人,你们姐妹长得真像。"商博良轻声说,"我却没有料到你亲自去了鬼神头,在那里杀了上千人。谁能猜到蛇母只是一个十六七岁的女孩儿?"

"还有你不知道的,蛊母也是我的姐姐。"蛇母噘着嘴,带着点孩子般的怨气,"可是我们的姐姐太美了,又太聪明,我们姐妹里她是最有本

212

事的,便总也看不惯我和二姐姐。"

她如一条柔软的蛇似的缠在彭黎的身上,当着众人和他亲吻:"现在可好了,我的男人帮我把我的两个姐姐都杀了。现在谁也不会看不惯我了。"

她用手指梳理彭黎的头发:"你杀了我的姐姐们,你看我一点都不怪你,我知道你是为我好。"

"你的心事我都知道,"彭黎搂着她的腰,"没了蛊母和毒母,你就是云荒的女王。我拼死也要达成你的心愿。可你为什么见了我也不告诉我,我一路上都在想你,想得心里发苦。"

蛇母温柔地捏捏他的鼻尖:"又怨我来了,我又怎么不想你呢?我若不想你,为什么要跑去偷偷地看你?我本该待在紫血峒等你来,可我等不得,我听说你要来了,坐立不安,想你想得心里也苦。"

"那一夜你也在竹楼里吧?"商博良问。

"是啊是啊,"蛇母轻轻拍着巴掌,"那场戏真好看。"

水池表面泛起了轻微的涟漪。蛇母回头看了一眼,从彭黎的怀里挣脱出来。

"小东西还很饿呢!"她笑着说,"你们想不想看它吃东西的样子?"

她嘬起嘴唇,吹出咝咝的声音,在周围回荡。咝咝声越来越大,最后充塞了每一寸空间,声音不再是来自蛇母的嘴里,而是从四面八方每一处传来。

那些被水流磨光的巨石下,爬出了黄黑色的蟒蛇,放眼无处不是,数不清到底有多少。这些蟒蛇都有那一夜他们在黑水铺看见的蟒蛇般大,仿佛刚从梦里醒来,缓慢地汇聚起来,爬上台阶。它们几乎每一条都拖着沉重的腹部,腹部里分明装着被它们吞噬的人。

商博良按着刀柄,低头而立,手指微微颤抖。老磨哆嗦着抱紧女人,女人木然地任他抱着。

蟒蛇却没有袭击他们。这些凶残冷血的东西从他们的身边缓缓游过,全部聚集在水池边,把头探向池水里。它们纷纷张开了大嘴,腹部开始缓慢地蠕动,那些皮肤全被酸液腐蚀掉的尸体重又被蟒蛇吐了出来,一具一具漂浮在池子里。

老磨眼神发直,大口呕吐起来,吐在了女人的腿上。

蟒蛇们吐完了,重又疲惫地游走,消失在周围的角落里,一条也看不见了。

水池上出现了巨大的漩涡,漩涡缓慢地旋转着,中间形成细细的水涡直通池底。忽然整池的水带着那些尸体一起下沉,完全消失在漆黑的深处。隔了很久,再次有水慢慢地涨了起来,涨到几乎和地面平齐。

"小东西吃饱了。"蛇母笑着,"现在你们明白我们为什么驱蛇吞了那些虎山峒的人么?"

她环顾众人:"因为这个小东西不能离开这里,它太大了,可它又吃不饱……"

商博良看着蛇母美丽的眼睛:"你杀了那么多人,不惜和虎山峒的族人开战,只是为了喂饱这个东西?"

蛇母轻轻地叹了一口气:"不这样,我哪里去给它找那么多吃的?"

"杀了那么多人……只是为了喂饱一条蛇?"

"蛇?"蛇母瞪大眼睛,一脸惊诧的样子,"谁说那是蛇的?商公子,你太不懂这片林子里的事了,我要喂饱的,是一条龙啊!"

"龙?"商博良瞳孔收缩。

世上是不是有龙谁也拿不准,总有些玄怪志异的书里言之凿凿,说何时何地何人遇龙。没有人能说准自己看见龙的时候龙是个什么样子。有时候龙被说成遨游山间驭气饮风的美少年,有时候则是荒原雾气中若隐若现的巨兽,更多的则是航海的水手就着船头的火光,看着远方庞然大物从海中巍然浮起,黑暗中一双巨大的眼睛仿佛看穿世间一切似的遥望他们。人们说龙是有智慧的神兽,他们记录了天地初开千万年以来的历史,掌握星辰之神以下最伟大的力量,他们有如年迈的智者,对于其他种族,只是遥望,永不接近。

史书中总是一再地说,龙的降临,不是末日,便是新的辉煌时代即将到来。

龙可能是千百种样子,但绝不是刚才那条带着腥气的凶兽。

"那是……龙么?"彭黎也茫然。

"你知道我为什么那么焦心地等你么?"蛇母勾着他的脖子,半倚在他身上,"来,抱我上去,我好想你抱我。你抱了我,我便给你还有这些人看这片林子里最大的秘密。"

彭黎猛地把她整个人抱起来,让她舒舒服服地像个孩子似的躺在臂弯里,走上最后一段台阶。

蛇母咯咯地笑,抚摸着他衣襟里露出的胸膛:"你真好。"

她跳下来,带着狡黠可爱的笑容,缓缓拉开了那幅白色的纱幕。纱幕后,是一张极大极高的黑木坐床,仿佛一座小小的高台般,上面遍撒芬芳的花瓣,而坐床却是敷设在一截粗大至极的蛇身上。

蛇尾渐渐变细,末端自坐床前插入地下的石洞,蛇身则钻入石壁上巨大的洞口。即使这截蛇尾,径围也有一丈。一根巨钉把蛇尾死死地钉进岩石里,似乎已经被钉在那里许多年了,钉子上无处不是锈斑,蛇尾上没有血迹,尾巴还是轻轻地摇摆着。

那蛇还是活的。

商博良忽地明白了。这条硕大无朋的巨蛇,它的身体蜿蜒在山腹里,它的尾巴被钉在了那里,所以无法自由移动,只能依靠其他蟒蛇从外面吞吃东西回来吐给它。而他们在洞窟里爬行时遇到的腥臭的风,是那条大蛇在洞穴猛烈的呼吸。

"是时候该让龙神自由了,今日是龙神节的最后一天,我等到了自己心爱的男人,小东西也该变成龙了。"蛇母轻轻地抚摸蛇尾上巨大粗糙的鳞片。

"帮我起开这钉子,好不好?"她跟彭黎说话的语气永远像是在撒娇。

"好!"

蛇母和彭黎便站在了钉子的两端。巨钉上面十字形地铸着两条铁棍,蛇母教彭黎推着铁棍旋转钉子。这根钉子只怕有数百斤之重,即便只是推着它旋转,彭黎和蛇母两个也用尽了全力。钉子下方凿入石头的应该是螺纹,随着旋转,钉子一寸寸缓慢上升。

大蛇似乎意识到自己即将获得自由,尾部剧烈地震颤着,像是遏制不住地激动。

钉子被旋起到一半,蛇尾的震颤令彭黎和蛇母已经很难握紧铁棍了。

"我们退开,足够了。"蛇母拉着彭黎走下坐床。

蛇尾猛地一挣,震耳欲聋的巨响里,钉子被从石头里整个拔起,带着纷飞的石屑。大蛇终于从长年的禁锢中解脱出来,猛地甩尾,把数百斤的钉子从尾巴上抛了出去。尾巴横扫,将黑木坐床荡成碎片,连带着把石壁打得裂痕四射。

蛇尾闪电般没入了石壁上的洞口。与此同时,周围的山壁深处传来像是雷鸣,又像是巨石滚动般的巨响,从左到右,自下而上。那是蛇的欢腾,它在山腹深处凶蛮地横冲直撞,欢庆着自己的自由。

"你跟我说起的时候,我没有想到它是这么大。"彭黎喃喃地说,"我们两个人几乎都起不开那钉子。"

"所以我要等你,"蛇母抱着他,她身形娇小,就把脸蛋贴在他的胸口上,"只有你能帮我打开这钉子,我等你等得好辛苦。"

彭黎忽地想了起来,环顾四周:"你的仆从呢?这里没有其他人么?"

蛇母噘起嘴来:"其他人,又说其他人,哪里有什么其他人?这里只有我们两个,这里是我们两个的。我手下那些人又怎么能跟我们一起见证龙神复生这样的大事?都是些浑身汗臭的粗男人和一些骚情的小狐狸,我让蛇都吃了他们。你刚才也看见了,都喂给小东西了。"

彭黎微微愣了一下。

"怎么了?不忍心了?又想着我手下那些骚情的小女人了?有了我还不知足么?"蛇母满是嗔怒。

"不是不是,"彭黎急忙辩解,"我只想那些人对你很是尽忠,让蛇吃了他们有点可惜了。"

蛇母盈盈地一笑,她的神色变化极快,像是脸色和心情都阴晴不定的小女孩儿。

她拉着彭黎的手高举起来,站在台阶尽头仿佛皇帝和皇后接受百官朝拜:"你还不明白么?明天我们便是这云荒的王和王后了,以后再没有三母,只有我们两人,要多少人效忠我们没有?谁也不敢违逆你的意思,除了我,谁也不敢违逆我的意思,除了你。"

彭黎紧紧搂着她圆润的肩膀,激动得用力点头。

蛇母游鱼一样从他臂弯里钻了出来,优雅地踮着足尖,跑跳着从台阶上下来,来到商博良他们面前,凑上去一一看着他们的脸。

"你们已经见了龙神的复生,这是别人一辈子想也不敢想的事,应该开开心心地死了吧?"蛇母轻笑着,"可我还要给你们一个机会。"

"我的姐姐临死的时候下了一个诅咒给你们,给了你们一枚解石头蛊的解药,说只能让一个人活下去。我是她的妹妹,我要让她最后的心愿实现。那么现在你们三个会死两个,有谁不愿意死的,只要上来拉拉我的手,我便给他活路。"蛇母伸出了手来。她的手软软的,白白的,仿佛半透明的软玉,伸在每个人面前,是一个巨大的诱惑。

女人的手,和活路。

可是没人敢动,谁也不知道这额外的仁慈是什么意思。没人敢相信只要拉拉这只柔软的手儿便能活下去。彭黎站在蛇母的身边,冷冷地看着众人,手按钩刀的刀柄。

商博良身边的女人颤抖着,偷眼去看老磨。老磨也在颤抖,眼角不住地痉挛。商博良看着剩下的两人,看见老磨的手在衣服背后摸索着。老磨衣服下贴着皮肉,该是那柄带着锯齿的刀。

老磨猛地上前一步,死死地抓着蛇母的手,跪了下去。

"我要活,我要活啊!"老行商鼻涕眼泪一齐流了下来,抓着蛇母的手仿佛救命的稻草,不住地磕头。

"你最老,却最聪明,比他们都可爱。"蛇母轻笑着摸摸他纠结的头发。

老磨的手在背后摸索着,忽地拔出了匕首。他把匕首高举起来,双手托着给彭黎。

"彭大人,给我一条活路,"他回身,绷直了胳膊,直指着商博良身边的女人,"这女人,她想我帮她抢药,她想杀了大人,她还说搞到了药就跟我远走高飞。是她上来时候把匕首给我的,我不敢的,我不敢的啊!"

他捧上去的匕首是彭黎在下水的时候交给女人的,彭黎接了过来,在手里慢慢地玩弄着。

此刻他的一双眼睛就像蛇眼一样透着冷冰冰的凶毒,直视着女人,却是跟老磨说话:"你自己说出来了,那就很好。你以为这两天我看不出你们两个的眼神暧昧么?太傻了。"

"她拿什么讨好你?她的身子么?"蛇母轻笑着,捏着老磨的下巴让他抬起头看着自己,"跟她一起是不是神仙似的?我知道的啊,她是我教出来的,天生又是那么好的坯子。你们男人啊,看见女人白蛇一样的身子就连死都忘了。你还算聪明的,醒悟得快。"

她靠在彭黎身上,看着老磨:"可你来晚了,我有了心爱的男人,否则你要是和我这个老师在一起,死十次都心甘情愿了。"

女人面无血色,呆呆地站着,眼睛里泛起死亡的灰色。她强撑着,却没了力气,腿一软就要倒下。商博良一把抓住她的大臂,帮她重新站直。

"是啊,死十次都心甘情愿。"彭黎也说。

他上前一步,钩刀横扫。老磨的喉咙里汩汩地涌出鲜血来,他双手掐着自己的脖子,瞪大了眼睛,缓缓地倒地。

"别碰他的血,血里有蛊。"彭黎冷冷地擦去钩刀上的血迹。

蛇母踮着脚尖,轻盈地闪开,带着点怜悯似的看着老磨的尸体,叹了口气:"可惜了那么聪明的男人啊。"

她转向剩下两人,再次伸出手来,一言不发,浅浅地笑着。

"不要玩下去了,你不是孩子,我们也不是。"商博良淡淡地说,"蛊母的诅咒下给竹楼里所有的人,如果你真的信那个诅咒,那么彭都尉也是被诅咒的人。你要他活着,我们都必须死。也未必所有人都愿意为了活路低头。"

蛇母愣了一下,又笑了,拍着软软的小手:"真好,真好,你才是最聪明的男人。你看懂了我的心呢,姐姐的诅咒我最怕了,你知道么?自从她私奔回来我们在她脸上鎏了银,她的诅咒就比以前还要管用,从来没有失败过。"

她拍了拍手。

两条黑影从极高处的穹顶直落下来。商博良猛抬头,下意识地拔刀,长刀出鞘指向空中。彭黎已经踏前一步,钩刀平挥,重重地击打在商博良长刀的刀镡上。商博良没有运力防备彭黎,长刀脱手飞了出去。两条男子大臂粗细的青蛇立刻缠绕了商博良和女人,蛇身收紧,绳索般把两个人从双臂到腿全部锁住,像是活的绳子。青色的蛇头在猎物们的面前缓慢地游移,蛇眼是惨白的,似乎死死地盯着人看,又似乎是瞎的。

"这是青绳,为你们准备的,你们是要被绳子勒死呢,还是要被蟒蛇吞了?"蛇母摸着商博良没有表情的脸,"那么英俊的人,被蟒蛇吞了我舍不得,被勒死虽然难看一些,但我不看便不难过了。"

她转身拉着彭黎的手:"我为你解了石头蛊的毒,看你浑身这么裂着,我心里也开裂似的痛。"

219

彭黎摸了摸她颊边柔顺的头发，满脸都是关爱："我身上疼痛，心里却是舒服的。"

此刻他身上不断地开裂着，血一流出来，立刻凝固，胸前的衣服都被鲜血染红了。

"你在鬼神头中了蛊没有？"彭黎解开领口露出那枚银色的蝎子来，"我怕你也中了石头蛊，留着这药不敢吃。我自己死了没什么，你要是有事，我就算死了也心里愧疚。"

"你真好。"蛇母甜甜地说，"我没中蛊，中了也不要姐姐的解药。我也是三母啊，不只是你怀里的小女人，不就是蛊虫么？蛇毒也能杀得了它们。"

她伸出手，一枚金色的细环套在她手腕上。细环自己跳了起来，游到她的手心蜷成一团。

"金鳞？"彭黎说。

"你们都不懂的，其实金鳞就是石头蛊的克星。金鳞的毒平时是致命的，可是对于中了石头蛊的人，却是最好不过的解药。"蛇母转向女人，"要不然我这个美得让人妒忌的学生怎么现在也没有裂开来呢？"

"有了你，我便什么也不必怕。"彭黎拉着她的手。

金鳞从蛇母的手心蜿蜒着爬上了彭黎的手背，露出锋利的蛇牙，在彭黎手背上咬了一下。

"这样便好啦，很快就不痛了。"蛇母轻轻抚摸着彭黎布满裂痕的胸膛。

"你这些小东西，真是宝……"彭黎说着，忽然感觉到一阵晕眩和滚滚的热气从后背直冲上脑。他的视线忽地模糊了，他想起那条小小的金鳞咬了他的手背，却没有离开，两枚长牙依然扣在他的皮肤里。他用力甩甩手，想把金鳞甩掉，可是那蛇死死地咬着，细小的身体缠在他的拇指上不动。

蛇母轻轻按着他的胸口，稍微用力把他推倒在地。

"我忘记告诉你啦,"蛇母柔声说,"可是金鳞的毒比石头蛊还致命,若是用多了一些,便要死人。我挑的这条金鳞,也许太毒了一点。"

彭黎感觉到自己的眼前迅速暗了下去,他颤巍巍地指着蛇母:"为什么……为什么你要……"

"别动啊,你一动,金鳞就会咬得更深,那样你一下子就死了,"蛇母蹲下来,摸着他的头,"都没有时间想想我们在一起快活的日子。"

"彭都尉,你的女人没有准备让我们中任何一个活下来。"商博良忽然开口,"你忘记了一点,蛊母诅咒我们的时候,蛇母也藏在那个竹楼里,她自己也是被诅咒的人。如果她想让一个人活下来,那么只能是她自己,不是你。"

蛇母起身,幽幽地叹了一口气,看着商博良:"你真是一个太聪明的男人了,聪明得让人舍不得下手。可你有的时候也太不懂女人的心了。"

"女人的心。"商博良低声说。

蛇母轻轻地走近商博良,抚摸着他龟裂的面颊。忽然,她凑上去吻在他的唇上,她的嘴唇软得如同带露的花瓣,气息温暖,体香馥郁。商博良不能闪避,青绳勒着他的脖子,几乎要绞碎他的喉骨。

蛇母离开了他的嘴唇,眼神幽幽地看着他:"很软很舒服是不是?你们男人亲着女人的时候,只知道很软很舒服,却不知道女人心里究竟在想着什么。这时候有的女人心里满是快活,有的女人心里却藏着一条蛇般的怨恨呢。可偏偏你们男人就不想,只是咬着女人的嘴,像野兽叼着带血的肉。"

"女人是不会杀了自己最心爱的男人的,她若是心爱那男人,便是为他死了,心里也是满足的。我真的那么害怕姐姐的诅咒?"蛇母轻笑,"笑话,那样我为什么还要和二姐姐联手对付她?"

"彭都尉以为你很爱他。"

"那是两年前了,我确实很爱他。那时候我才十六岁,看见这么一个异乡来的男人。他那么英武,又是皇帝的使节,带了那么多漂亮的锦缎要和我们结盟,送我漂亮的银镯子和锋利的刀子,又会跟我说我梦里也不敢梦到的事。哪一个女人不会对这样的男人动心?那时候在我心里他便是全天下最好的男人,他什么都能做到,只要他跟我在一起我就什么都不怕,姐姐的诅咒我都不怕。我便跟他说我们解放了龙神,从此我们两个便是云荒的主人。我把他当作神一样供着,生怕他有半点的不开心,我想用身子留住他,就自己日夜侍奉着,从不违逆他半点,我又怕他对我倦了,就让我手下最漂亮的那些小女人侍奉他。他很高兴,可我心里流着毒水样的难受。"蛇母幽幽地说,"可最后又怎么样呢?他还是走了,他说大燮的皇帝希望云荒永远都是这样三母共治,他说他要回去复命,他说他有任务在身。我流着眼泪苦求他,他也流泪,可是眼泪留不住男人的心,他还是要走。"

她咯咯地轻笑,笑声却悲凉:"我那时候才明白大姐姐的心啊,才明白为什么她每天都独自一人坐在那黑不透光的地方,明白她为什么有了玛央铎那样最漂亮的男人还是伤心得像个死人。"

"可我不是大姐姐,我没有那么傻。"她一甩笼着银色络子的长发,昂起头,"我不信世上最好的男人我得不到。我召那些来云荒的行商们,问他们东陆是什么样子。那些行商都是些老柴似干瘪的男人,看着也让人恶心,可是他们也一样能告诉我很多我没想过的事情。他们说东陆有很大的城,整个城市都是用石头搭建的,夜里都是亮堂堂的,整个城市里千万盏灯亮着,下多少雨都不怕,水渠会把所有的水带走,水渠两边都是没有毒的花。那里的女人每一个都穿着漂亮的锦缎,腰上打着丝绸的结子,那里的少年郎比我们云荒的少年都要温柔,会细心地在你耳边跟你说话,会在夜里在月下井边等你去相会,会把写好的信放在丝织的囊里,让鸽子飞来送给住在高楼上的你。那里的床很软很大,睡在里面像是躺在云上。"

她轻轻叹息:"那时候我才知道我只是看见了世界的一个角落,这天下不是都像这片林子般贫瘠,而我心里那个无与伦比的男人在东陆也就是个骑都尉。他们说那并不是什么特别大的官,见不到东陆的皇帝,还要受无数人的支使。可那些见到我真面目的行商都说我是世上少有的漂亮女子,即便是东陆皇帝见着我,也要把我带进他的宫殿,让我裹在最华丽的锦缎和最轻薄的丝绸里,让美丽的女人们服侍我。什么银镯子,锋利的刀子,以前我看得那么珍贵的东西,我想要多少就有多少,那些东西都配不上我了。世上还有更美丽的玛瑙和祖母绿可以妆点我的头发和衣服。"

"所以你不甘心。"商博良说。

"谁甘心?"蛇母舔着商博良的耳垂,"你见过我大姐姐了,云荒中没有人不畏惧的蛊母,可谁甘心跟那个老女人一样,一辈子玩蛊,自己身上都种了无数的蛊虫,把自己搞得半死不活?谁甘心跟这些身上充满汗臭和湿漉漉的男人们待在一起?我十四岁当上蛇母,十四岁变成龙神的女人。可谁能甘心龙神节的时候非要去那些偏远的镇子里,让那些满身肥肉的大户压在我身上?每次那个时候,我都恨不得杀了他们!"

她忽地抬头,直视商博良的眼睛,瞳孔里像是藏着一根针:"当你知道了外面的广大,谁还能忍?谁还会甘心一辈子待在云荒这个鬼地方?"

"所以你要杀了三母中其他两个,这样你便可以有独霸云荒的权力?"

"是,可这只是第一步。我手里还有龙神。你说它是蛇,可巫民们会说它是龙。现在一切都准备好了。蛊母已经死了,你们还帮我把毒母那个无聊的女人也杀了,剩下我只要等着天亮的时候,在紫血峒外升起烟,那时候我的子民们都会来看,龙神复生,蛇母从此就是巫民的女王。云荒不再有三母,是龙神统治这片林子。但凡有不顺从的,龙神会吞掉他们整个镇子,任什么都无法挡着它的。以后我说的话便是不二的规则,那些大户再也休想让我去满足他们。而那个时候,我就要离开这里。"蛇母笑了,眼里满是憧憬,"我要去东陆,我要去看看那石头的大城,在最高的楼上等着最温柔的少年郎带着花来看我。"

她轻轻地喟叹:"那才是人过的日子啊!"

巨蛇在山腹中穿行的隆隆声还不断传来,暴躁又疯狂。

"我忽然明白蛊母的话是什么意思了,外乡人来这里惊动了这里的神和宁静,"商博良轻声说,"他们带来的,是欲望啊。"

"欲望?"蛇母说,"谁没有欲望?我是个女人,我只想好好地活。"

她环绕着商博良的脖子,撩起遮盖了大腿的轻纱,整个身子攀在商博良的身上。她像是一条柔腻的白蛇,和青绳一起纠缠着商博良,丰盈的胸脯抵着他赤裸而龟裂的胸膛。

蛇母瞟了一眼一旁的女人:"漂亮的年轻人,你就要死了。可你死前我给你一个机会,你碰过我美丽的徒弟没有?你可以在我徒弟和我之间选择一个人。"

商博良静静地看着她的眼睛:"这又是一个陷阱么?"

蛇母妩媚地微笑:"是,也不是,那是我对你太好奇。我一直想知道你这样一个男人怎么会活在这个世上?怎么就有石头一样的心不动情?怎么你的眼里就看不到我?你的眼睛很漂亮,笑容也很漂亮,可是你像是一个死人,漂亮的死人,安安静静地躺着,美丽的女子唤你,你也不睁开眼睛,你的心是不跳的么?"

她的手轻轻按揉着商博良的胸口。

"那是因为你不懂。"商博良轻声说。

"不懂?"蛇母掩着嘴,轻轻地笑,"那你教我吧?"

她的嘴唇贴在商博良的耳边吹气:"选我吧,我可想你能选我呢。你还不知道为什么我那男人会舍不下我,那些大户会舍不得我。我的徒弟学到我的本事还远远不够。我十六岁的时候迷死了那个男人,他舍命回来找我。今年我十八岁了,我会在你身上用上他都没有试过的本事。我保证让你舒舒服服地死,只要试过了,你一定会觉得比活着还要快活一千倍。"

她的话到此为止,她美丽的面孔抽搐着,泛起可怕的青紫色。

她松开了搂着商博良的手,一边回退,一边回头。她的背后是手持钩刀的彭黎趴在地下,这个几乎已经瞎了的男人摸着爬了过来,挥动钩刀砍在蛇母的小腿上。他再一刀捅穿了自己的胸膛,胸膛里滚热的血涌出来,把蛇母白皙的小腿染得鲜红。他的血黏稠得几乎要凝固,泛着可怕的青紫色,青紫色沿着蛇母的身体迅速地往上蔓延,很快,白色的轻纱已经遮不住她可怕的肤色了。

彭黎趴在那里,缓慢地开裂着,每一处裂痕里都有青紫色的血溢出又迅速地凝结。

"你这个……"他胸膛上的伤口里冒出青紫色的血泡,咕咕的几声,"贱人!"

这是他一生最后的话,他开始崩裂了,血肉的碎片迅速地干枯化灰。他身体里的石头蛊终于发作了,怨恨的蛊虫在冥冥中吞掉了他身体的精华。他在死前把已经被鲜血喂熟的石头蛊喂在了蛇母的伤口里,那些疯狂的蛊虫也在侵蚀着蛇母的身体。

蛇母挣扎着翻滚,发不出一丝声音,她觉得自己的喉骨已经硬得像是石头,舌头也随之慢慢僵硬,身体的感觉还在,身体内部慢慢开裂的疼痛足以把人的精神撕碎。

"解开青绳,我可以帮你。"商博良低头看着她。

蛇母用尽全身力气抬头看了他一眼,商博良的眼睛里静静的,带着悲伤。她咬着舌尖,趁着舌头还能动,发出咝咝的微声。两条青绳被这声音驱赶,从商博良和女人的身周游了下去,贴着地面蜿蜒离去。

商博良走了几步,拾回了自己的长刀,站在蛇母的面前。

"你不明白那个男人怎么还能给你这么一刀是吧?你那么放心他,是觉得他中了金鳞的毒,本该不能动了。可是,你只知道东陆有很大的城,很软的床,还有世上最漂亮最温柔的少年郎……"商博良看着她漂亮的眼睛,此刻那双眼睛里也泛起可怕的青紫色,细微的青紫色血管凸起在她的眼白上,仿佛小蛇般搏动。

"可是你从不曾明白东陆,也不懂东陆人的心。"他提刀,转身,刀光一旋。

刀刃饮血的瞬间,满月般光辉照亮了古老的神殿,商博良转过身不再看。蛇母的脸忽地恢复了美丽和平静,她从可怕的痛苦中解脱出来,长长地呼吸了一生中最后一口空气,眨了眨眼睛。她的头一歪,漂亮的头颅从脖子上滚落,带着一头漆黑柔顺的长发。

商博良缓步走近女人,两人隔着一丈远相对。

"伸出手来。"商博良说,"有金鳞的那只手。"

女人颤巍巍地伸出手臂,胳膊上的红纱垂落,露出霜雪般的腕子,金色的蛇鳞在刀光照耀下分外耀眼。

"我观察它很久了,它只能感觉到接近的人有没有敌意,"商博良说,"我站在这里,它便只会沉睡。"

"你相信我么?"他轻声问。

女人看着他的眼睛,咬着嘴唇,点了点头。

商博良举刀沉思,刀上凄凉森严的冷光流转不息。女人看着他,微微打了一个哆嗦。她感觉到一阵风从自己的面前掠过,当她看清的时候,商博良已经从她的面前闪过。那一瞬间掠过的刀风仿佛能够隔空切裂人的肌肤似的,让人胸臆冰冷。

金色的小蛇从女人手腕上落了下去,留下了两枚长牙。它迅速地游进了石缝里。手腕上仅有细细的一丝血痕,商博良的刀在瞬间截断了金鳞的两枚毒牙。

商博良转身看着她,长舒了一口气。女人不敢相信自己的眼睛,她瞪着眼睛,泪水缓缓地流了下来。她大哭起来,无力地倒向地面。

"现在你自由了。"商博良抱住她。

他摊开手,手心里是那枚银色的蝎子。他用眼神示意女人张开嘴,而后捏碎了那只蝎子,里面黏稠而腥臭的汁水一滴滴流进女人的嘴里。汁水入喉,一片冰凉,而后忽地开始火辣辣地烧着痛,而那几滴液体像是忽然苏醒过来的活蛇,它似乎在暴躁地甩动头尾,沿着喉咙一路往下蹿去。女人惊恐地几乎喊出来,可很快她就意识到药汁开始起作用了,灼烧的感觉在身体里四处流走,伴着一种让人牙根酸软的微痛,可是当那股灼热经过的地方,一直僵硬麻木的身体正在回复。

"看来蛊药是真的,一个那么狠辣的女人,却比蛇母要信守诺言。"商博良欣慰地微笑。

他抛去了蝎子的空壳,胳膊上溅出几点血来。他的胳膊也和彭黎一样,几近分崩离析。女人看着他的胳膊,慌得只是流泪。

"你不要怕,我还不会死,"他以龟裂的手臂轻轻抚摸她的头顶,放开了她,"我还有时间。你还有力气么?我们要赶快离开这里。"

他们从洞窟里钻出来的时候,外面的月光依旧清明。山腹里的隆隆声越来越剧烈,令人听了就忍不住要逃走。可商博良忽地站住了,举头默默地看着夜空,深深地吸了一口气。女人拉他的袖子,一手都是鲜血。

"我的家乡,月光也是如此清明,走了那么长的路,现在忽然很想再回去看一眼。"商博良低声说,"可惜已经不再有机会。"

"如果可以,能再陪我在这里坐一会儿么?"他转头问女人。

女人呆住了,可她看到了商博良的眼睛,并不能拒绝,轻轻地点了点头。

两个人背靠背坐在一块岩石上,背心里能够感觉到对方传来的温度。商博良从腰间抽出了一杆烟袋,烟袋上挂着一小包烟草。商博良熟练地把烟草填满,用火镰点燃了。第一口芬芳的烟雾腾起来的时候,他无声地笑了,手肘支在膝盖上,悠然望着远方的山脉。

女人不知道那袋烟抽了多久,很多年后她回忆起来,只是转眸一睇的瞬间,或者是一生般的漫长。他们没有说一句话,头顶星斗缓慢地移换。

烟袋熄灭的时候,商博良起身:"你能喊一声我的名字么?"

女人想了很久,张了张嘴,声音低得像是蚊蚋:"商……博良。"

他们久久地对视,女人看见商博良笑了,他的眼睛蒙眬起来,像是有一片远山上来的云在他清澈的瞳子里流过。

"谢谢,从没有听过她喊我的名字。"

"她叫什么名字?"女人用自己都觉得陌生的声音问。

"寂。"商博良轻声说。

商博良牵过黑骊,拍了拍它的背,指着女人:"带她离开这里。"

他把女人扶上马背:"别怕它,它其实是匹很乖的仔马养大的,这么说了,它便不会伤你。"

女人不知道说什么,死死拉着他的袖子。商博良笑笑,从她的手里扯回衣袖。

"你……你还要去云号山,"女人用尽了全身的力气说,"你不要死在这里。"

商博良看了看自己开裂的胸膛,微微摇头:"我无法离开这里了,而世上并不该有龙神,它不能突破地宫的束缚,它应该和我一起留在这里。"

他在黑骊的屁股上拍了一巴掌,黑马带着女人缓步离开。

商博良站在马后,他的笑容如第一次和女人相遇的时候,温暖如一场下午的阳光:"云号山并不重要,我想我之所以不断地走,只是因为我不知道自己该去哪里。我已经去过了很多地方,看见天下偌大,有很多事是我不曾想过见过的。我已经心满意足。"

"走吧,沿着来路一直出去,不要回头,不要记路,忘记这个地方。"他说,而后转头走向洞窟。

月光下,他的背影萧索孤单。

马蹄嘀嘀嗒嗒走在石道上,背后的山影越来越远。

女人默然地随着马前行,古老的树木和盛开的花在她身边掠过,红色的鸟儿悬停在空中看着她。她低着头,想一个男人走了很长的路,他曾经想去云号山,那是他的终点,可是他终也无法抵达。

她想起他们第一次相遇的时候那个年轻人微笑着,当他看到了自己的脸,那微笑凝固了,像是风化的石像般剥落。他的瞳子看了让人心里惊慌,静静地,带着悲伤。

她在纱幕后仔细地听那个老行商叫他商兄弟,于是她记住了这个人姓商。

也许直到最后他都以为这番话只是女人编出来接近自己的谎言。

这么想着她忽然想要放声大哭,可她压住了,趴在马背上低低地啜泣。

天越来越亮了,千千万万的蛇骨藤苏醒,在阳光下悄悄地抽出细嫩的新枝,而同时它的花开放了,一朵朵殷红如血。

[终]

夜色已深,我走出满是锦绣罗绮的粉色厢房,那个韶华已逝的女人伏在床头低声地哭着。

最后她问我商博良真的死了么,我说他其实早已死了,只不过是一具空空的躯壳,带着那只青玉色的瓶子飘零在九州之间,想要找一个地方埋葬那只瓶子,和他自己。瓶子已经碎裂,他必然形神俱灭。她呆了许久,似乎明白了我的意思,嘤嘤地啜泣起来。

我不知道她是哭什么,也许是为了那个总是微笑的男人,也许是为了她自己。

群玉坊是宛州最大的青楼,这样的深夜,处处挂着大红的绸缎,粉色的帘幕后欢声笑语,脂粉和花露的香气流溢到每个角落,红烛高烧,照出一片春色暖人。

我从那些裸露的肩膀和丰盈的胸脯中穿行而过,挥开了几只绵软小手的拉扯,最后站在了老鸨的面前。老鸨小心地把门掩上,把外面的声音隔开来,而后扯着衣角满脸媚笑,坐在我的身边。

"哟,客人对我们的姑娘是动了真情啊?"老鸨的声音绵绵的,像是长姐似的关怀万般,"那可是难得,其实那些年轻的客人哪里懂得温存,只知道跟一帮没心肝的小丫头胡闹,一个个猴急的。您看中的,虽然是年长一些,可那是见过大世面的人啊,贴心,懂事。您赎回去,伺候您,可不比那些闲着就给您惹事闹脾气的小浪蹄子来得舒心多了?"

她压低了声音,几乎是贴着我的耳朵密语:"而且这年长的,别有一番妙处呢,您可是识货的人啊!"

"这里是五百金铢,我想足够了。"我从老鸨身边退开,从衣带里取出一张大额的金票放在桌上,上面有宛州江氏的朱砂红印,可以在宛州十城任何一家大金铺兑现。

我看出了老鸨脸上的惊喜,这个价格可以买下这里头牌的姑娘,而那个女人已经三十岁,她接客的价格还不到年轻女孩的一半,过不了多久,就不会再有客人愿意在她衰老松弛的身上花钱了。

"这个这个……客人可真是为情一字,不吝千金的好人,"老鸨就着烛火急切地鉴别金票上的印记,嘴里念叨,"赶着我年轻的时候,怎么就没遇见这么知心得体的好人啊?"

"不是为情,是为了买一个故事。"

"这……这是青阳国的金票!"老鸨忽地呆住了,她大张着嘴,脸上的神情说不出的惊诧。

北陆的青阳国和东陆的燮朝,是敌对的双方,沿着天拓海峡,蛮族的铁骑与大燮天驱军团枕戈待旦,正剑拔弩张地对抗。南北之战一触即发,海上的贸易也停顿了很久,而青阳国的金票在宛州也越来越少见了,只有一些极大的商会还保有商路,会颁发极大面额的贸易金票,用于和青阳国交易。

"你去兑现这张金票就可以了,放她自由。我只是一个写书的人,剩下的,你不必知道那么多,"我静静地看着她,希望她能读懂我眼中的意思,"蛮族,东陆,真的有那么大区别么?"

我走出群玉坊的时候,那个女人是否还在楼上哭泣?

我抬起头,看见天空中闪烁的繁星,想着商博良在云州的天空下吹着呜咽的紫箫,眉间带着淡而又淡的喜悦,一袭长衣在风中飘如转蓬。

图书在版编目(CIP)数据

九州飘零书:商博良/江南著.—北京:人民文学出版社,2018
ISBN 978-7-02-014451-8

Ⅰ.①九… Ⅱ.①江… Ⅲ.①长篇小说—中国—当代 Ⅳ.①I247.5

中国版本图书馆CIP数据核字(2018)第185097号

责任编辑	赵　萍　涂俊杰
装帧设计	李思安
责任校对	杨益民
责任印制	苏文强

出版发行	人民文学出版社
社　　址	北京市朝内大街166号
邮政编码	100705
网　　址	http://www.rw-cn.com

印　　刷	三河市华成印务有限公司
经　　销	全国新华书店等

字　　数	181千字
开　　本	890毫米×1290毫米　1/32
印　　张	7.25　插页2
印　　数	1—80000
版　　次	2018年10月北京第1版
印　　次	2018年10月第1次印刷

书　　号	978-7-02-014451-8
定　　价	43.00元

如有印装质量问题,请与本社图书销售中心调换。电话:010-65233595